Abdelhak Serhane
Kinder der engen Gassen

Abdelhak Serhane
Kinder der engen Gassen

Aus dem Französischen
von Barbara Rosenvold

Edition Orient

Titel der 1986 bei Editions du Seuil erschienenen Originalausgabe:
Les enfants des rues étroites

Copyright für die deutsche Ausgabe
VERLAG EDITION ORIENT, Berlin 1988
Umschlagentwurf: Barbara Rieder
Satz: Edition Orient
Druck und Bindung: Oktoberdruck, Berlin
ISBN 3-922825-31-1

Meiner Mutter das Leben
Meiner Frau die Hoffnung
Und die Liebe meinen Kindern.
Meinem Bruder Hamid
Geboren im letzten Regen
Zeuge beschlagnahmten Lachens
Und der Sehnsucht.
Meinen Schwestern - Spiegel der Vergangenheit
Deren Traum zerriß
Auf einer Erde des Exils
Und Widad geboren als Waisin eines nichtswürdigen Vaters.

Meinen Freunden Claude und Gilles Carpentier
erzähle ich vom Gesang eines Vogels
und vom Blick eines Kindes.
El Hadsch El Barrada und seiner Frau Khadija
erzähle ich von der rissigen Erde meiner Wunden
vom grauen Schatten einer gequälten Erinnerung
und der Freude eines Lächelns.
Tahar Ben Jelloun und Jean-Marie Borzeix
erzähle ich von einem Stück blauen Himmels
und einem Sonnenstrahl.
Pierre Tap, Edmond Amran El Maleh,
Mohamed Malki, Marie-France und André Dubois
erzähle ich vom Glück einer Freundschaft.

Allen anderen
Erzähle ich vom Gesang einer Hoffnung
Einer Hoffnung in der Farbe des Regenbogens
Und dem Duft von Ambra und Rosenwasser.

Ich begann 1982, dieses Buch zu schreiben, und seitdem hat sich in Marokko viel geändert. Die Züge kommen fast pünktlich an, und die Reisenden werden nicht mehr von Bettlern und Sandwich-Verkäufern belästigt.

Welches Gewicht haben meine in lateinische Silben gefaßten Wörter (und selbst wenn sie arabisch wären) auf der rissigen Erde eines Elendsviertels, auf dem Gewebe dieser Wirklichkeit, die mir nicht aus dem Sinn geht, dieser Wirklichkeit, die über die Wörter hinausreicht: Ungerechtigkeit, Gewalt, Kampf ums Überleben?

Ist es nicht anmaßend zu schreiben? Dann übernehme ich für diese Anmaßung die Verantwortung, wobei ich mir der Gefahren bewußt bin. Der Gefahren? Durchs Leben kommen zu wollen mit einer Horde von Wörtern. Und die Wörter sind gefährlich.

Taha Ben Jelloun

Die Nachforschungen hatten sich den ganzen Tag und noch die ganze Nacht hingezogen. Beim Morgengrauen erreichten die Männer, die in Richtung auf das Gebirge die Gegend abgesucht hatten, das Dorf und gingen auf Buschaibs Haus zu. Lalla Rabha öffnete ihnen. Sie verfiel sofort in lautes Jammergeschrei und begann, sich das Gesicht blutig zu kratzen. Die Nachbarinnen waren herbeigeeilt, um der Unglücklichen beizustehen, die derart heftig um sich schlug und schrie, daß sie inmitten der Menge das Bewußtsein verlor. Auch bei den anderen löste das Unglück, das über die Familie hereingebrochen war, vielstimmiges Wehgeschrei und Schluchzen aus. Bald erhoben sich von allen Seiten Klagerufe. Die Neuigkeit hatte sich in Windeseile im Dorf verbreitet. Die Frauen im Innern des kleinen Hauses weinten, draußen stellten sie einander Fragen und gaben ohne Zögern der Familie die Schuld.

Ein kräftiger Mann bahnte sich mit Hilfe seiner Ellbogen einen Weg durch die erregte Menge. Er ging bis in die Mitte des Zimmers und legte die Leiche eines jungen Mädchens auf eine graue Wolldecke. Das Kleid des jungen Mädchens war über der Brust zerrissen, der feste, weiße Busen entblößt. Auch ihr kindliches Gesicht war weiß, die Lippen von Säure zerfressen. An dem Stoff des Kleides und an den Beinen klebte getrocknetes Blut.

Der Gerichtsmediziner schloß auf Selbstmord: „Heute, den 6. April 19.. bestätige ich, Chefarzt des Krankenhauses zu Azru, das Ableben von Amina, Tochter Buschaibs und Lalla Rabhas. Der Tod infolge der Einnahme einer hohen Dosis Salzsäure trat in der Nacht vom 4. auf den 5. April 19.. ein. Ausgefertigt in Azru, den..."

Durch ihren Freitod war die junge Amina vom rechten Weg des Islam abgewichen. Deshalb würde sie keine Grabstätte erhalten. Bei ihrer Beerdigung blieb der Imam am letzten Grab des Friedhofs stehen, ergriff seinen Stab und schleuderte ihn mit aller Kraft in die dem Sonnenaufgang entgegengesetzte Richtung. Dort, wo der Stab hingefallen war, weit entfernt von den muslimischen Toten, wurde in Schmach und Schande für Amina ein Loch geschaufelt.

Vor dem Eintreffen seines Gastes zog sich dein Vater für einen Augenblick mit deiner Mutter in die Kochecke zurück und ermahnte sie:

„Hör zu, Frau! Sid El Hadsch El Barakat wird nun nicht mehr lange auf sich warten lassen. Ich will, daß du ihn wie gewöhnlich mit *Yu-Yus* empfängst. Auf ihm ruhen unsere Hoffnungen, du weißt das. Diesmal hat er mir beim Leben seiner Kinder geschworen, daß die Angelegenheit so gut wie geregelt ist. Es ist nur noch eine Frage der Zeit. Solche Dinge erledigen sich nicht von heute auf morgen. Man muß sich gedulden können, Frau! Den Gläubigen wird Gottes Lohn schließlich immer zuteil. Sid El Hadsch hat mit seinem Onkel telefoniert, der in 'Baris' ein großes Restaurant führt. Dieser ist bereit, mir einen Kontrakt zu schicken. In meiner Gegenwart rief Sid El Hadsch von seinem Büro aus an. Er ist ein Ehrenmann. Ich verfolgte ihre Unterhaltung durch eine seltsame kleine Dose, die er mir gab. Als ich sie an mein Ohr hielt, hörte ich die Stimme des Onkels. Unter uns gesagt, er spricht unsere Sprache sehr schlecht. Alle seine Kinder sollen dort auf die Welt gekommen sein. Seiner Stimme nach scheint er ein bedeutender Mann zu sein. So etwas spüre ich. Mutter von Rahu, verabschiede dich von den schweren Zeiten! Wir werden reich sein. Bereite dich vor auf das schöne Leben, Frau! Ich werde dort arbeiten und dich in Gold aufwiegen. Du wirst schon sehen, wozu dein Mann fähig ist!..."

Deine Geschwister schauten zu, ohne ein Wort zu sagen. Auch du träumtest von einem besseren Leben. Die Männer, die dort Arbeit hatten, kamen in der Ferienzeit in schönen Autos zurück und hatten die Taschen voller Geld. Manchmal brachten sie sogar eine dieser Frauen mit, die helle Haut hatten und Augen in den Farben des Meeres. Sobald Elend die Hoffnung nährt, bringen Träume einen um den Verstand. 'Dort' regne es Gold und Silber, und die Menschen brauchten sich nur zu bücken, um die Geschenke des Himmels aufzuheben. Einige, hieß es, seien so reich und so stolz, daß sie sich nicht einmal mehr danach bückten. Sie überließen das jenen, die anderswo herkamen und es nötig hatten. Mit dem Elend wuchsen die Träume ins Unermeßliche. Wie der Atemrhythmus, so folgten einem die Bilder vom Reichtum bis in den Schlaf. Und wenn man erwachte, war das Leben ein Alptraum. Lieber schlief man weiter und entfloh der Leere, um in jene märchenhafte Welt zurückzukehren, in der sich die Menschen nur nach den Geschenken des Himmels zu bücken brauchten. Auch du schautest zu, ohne ein Wort zu sagen, trotz deiner Vorrechte als ältester Sohn. In einer Ecke machtest du deine Schularbeiten. Im *Kanun* brannte das Feuer. Nach bestandenem Abitur würdest du dich für dieses Leben rächen und weggehen. Du wolltest es deinem Vetter Ali gleichtun, studieren, eine Ausländerin heiraten und dich in der Umarmung ihres weißen Körpers verlieren. Deiner Mutter würdest du Geld schicken, aber nie in deine Heimat zurückkehren... Vorerst wolltest du abwarten und deinen Traum sorgsam für dich behalten. Du tatest so, als hättest du nichts gehört. Aus Gleichgültigkeit oder aus Angst? Eingreifen würde bedeuten, mit dem *Schibani* über Sid El Hadsch zu streiten. Du hattest eine eigene Meinung über diesen Mann. Das erste Mal, als du zu sagen wagtest, was du über ihn dachtest, hatte dein Vater dich mit seinem Gürtel geschlagen und dich angeschrien:

„Du Sohn des Ehebruchs! Du Sohn des Teufels! Kaum bist du älter, meinst du, mit deinen dämlichen Weisheiten alles verändern zu können, ohne jeglichen Respekt vor dem Alter und der Autorität. Ich habe dich nicht in die Schule geschickt, damit man dir Ungehorsam beibringt. Du hast von nichts eine Ahnung und willst uns schon vorschreiben, was wir zu tun haben? Die Schule hat dich verdorben, du Muttersöhnchen! Deine Mutter ist daran schuld. Die verzieht dich. Sie besteht darauf, daß du in der Schule weiter deine Zeit vergeudest, anstatt zu arbeiten, um uns zu helfen. Ich kann nicht mehr! Ich kann nicht länger neun hungrige Mäuler stopfen! Du mußt in Zukunft deinen Lebensunterhalt selbst verdienen! Du hast nun so breite Schultern wie ich und noch dazu ein loses Mundwerk! Wenn Sid El Hadsch dich hört und dich verflucht, bist du verloren. Du kommst mit geschlossenen Augen in die Hölle, denn er ist ein heiliger Mann. Sein Segen bedeutet soviel wie der eines *Marabus,* und sein Wort gilt soviel wie das aller Männer des Dorfes zusammen. Hast du verstanden? Du bist nichts anderes als ein verdammter, treuloser Jammerlappen. Geh! Ich überlasse dich deinem Schicksal. Sei verflucht in alle Ewigkeit! Du bringst mich noch ins Grab...."

Dein Vater schäumte vor Wut. Deine Mutter hatte mit deinen Geschwistern bei eurer Nachbarin Zuflucht gesucht, denn in seiner Raserei schlug dein Vater jeden. Damals hatte er niemanden außer dir, an dem er seine Wut auslassen konnte. Er hätte dich ohne das Eingreifen einiger Nachbarn zu Tode geprügelt. Das Blut lief dir aus Nase und Mund. Deine Schneidezähne waren eingeschlagen.

Einmal mehr hörte deine Mutter den aussichtslosen Plan deines Vaters an, aber sie glaubte nicht mehr an die abgedroschenen Versprechungen Sid El Hadschs. Zum ersten Mal wagte sie, ihrem Mann ihre geheimsten Gedanken mitzuteilen, selbst auf die Gefahr hin, als aufsässig zu gelten. Sie konnte nicht länger mit ansehen, wie er sich verbissen an eine Hoffnung klammerte, die mehr und mehr dahinschwand.

„Wie lange geht das denn jetzt schon!" sagte sie. „Glaubst du nicht, daß er dir nur etwas vormacht? Mach doch die Augen auf! Seit zwei Jahren zahlst du für Versprechungen, mehr hat er nicht zu bieten. Wenn du dieses Spielchen weiterspielen willst, dann ohne mich! Ich habe das Warten satt. Ich will von diesem Hirngespinst nichts mehr wissen. Mit mir brauchst du nicht mehr zu rechnen bei deinen Träumereien."

Dein Vater wurde kreidebleich. Für ihn brach eine Welt zusammen. Was würden die Nachbarn denken, wenn sie deine Mutter so reden hörten? Dein Vater wäre doch kein Mann mehr, wenn er den Seinen nicht den nötigen Respekt einflößte. Sein kahler Kopf wurde ihm plötzlich schwer. Die Worte seiner Frau hatten ihn schwindelig werden lassen, und ihm wurde schwarz vor den Augen. Der Boden unter seinen Füßen gab nach, als versinke er vor Scham in die Erde, ohne daß er sich noch an irgendetwas klammern konnte. Welch tragisches Schicksal hatten doch die Männer zu tragen! In ihrer Hand ruhte das Los der Frauen und Kinder, und das Geheimnis ihrer Macht lag in dem Gewicht ihres Geschlechts. Die von den Vätern ererbte Männlichkeit wurde in diesem schmerzlichen Augenblick in Frage gestellt.

Niemals zuvor hatte deine Mutter in einem solchen Ton zu ihm gesprochen. Sie, die gewöhnlich gehorsam und sanftmütig war, war erschöpft und ließ ihn nun zu einem Zeitpunkt im Stich, da er ihre Unterstützung so sehr brauchte. Was würde Sid El Hadsch von diesem Benehmen halten? Es war nicht ungefährlich, den Zorn dieses Mannes zu erregen. War er doch der einzige, der dem Traum von Gold und Silber Gestalt zu geben vermochte. Ja, er würde in prachtvollen Gewändern einen Peugeot oder Renault fahren! In dem Stadtviertel der Reichen ließe er sich ein schönes Haus bauen. Er würde ein bedeutender und geachteter Mann werden. In Gedanken schwamm er bereits im Geld. Niemand hatte das Recht, diesen sagenhaften Traum zunichte zu machen. Auch seine Frau nicht.

„Ich flehe dich an, Frau!" bat er inständig. „Es ist das letzte Mal! Ich verspreche es dir beim Namen Mulay Abdelkader Dschilalis. Empfange ihn im Namen der Freude und des Leids, der schönen und der schweren Zeiten, die wir miteinander erlebt haben! Ich weiß, er ist ein ehrlicher Mann. Es steht allein in seiner Macht, uns aus dem Elend herauszuholen. Wenn ich dir dann schöne Dinge von dort mitbringe, ist alles vergessen. Nur dieses eine Mal noch, Frau! Tu es für mich und für die Kinder!"

Lange bat er sie derart inständig. Über das vor Scham verzerrte Gesicht deines Vaters liefen Tränen der Verzweiflung, als deine Mutter aufblickte. Auch sie weinte; als sie ihn beruhigen wollte.

„Ich tue, was du verlangst. Aber ich habe in dieser Hinsicht keine Hoffnung mehr, damit du es nur weißt! Ich habe keinerlei Vertrauen mehr in diesen Mann! Du würdest besser daran tun, ihn zu vergessen und dir eine ordentliche Arbeit zu suchen. Warum, mein Gott? Warum muß das ausgerechnet uns passieren?"

Maßlos enttäuscht grolltest du in deiner Ecke. Um dieses Schauspiel nicht länger mitansehen zu müssen, klapptest du dein Heft zu, räumtest es unter das Schaffell und schlüpftest ins Freie. Ich sah dich dicht an den Wänden entlangschleichen. Ich rief dich nicht an. In diesen Augenblicken der Verweiflung ging ich dir gewöhnlich aus dem Weg, denn deine Tränen brachten mich auf. Ich sagte mir, in solchen Momenten sei die Einsamkeit ein gutes Mittel. Daß du mir alles erzählen würdest, wußte ich. War ich nicht dein Freund?

Mitten auf der Straße voller Staub und Sonnenlicht wurdest du in eine Gruppe von Musikanten hineingezogen. Sie begleiteten den Zug der Geschenke, die Dschbilu seiner Verlobten zur Hochzeit gemacht hatte. Sie waren auf einem Karren angeordnet, der von einem eselsgroßen Pferd gezogen wurde: fünf Kilo Henna aus Tan Tan, fünf Kerzen aus Mulay Driss im Zerhun-Gebirge gegen den bösen Blick und fünf Kilo Datteln aus Mulay Ali Scheif. Auf einem zweiten Karren lagen zwei der Länge nach ausgebreitete *Dschellabas,* zwei schwarze Schleier, zwei Paar Bettücher, zwei Paar hochhackige Schuhe, zwei Paar gestreifte Strümpfe, zwei karierte Taschentücher, zwei Slips und zwei Büstenhalter unterschiedlicher Farbe.

Auf einem anderen Karren, der von einem Mann gezogen wurde, standen ein Sack Mehl, ein Sack Zuckerbrote, ein Fünfliterkanister Öl, ein Eimer Honig und ein Eimer Milch, damit das Leben der zukünftigen Eheleute so köstlich sei wie Honig und so weiß wie Milch. Zwischen den beiden Eimern tanzte ein junges Mädchen zum frenetischen Rhythmus der Tamburins, dem metallischen Klappern der Kastagnetten und dem schrillen Trillern der *Ghaitas*. Es folgte ein Rind, das mit einem Strick um seine Hörner festgebunden war. Ein zierlicher junger Mann zog an dem Seil. Ein anderer zwirbelte den Schwanz des Tieres, um es anzutreiben, während kleine Jungen sich einen Spaß daraus machten, ihm Holzstücke in die Rippen zu stoßen und dabei jauchzend umhersprangen.

Hinter dem Karren hielt ein untersetzter, muskulöser Mann ein ungefähr drei Meter langes Schilfrohr, das der Länge nach in zwei Teile gespalten war. In dem Schlitz steckten zwanzig Hundertdirhamscheine, die die Höhe der Morgengabe des Bräutigams an seine zukünftige Frau darstellten. Ein weißes Blatt beendete die Reihe der Geldscheine, und es war darauf zu lesen: „Der Unterzeichnende, Arzt für Allgemeinmedizin, bescheinigt heute, den 1. April 19... an der Person von Mademoiselle Aischa eine genaue und gewissenhafte ärztliche Untersuchung vorgenommen zu haben. Ich bestätige, daß sie noch Jungfrau und heiratstauglich ist." Es folgten Unterschrift und Stempel des vereidigten Arztes.

Vergeblich versuchtest du, der Menge zu entrinnen, die dich von allen Seiten umgab. Du ertapptest dich sogar dabei, daß du wie die anderen Beifall klatschtest und sangst, worüber du lauthals lachen mußtest. Der Mann, der neben dir stand, warf dir einen bösen Blick zu:

„Lach über deine Mutter, du Hurensohn! Hier wird gesungen und getanzt; aber nicht gelacht. Man fragt sich, wo ihr alle herkommt. Aus der Erde vielleicht? Als wir das Haus verließen, waren wir fünfzehn. Jetzt sind wir schon über zweihundert, und der Weg ist noch weit. Möge Gott das Unkraut der Schmarotzer und Schnorrer mit der Wurzel ausreißen! Schämt ihr euch denn nicht? Vor nichts mehr habt ihr Respekt, weder vor dem Alter noch vor der Ehre. Gott gebe es, daß wir unsere Fehler entdecken, bevor andere es tun!"

Du erwidertest nichts. Während er sprach hatte der Mann die

Ärmel seines Hemdes hochgekrämpelt, und du konntest den Umfang seines Bizeps' sehen. Vorsichtig entferntest du dich. Ich verlor dich aus den Augen.

Erleichtert küßte dein Vater deine Mutter auf die Stirn und bat Gott, er möge ihr noch viele Jahre schenken. Bei all diesen Bemühungen und Ausgaben wäre es lächerlich, jetzt aufzustecken! Frankreich war für ihn zugleich Hoffnung und Schicksal. Und dieser Kontrakt, dieser Paß, den Sid El Hadsch ihm versprochen hatte, symbolisierte das Ende des täglichen Elends. Dein Vater hatte sechs Kinder und war zeitweise in einer Ziegelei beschäftigt. Da er seine Arbeit im Freien verrichtete, konnte er nur bei schönem Wetter einige Sous zusammenkratzen. Oft war er aus 'technischen Gründen' arbeitslos und erwartete ungeduldig das Ende des Regens, damit die Seinen nicht hungern mußten.

Der Fabrikant El Hadsch M'barek gab ihm zehn Dirham für einen Arbeitstag, der von sieben Uhr morgens bis sieben oder acht Uhr abends dauerte. Dein Vater hatte Anspruch auf eine Stunde Mittagspause, in der er essen und sein Gebet verrichten konnte. Für einen Stundenlohn von einem Dirham arbeitete er also jeden Tag seine zehn oder elf Stunden, wie alle, die nicht das Glück gehabt hatten, die Schulbank drücken zu dürfen oder deren Verwandte keine gehobene Position im *Makhzen* bekleideten. Von diesem Geld kaufte er seine tägliche Ration Kif. Sagen wir für zweieinhalb Dirham. Und deren Preis stieg fortwährend. Den Rest, das heißt siebeneinhalb Dirham überließ er deiner Mutter, die zusah, daß sie davon neun hungrige Mäuler stopfte und die Miete bezahlte. Deine Familie teilte das Haus mit drei anderen Familien aus der gleichen Gesellschaftsschicht. Für jede Familie ein Zimmer mit Kochecke! Das Leben dort war nicht einfach. Deshalb war dein Vater von Sid El Hadsch begeistert: Nach Frankreich gehen, arbeiten und viel Geld verdienen, das Elend und die düsteren Zeiten vergessen, den Schmutz und die Schwärme von Fliegen, die einen belästigen, sobald es warm wird, und die, nach einem letzten Ansturm, erst beim Herannahen des Winters verschwinden. Es ist furchtbar, wenn die Fliegen aus dem Unglück der Menschen wachsen! Aber es ist noch furchtbarer, wenn die Menschen in ihrem Elend wie Fliegen werden!

Es gelang dir nicht, dich aus der Menge zu lösen. Als ich näher gekommen war, entdeckte ich dich hinter jenem Karren, auf dem die Eimer voll Milch und Honig standen. Du tauchtest ein in die von Musik und Tanz berauschte Menge, mitten hinein in diese Körper, die in gefährlicher Vermischung eng beieinander standen, zwischen Menschen, die alle von der Vergewaltigung träumten, die noch am selben Abend stattfinden würde, und beinahe schon das spritzende Blut sahen. Du warst du selbst und zugleich ein anderer, einzigartig und zugleich Teil eines vielgestaltigen Körpers, in ein und demselben Gedanken. So konnte man wieder Freude empfinden an Geborgenheit und menschlicher Wärme. Persönlich war ich davon überzeugt, daß dieses alles in uns eine Neigung zur Homosexualität förderte. Meine Freunde behaupteten, ich würde überall Schlechtes sehen. Um die Angst erst gar nicht aufkommen zu lassen, sagten sie, sei es besser, sich nicht so viele Fragen zu stellen. Ich sei eine unruhige Seele. Warum wolle ich verstehen, was in mir und um mich herum geschah? Diese Dinge, fügten sie hinzu, ließen sich nicht erklären. Aber ich fühlte mich nicht wohl, wenn etwas im Dunkeln blieb. Nichts bedeutet mir mehr als ein offener Blick oder ein ehrliches Wort. Wir lebten in der trüben, finsteren Welt der Erwachsenen, akzeptierten ihr beklemmendes Schweigen und ihr leeres Gerede. Wir waren wie Marionetten in einem Puppentheater.

Das junge Mädchen, das auf dem Karren tanzte, war schön, und ihre goldbraunen Beine brachten dich zum Träumen. Beim Schwung ihrer Hüften wurde dir schwindelig. Einige verwegene Jungen hatten sich auf den Rand des Karrens hochgezogen. Von dort konnten sie besser sehen. Ein älterer Passant blieb stehen und rief nach Art der alten Frauen der jungen Tänzerin zu:

„Dreh das Glücksrad, Kindchen! Die Straße ist die beste Kulisse. Dreh das Glücksrad, da deine Eltern unfähig sind, für deine Erziehung zu sorgen. Nirgends gibt es noch Scham, Anstand oder Respekt. Und dann wundert man sich, daß die Prostitution floriert, daß der Regen ausbleibt, daß die Moscheen leer sind, daß der Vater seine Kinder verläßt, daß Agadir durch ein Erdbeben völlig zerstört wurde, daß die Kinder dem Rauschgift und der Trunksucht verfallen. Dreh das Glücksrad, Kindchen! Morgen werden sich die Deinen wundern, daß niemand bei ihnen erscheint und um deine Hand anhält. Du wirst eine alte Jungfer werden und deinen Arsch für einen Sou dem Erstbesten hinhalten. Heute entblößt du Hintern und Gesicht auf der Straße, und morgen läßt Gott alle Stellen verbrennen, die Menschen gesehen haben. Vielleicht ist dein Vater sogar hier in der Menge und erlebt die Orgie mit. Die Engel Allahs verfluchen ihn. In die Hölle wird er kommen. Alle werdet ihr in die Hölle kommen, denn ihr beleidigt unsere Augen und belastet unser Gewissen. Ihr macht aus der Welt ein Tollhaus. Was sind das für Zeiten, *Yalatif!* Bald werden sich die Leute wie Hunde auf der Straße paaren. Was haben wir Gott angetan, daß wir eine solche Jugend verdienen? Kein Anstand mehr, mein Gott! Und nicht einmal der *Makhzen* kann das aufhalten. Was für eine Schande!..."

Der Hochzeitszug kam in einer Staubwolke vorbei. Der alte Mann fuhr in seiner Rede noch lange fort, aber niemand hörte mehr zu. Wie gebannt starrtest du auf den Hintern der Tänzerin. So wie ich auch. Bei jedem Schwung der Hüften hoben sich die Brüste, und die goldbraunen Oberschenkel glitten halb aus den breiten Öffnungen des bestickten Kaftans. Das Ungestüm dieses Körpers reizte mich auf. Ein Körper, der sich bewegte. Ein Körper, der durch seine Frische und Geschmeidigkeit verwirrte. Ein Körper, wie er sonst nur im Traum vorkam, dessen Anblick das Feuer der Gefühle entflammte. Plötzlich war dir beklommen zumute. Du atmetest mühsam. Krämpfe, die von deinem Unterleib ausgingen, erfaßten dich mit unwiderstehlicher Kraft. Du bekamst Lust, dich auf diesen aufreizenden Körper zu stürzen. Begierde erfüllte dein Fleisch und brannte in deinen Eingeweiden.

Süße Bitterkeit war unseren Begierden gemeinsam. Du schlossest die Augen, und ich stellte mir das Geschlecht dieses Mädchens vor, ihren Nabel, ihre Brüste. Ein seltsames Gefühl überkam mich. Vor meinem inneren Auge war das junge Mädchen nackt. Langsam streckte ich die Hand aus. Als meine Finger einen Büschel Haare ertasteten, bebte ich. Mit geschlossenen Augen ging ich in meinem Traum vorwärts und wurde von einem starken Geruch umhüllt. Aber der Körper floh, er entkam mir, er entkam dir, und ließ uns empfindlich verletzt zurück. Dieses Fest gehörte weder dir noch mir. Auch nicht ihr. Alle beide liefen wir unserer Begierde hinterher. Ein kräftiger Stockschlag machte unseren Phantasien ein Ende. Beschämt zog ich meine Hand schaumbedeckt aus dem Maul eines Tieres. Ich entfernte mich ein wenig und warf einen verstohlenen Blick in deine Richtung. Die rauhe und von schrillen *Yu-Yus* begleitete Stimme eines Sängers zwang dich, die Augen zu öffnen und riß dich von der Schwelle einer erträumten Vergewaltigung. Als wäre die Lust ein Bild, fiel sie mir aus der Hand und zerbrach auf dem staubigen Boden. Das Mädchen tanzte im Rhythmus eines Volksliedes. Dessen obszöne Worte gefielen der Menge, die vor Freude und Ungeduld schrie. Alle Blicke waren auf die Beine der jungen Tänzerin geheftet. In jedem Wort klang unsere Enttäuschung an. Diese Szene und mein Traum fesselten mich so, daß ich die Hände und die Beckenbewegungen unter den *Dschellabas* vergaß. Meine Hände waren nicht frei. Auch nicht meine Augen. Meine Kindheit wurde, wie die meiner Altersgenossen, von einem gefährlichen Traum beherrscht: ein Geschlecht zu haben so groß wie ein Minarett und Eier so schwer wie die Brüste der Erde. Manchmal träumten wir so intensiv, daß wir das Weltall auf der glatten Eichel unseres beschnittenen Penis balancierten. Aber sobald wir wieder zu uns kamen, begriffen wir, daß unsere Körper diesem Wunsch nicht gerecht werden konnten. Halb wahnsinnig gaben wir uns einen Ruck, einen Händedruck, der wirklicher war und vor allem unserem Delirium näherkam. Ein Tag folgte mit derselben Monotonie und Trostlosigkeit auf den anderen: wir waren Kinder, die nie erwachsen werden würden. Verdammt zu Mickrigkeit und lebenslanger Verdrängung. So war der unumstößliche Wille der Erwachsenen.

Der Zug kam an der *Kissariya* vorbei. Mansur, dem wir wegen seiner Fettleibigkeit den Beinamen 'der Elefant' gegeben hatten, saß auf der Theke seines Ladens und wetterte gegen einen ungefähr zwölfjährigen Jungen, der sich in der Menge befand:

„Haddas Sohn! Zeig deinem Onkel Mansur, was du zwischen dem Mont Blanc und dem Mont Touqbal verbirgst. Ich werde ganz sanft eindringen, ohne dir wehzutun! Komm, ich habe Kichererbsen und Rosinen für dich. Ich habe auch Olivenöl, damit das ganze leichter geht. Du wirst nichts spüren. Komm zu deinem Onkel Mansur! Er wird dir am hellichten Tag die Sterne zeigen. Komm! Du kannst bei mir zu Hause sein, wenn du willst, und nach meinem Tod mein Vermögen erben. Komm! Ich werde dich beschützen und dir den Segen der Heiligen erteilen. Nachts wirst du meine kleine Honigschale sein und jeden Morgen meine kleine Butterschale. Komm zu deinem Onkel Mansur, der es versteht, mit Kindern sanft und geduldig umzugehen!..."

Das Kind senkte den Kopf und verschwand in der Menge. Ich sah, wie du zu dem Händler hin ausspucktest. Der Inhaber des Ladens gegenüber lachte laut auf, und ich sah das Gold in seinem Gebiß glänzen. Ich fühlte mich in meiner Haut nicht wohl und war benommen von den Abscheulichkeiten, die aus dem Mund dieser nach Dummheit und Vulgarität riechenden Männer kamen.

„Du hast mit den Jungen Glück", rief der Ladenbesitzer dem Elefanten zu. „Ich weiß nie, wie ich mit ihnen reden soll. Mein Trick ist der *Hammam*. Dort gehe ich nach meiner Strategie vor. Zuerst mache ich einen kleinen Einzelgänger ausfindig. Ich spreche ihn an und bitte ihn, einen Eimer Wasser für mich zu füllen. Falls er sich darauf ohne Murren einläßt, weiß ich, daß die Sache klappt. Wenn er mir den Eimer Wasser bringt, gebe ich ihm meinen Waschlappen und fordere ihn auf, mir den Rücken zu waschen. Wenn er fertig ist, nehme ich ihn an der Hand und setze ihn zwischen meine Beine, um ihn meinerseits zu waschen. Ich seife ihm den Rücken ein, streichle seinen Hintern, hebe ihn vom Boden hoch, und bevor er merkt, was ihm geschieht, bin ich schon tief in ihm drin. Dann überlasse ich ihn seinem brennenden Schmerz. Ungesehen, ungekannt."

Ich spürte einen Schmerz am Steiß. Der Elefant begann, unverschämt zu lachen. Wie ein kleiner Junge klatschte er mehrere Male in seine feuchten Hände. Ein Bauer blieb angesichts dieser einfältigen Fröhlichkeit stehen und sagte zu den beiden Männern:

„Allah möge euch noch den letzten Rest von Anstand nehmen!"

Deine Mutter und deine Schwestern waren in der Küche damit beschäftigt, das Essen für Sid El Hadsch El Barakat zuzubereiten. Er hatte den Grundschulabschluß, der ihm kurz nach der Unabhängigkeit alle Wege öffnete, und das Glück, daß sein Vater zugleich intelligent und schlau war. Als Stoffhändler in der *Kissariya* wußte er, daß sein Land Leute mit Diplom brauchen würde, und er hatte alles getan, seinen Sohn in der Schule so weit zu bringen. Da er nicht begabt war, hatte sein Vater sich mit diesem Zeugnis begnügt, es gerahmt und im Wohnzimmer über einer Fotografie des Sultans Mohamed Al-Khamis aufgehängt. Bis zur Unabhängigkeit hatte das Kind sein Glück im Geschäft des Vaters versucht und schon in den ersten Tagen eine außerordentliche Geschicklichkeit bewiesen, wenn es darum ging, die Kunden zu betrügen. Als sein Vater dies bemerkte, setzte er seine ganze Energie daran, das Talent seines Sohnes zu fördern. Ihn in der Kunst des Schwindelns zu unterweisen, war nicht allzu schwierig.

„Man braucht eine honigsüße Stimme", sagte er wiederholt zu seinem Kind. „Den Kunden muß man fangen wie eine Maus! Mit Engelszungen: 'Sidi, Lalla! Womit kann ich dienen? Sie können gern das nächste Mal bezahlen, falls Sie kein Geld dabei haben sollten.' Aber du gibst ihnen keinen Kredit. Du rollst den Stoff vorsichtig zusammen und legst ihn unter den Ladentisch. Wenn du ihnen einen Kredit gibst, kommen die Leute nicht mehr bei dir vorbei. Mit honigsüßer Stimme und einem Lächeln auf den Lippen. In unserem Beruf muß man beweglich sein. Es gibt zwei wichtige Augenblicke bei dieser Art von Geschäft: das Schneiden des Stoffes und die Herausgabe des Wechselgeldes. Wenn du die Ware abmißt, dann laß deine Finger immer in entgegengesetzter Richtung über den Stoff gleiten. Das Ganze muß sehr schnell und geschickt vor sich gehen. Du folgst deinem hölzernen Meterstab und ziehst den Stoff gleichzeitig straff. So hast du zwanzig bis dreißig Zentimeter gespart. Selbst wenn du billiger bist als andere, machst du dabei Gewinn. Immer mit honigsüßer Stimme und einem Lächeln auf den Lippen. Dann versuche, wenn du das Wechselgeld herausgibst, einen höheren Preis abzuziehen. Manche Leute haben keine Ahnung vom Wechselgeld. Gib viele Münzen zurück, das bringt den Kunden durcheinander. Wenn der Betreffende den Fehler merkt, entschuldigst du dich tausendmal und küßt ihm die Stirn. Mit honigsüßer Stimme und einem Lächeln auf den Lippen. Du mußt immer den anderen etwas wegnehmen. Sonst nimmt man dir etwas weg. Außerdem mußt du wissen, wenn du es nicht tust, wird es ein anderer tun. Hast du verstanden, Kleiner?"

Bald sollte der Schüler seinen Meister übertreffen, und der Vater erkannte schließlich die Überlegenheit seines Sohnes in diesem Bereich an. Ohne lange Diskussionen war er damit einverstanden, in die *Suks* zu gehen und den Laden seinem Sohn zu überlassen. Der Mann empfand eine seltsame Befriedigung, einen großen Stolz über die Geschicklichkeit, mit der sein Sohn die Kunden hinterging. War er nicht ganz der Vater? Das Spiel war ernst. Es brachte der Familie El Barakat viel ein. Übrigens sollte dieses Spiel eine erstaunliche Wirkung auf alle Verhaltensweisen haben: aus der Betrügerei sprossen Selbstsucht, Bestechung, Neid, Eigenbrötlerei und Haß. Die Solidarität wich der Gleichgültigkeit, und unsere Welt wurde auf den Kopf gestellt.

Der Zug schob sich vorwärts, in Unordnung, im Staub und im Tumult der erregten Menge. Plötzlich bog er ab und gelangte auf den Platz. Du nutztest eine Lücke, um dich aus dem Gedränge zu

lösen. Ich tat es dir nach. Du verscheuchtest das Bild des jungen Mädchens aus deinem Kopf und gingst auf die *Halqa* zu. Dort hatte sich um einen Mann, der beim Reden mit den Händen gestikulierte, eine Menschenansammlung gebildet:
„Es waren einmal..." sagte er, „es waren einmal Rosen und Yasmin auf dem Grab des Propheten. Gebet und Heil mögen mit ihm sein! Es war einmal ein Mann. Ein Mann wie alle anderen, wie du und ich. Ein Mann aus Fleisch und Blut, Dieser Mann, *Asydna,* war reich. Sehr reich. Zu reich. In dieser Hinsicht unterschied er sich von mir, unterschied er sich auch von euch. Er besaß traumhafte Paläste: die Mauern waren aus Sandelholz, die Decken aus Zimt, der Boden aus arabischem Kautschuk, die Türen aus Ambra, die Fenster aus Moschus, das Küchengerät aus Diamanten und die Armaturen aus Massivgold. Ich rede gar nicht von seinen Gärten, seinen Pferden, seinen Wagen, seinen Frauen.... Unser Geist ist zu klein, sich so sagenhafte Dinge vorzustellen, und ich bin nicht imstande, euch das Paradies auf Erden zu beschreiben. Aber weiter! Dieser Mann, *Aibad Allah,* dieser Mann, oh Sklaven Gottes, lebte mit seinen Eltern in einem blühenden Paradies, so daß für ihn nichts von Bedeutung war außer seinen Palästen, seinen Weinen, seinen Sirenen, seinem Gold... Die anderen konnten hungern und elend zugrunde gehen; es interessierte ihn nicht. Andere ignorierte er. Das geschah vor tausend und abertausend Jahren. Noch vor der Geburt des Propheten; Heil und Gebet seien mit ihm!"

Die Worte gingen wie ein Gespenst unter den Anwesenden um. Jeder machte sie sich zu eigen, nahm sie in sich auf. Alte, zeitlose Worte. Jedoch vermochten sie, die einen aus ihrer Einsamkeit zu reißen und der anderen Verschlossenheit zu durchbrechen. Nur für ein paar Augenblicke. Denn am Ende der Geschichte wurde sich jeder wieder seines eigenen Körpers bewußt, der entweder zu groß oder zu klein war. Eine Welt von Verrückten, in der sich niemand wohl in seiner Haut fühlte. Oft überforderten mich jene Worte. War ich zu jung für sie oder waren sie zu alt für mich? Ich wußte es nicht. Diese Stimme aber hatte etwas Warnendes. Ein gewisses Unbehagen überkam mich. War es der Staub, das Gedränge oder die Sonne? Fortzugehen jedoch, widerstrebte mir. Ich wollte die Lüge dieses Mannes bis zu Ende hören. Auch hatte ich mir fest vorgenommen, dort zu sein, wo du warst. Das war ein Spiel. Ich wollte dir überallhin folgen. Dich nicht aus den Augen lassen. Dir nachspionieren. Ich kannte alles an dir. Deinen Blick, dein Zögern, dein Lächeln, deine Angst, dein Seufzen... Was sich mir entzog, das warst du. Du selbst. Du außerhalb meiner Sphäre, außerhalb dieser verzehrenden Freundschaft, die uns dazu bewegte, Zugeständnisse zu machen. An jenem Tag betrachtete ich dich wie einen Fremden. Aber ich war dir sehr nahe. Ich verfolgte deine Gebärden, ertappte dich beim Lachen und durchschaute deine Gedanken. Kurz, ich hinterging dich.

Die *Halqa* fand täglich auf einem kreisrunden, staubigen Platz statt. Um sich nach einem anstrengenden Arbeitstag zu zerstreuen, kamen die Leute für eine Weile dorthin, bevor sie in ihre Hütten ohne Wasser und Kanalisation zurückkehrten. Die *Halqa* ist ein Ort des Vergessens. Das Vergessen. Auch ein Ort der Begegnung und des Lebens, an dem das Elend immer zu finden ist, die jungen Taschendiebe in die Lehre gehen und die Frauen auf der Suche nach Abenteuern ihre Reize feilbieten. An jenem Tag umringten ungefähr dreißig Leute den Erzähler, dessen fesselnde Stimme den Platz erfüllte:

„Dieser Mann, *Asyadna*", fuhr er fort, „dieser Mann, der euch ähnlich war und doch auch wieder nicht, verlor seine Eltern, die liebsten Menschen, die er auf Erden besaß. Er sah sie sterben trotz des Goldes und Silbers, das die Ärzte, Zauberer, Heiler und großen Scharlatane bekamen, die er aus der ganzen Welt hatte kommen lassen. Nach ihrem Tod schloß er sich in einem seiner sagenhaften Paläste ein und wiederholte den ganzen Tag lang immer dasselbe..."

Der Mann hörte auf zu sprechen. Alle Augen waren auf ihn gerichtet. Seine lehmfarbenen Worte zogen die Menge in ihren Bann. Es kam nicht in Frage, vor dem Ende der Geschichte den Ort zu verlassen; so mächtig ist das Wort. Diejenigen, die es zu gebrauchen wußten, hatten ganze Völker an ihre Lügen gekettet. Die Geschichte bewahrt noch Namen, die die Toten aufschreien und die Lebenden erzittern lassen. Worte, geprägt in dem Elend, der Angst und der Dummheit derer, die ihren Blutdurst nicht beherrschen können. Das Wort vollbrachte und vollbringt Wunder. Und unaufhörlich erzeugt die Geschichte Ungeheuer.

Während der junge El Barakat in die tausend-und-ein Geheimnisse des Lebens eingeweiht wurde, bemühte sich dein Vater, Brüder und Mutter zu ernähren, bis sein eigener Vater, der in der Befreiungsarmee kämpfte, zurückkehrte. Jene Männer besaßen Mut, eine hohe Moral und viel Stolz. Sie hatten ihre Wahl getroffen und standen dazu mit allen Konsequenzen; sie weigerten sich, durch Schweigen, Abwarten oder Feigheit Zeugen dieses erneuten Terrors oder Komplizen ungerechtfertigter und durch nichts zu rechtfertigender Massaker zu werden. Freiheit hatte einen hohen Preis. Aber nichts konnte jene Männer zurückhalten, deren Entscheidung eines Tages gefallen war und die seitdem aufgehört hatten, an sich zu denken. Was erhofften sie sich? Sie erhofften sich, daß ihre Kinder in eine Welt hineingeboren würden, in der auch für sie die Sonne aufginge, die Vögel sängen und die Sterne funkelten. Mit ihrem Glauben und ihrem Mut, hatten sie der Kolonialmacht zu verstehen gegeben: 'Es reicht.' Diese Macht hatte mit einem der blutigsten Verbrechen in der ganzen Kolonialgeschichte geantwortet. 'Es war nicht so schlimm wie in Algerien', behaupteten einige Stimmen. Man solle doch nicht übertreiben. Ich dagegen frage: Hunderte oder Tausende von Toten, wo ist da der Unterschied?

Dein Vater war damals elf Jahre alt und hatte keine Möglichkeit, sich über seine Zukunft Gedanken zu machen. Außerdem gilt es als Gotteslästerung, die Zukunft vorwegzunehmen. Die Zukunft gehört Gott allein: 'Du wirst nur dorthin gehen, wo Allah es möchte'. Wie fast alle anderen überließ dein Vater sein Schicksal dem *Maktub*. Sein Kämpfen war eine höhere Fügung. So dachte er. Das Gebirge war das Schicksal derer, die ohne Ehre und Stolz nicht leben konnten; abzuwarten das Los jener, die ohne

Angst in Erwartung einer neuen Sonne zu leben vermochten. Die Welt würde ein anderes Gesicht bekommen, aber davon würden nur diejenigen profitieren, die warten konnten und die Genüsse eines problemlosen Lebens zu schätzen wußten, weit weg von der Gefahr und dem Gebirge.

Sid El Hadsch El Barakat kam gegen achtzehn Uhr in seinem metallicfarbenen Mercedes 240 D an. Lalla Rabha rief einige müde *Yu-Yus* aus dem hinteren Ende der Küche, kam ihrem Gast aber nicht entgegen, um ihm die Hände zu küssen und ihm und den Seinen Reichtumg, Gesundheit, Wohlstand, Glück und ein langes Leben zu wünschen. Verunsichert sprach Buschaib weiter vor sich hin, um seinen Gast zu zerstreuen und um zu verhindern, daß er diese offenkundige Nachlässigkeit bemerke:

„*Mrahba bik*! Sei willkommen, Sid El Hadsch! Du bringst Licht an diesen Ort. Heute ist ein großer Tag. *Mrahba bik*! Sei willkommen! Deine Gegenwart ehrt uns und erfüllt uns mit Stolz. Allah schenke dir noch viele Jahre und schütze dich vor den Kindern des Ehebruchs. Sei willkommen. Mein Haus ist auch dein Haus. Entschuldige diesen Empfang! Du verdienst Besseres. Tausendmal Besseres. Dein Kommen ist uns teuer, Sid El Hadsch. Gott ist mein Zeuge für das, was ich sage. Du verdienst es, daß man dir nach alter Sitte Milch und Datteln anbietet. Das nächste Mal, *In scha'a Allah,* werden wir einen Hammel schlachten. *Mrahba bik!* Wir danken dir, daß du unsere demütige Einladung angenommen hast. Du bist ein hilfsbereiter und bescheidener Mann. Zwei seltene Eigenschaften in unserer Zeit. Wir sind nicht mehr als der Staub, der von deinen Füßen fällt. Sei willkommen, Sid El Hadsch! Heute ist ein großer Tag. Nein, setz dich auf diesen *Seddari*; er ist aus Wolle. Mach's dir bequem! Fühl dich hier wie zu Hause, Sid El Hadsch. Mein Haus ist auch dein Haus. *Mrahba! Mrahba! Mrahba!...*"

Der Nachmittag begann, sich dem Ende zuzuneigen. Über unseren Köpfen wanderte die Sonne allmählich der anderen Seite zu. Etwas wie der Geruch von Sperma hing in der Luft. Ob sich wohl jemand unter seiner *Dschellaba* selbst befriedigt hatte? Es ergriff mich das Gefühl einer drohenden Gefahr. Die umherspringenden Kinder wirbelten Staubwolken auf. Am nächsten Tag würde ich dir sagen, daß ich dich heimlich beobachtet hatte. Du würdest wütend werden und mich des Verrates bezichtigen, sogar die Hand gegen mich erheben. Ich ließe dich gewähren. Du würdest nicht wagen, bis zum Äußersten zu gehen. Du würdest deinen Arm mit einer vergeblichen Geste sinken lassen und mich mit Schimpfworten überhäufen. Ich hieße dich einen Verrückten oder Dummkopf. Du würdest erröten und vorschlagen, daß wir uns für immer trennen. Ich gäbe dir keine Antwort. Du würdest mir den Rücken kehren und, Bosheiten knurrend, weggehen. Nach nicht einmal zehn Metern hieltest du an. Du würdest zurückkommen und mich bitten, dich heimzubegleiten. Ich würde es ablehnen. Du würdest schmollen, aber nichts mehr sagen. Du würdest nicht mehr schreien. Mich auch nicht mehr beschimpfen. Beleidigt würde ich dich verlassen. Du spieltest den Gleichgültigen. Am folgenden Tag würden wir uns bei dir oder mir wieder treffen und uns bei einem Glas Pfefferminztee aussöhnen.

Ich war gewiß zu jung für die Worte des Erzählers. Du auch. Die Worte waren mir verhaßt, weil sie für die Erwachsenen bestimmt waren. Die Demütigung, die sie mir zufügten, empfand ich wie eine Herausforderung. An jenem Tag brauchte ich Worte von meinem Zuschnitt. Worte, die für verantwortungsbewußte Jungen richtig waren. Was ich wollte, waren Worte ohne Geschichten. Ohne Vieldeutigkeit. Ich wartete auf einfache Worte, unter denen meine Unruhe begraben würde. Ich wollte Worte zum Träumen, Worte zum Lachen, Worte, um das Morgen zu vergessen. Klare, glasklare Worte, die über den Boden gleiten, ohne die Erde meiner Vorväter aufzuschürfen. In mir waren widersprüchliche Stimmen, und ich hatte Mühe, meinen inneren Frieden wiederzufinden. In meinem Gedächtnis wurden sie von der Nacht verstärkt und verursachten mir Kopfschmerzen. Ein Fluch.

Die Menge drängte sich um den Erzähler, der mit seiner Geschichte fortfuhr:

„Dieser reiche, mächtige, starke Mann sagte sich immer wieder:

'Ist das möglich? Ich kann alles haben, alles kaufen, alles besitzen, und doch bin ich unfähig, meinen Vater und meine Mutter vor dem Tod zu bewahren. Die Welt liegt mir zu Füßen, und darüber sollte ich keine Macht haben? Gar nicht daran zu denken, daß auch ich vielleicht schon morgen sterbe, dieses Leben verlasse und meine Reichtümer aufgebe! Aber das ist absurd! Ich muß diesem Elend unbedingt ein Ende machen...' Dann ließ er alle seine Ratgeber, Zauberer und Gelehrten holen und sagte zu ihnen: 'Ich will nicht sterben, es ist nicht normal, daß jemand wie ich stirbt! Findet mir eine Lösung! Macht, was ihr wollt! Seht zu, wie ihr es schafft, daß ich ewig lebe! Alle meine Reichtümer stehen euch zur Verfügung.'"

Sid El Hadsch machte es sich auf dem *Seddari* bequem, umringte sich mit Kissen und verlangte sogleich eine große Schüssel mit warmem, gesalzenen Wasser.

„Sofort, Sid El Hadsch! Amina, bring deinem Onkel die Schüssel mit warmem Wasser und massiere ihm die Füße! Vergiß nicht, das neue Handtuch mitzubringen! Mach schnell! Sid El Hadsch hat empfindliche Füße; Gott schütze ihn. Er arbeitet sich zu Tode. Von morgens bis abends ist er auf den Beinen. Allah stehe ihm bei und erhalte seine Gesundheit. *Zid Abenti*! Komm her, meine Tochter! Der Segen des Propheten Mohammed sei mit dir und deinen Nachkommen! Wasch deinem Onkel Sid El Hadsch die Füße und massiere ihm die Zehen! Gott wird dir dafür einen Palast im Paradies öffnen. Warte, Sid El Hadsch! Ich helfe dir, die Füße in die Schüssel zu stellen. Du solltest dich so wenig wie möglich anstrengen, Sid El Hadsch. Deine Gesundheit über alles!..."

Kurz nach der Unabhängigkeit hatte Sid El Hadsch den väterlichen Laden seinem jüngeren Bruder übergeben, dem er die Schliche seines Berufs beigebracht hatte. Dann machte er sich auf, die Seinen in der Verwaltungshierarchie einzuholen. Das lag in der Logik der Dinge. Er hatte den Grundschulabschluß, und es war seine Pflicht, zum Aufbau des freien und unabhängigen Staates beizutragen. Er bekam einen verantwortungsvollen Posten in der Verwaltung des Landes. Er unterschrieb Dokumente. Den ganzen Tag lang unterschrieb er. Das verursachte ihm Schmerzen an den Zehen. Aber im Vergleich zum Wohl des Staates galt seine Gesundheit sehr wenig.

Sid El Hadsch arbeitete hart. Alles ruhte auf seinen Schultern. Ohne ihn ging nichts. Alles hing ab von der launischen Spitze seines vergoldeten Kugelschreibers. Um seine Bedeutung und Tüchtigkeit zu ermessen, meldete sich Sid El Hadsch manchmal krank und ging nicht ins Büro. Alsdann begann das Telefon zu klingeln, und irgendwelche Stimmen baten ihn, nachdem sie ihm eine baldige Genesung gewünscht hatten, inständig um seine Unterschrift unter eine Bauerlaubnis, eine Ehelosigkeitsbescheinigung, ein Familienbuch, einen Jagdschein... Aber Sid El Hadsch verstand es, die Leute von seiner Unpäßlichkeit zu überzeugen. Er hütete das Bett und wartete ab. Einige Stunden später eilten die Leute, mit Geschenken beladen, herbei, um ihrem Bruder und Freund baldige Genesung zu wünschen. Sid El Hadsch öffnete dann die Schublade seiner Kommode aus Eichenholz, holte seinen vergoldeten Kugelschreiber und seinen Dienststempel heraus und verteilte mit honigsüßer Stimme und einem Lächeln auf den Lippen 'Autogramme' auf die vorgelegten Dokumente. Er machte sich nicht einmal die Mühe zu lesen, was er unterschrieb. Eine Vertrauensperson. Und vertrauensselig. Wer würde es schon wagen, seine Ehrenhaftigkeit und seine Stellung zu gefährden? Er las nichts durch. Was bedeutete das schon? Das alles hatte keine Folgen. Konnte er überhaupt lesen? Aber gewiß doch! Lästerten einige böse Zungen. Sid El Hadsch hatte den Grundschulabschluß und war unentbehrlich für das Funktionieren des Staates. Ein anständiger und verantwortungsbewußter Mann.

Dein Vater Buschaib dagegen kümmerte sich weiterhin um Mutter und Brüder, da sein Vater im Kampf um die Unabhängigkeit des Landes gestorben war. Niemand wußte, wo er begraben lag. Wer fragte im übrigen danach?

Die Sonne schwebte am Himmel und verlieh der *Halqa* eine sonderbare Atmosphäre. Etwas wie ein Schatten störte ihre Bahn. Eine Wolke zog, wie der Überbringer eines Schuldgefühls, an dem klaren Himmel vorbei und blickte wie ein Auge auf die Erde und die Menschen herab. Einen Augenblick verharrte sie unter der Sonne und gab dieser das Aussehen einer Kugel aus silbergrauem Papier. Der Geschichtenerzähler fuchtelte mit seinen spindeldürren Armen in der Luft herum. Um ihn hatte sich der Kreis der Menschen noch enger gezogen. In dem Gedränge war ein Mann einer der vor ihm stehenden Frau ein wenig zu nahe gekommen. Sie fühlte, wie ihr etwas Hartes an den Hintern gedrückt wurde. Unter ihrem feuchten Schleier lächelte sie und machte einige unauffällige Hüftschwünge, bevor sie sich zu ihrem Verführer umwandte und, von diesem enttäuscht, sogleich zu brüllen begann:
„Schämst du dich nicht, Alter, eine Frau zu kitzeln, die deine Tochter sein könnte? Schämst du dich nicht für deinen weißen Bart? Bist du des Teufels, daß du vor den Frauen der anderen keine Achtung hast?"
Dann drehte sie sich wieder nach der Menge um:
„Ihr seid alle Zeugen der Beleidigung, die dieser Mann mir gerade zugefügt hat! Ich bin ein ehrbares Mädchen, Tochter aus gutem Hause! Und dieser Mann, dieser Alte, dieser Mistkerl will mich am hellichten Tag vor allen Leuten bumsen, als ob ich eine Hündin wäre. Gibt es denn keinen unter euch, der ihm diesen Bart ausreißt und ihm die zwei Zähne einschlägt, die er noch hat?"
Die Worte der verschleierten Frau erregten Aufsehen. Wie ein Orkan waren sie aus dem Mund der Frau gedrungen und hatten sich in den Köpfen der Männer breit gemacht. Niemand verteidig-

te den Greis. Alle starrten auf den Unterleib der Frau. Jeder sah sich in Gedanken schon als ihr Gebieter; die Phantasien der Männer wurden deutlicher. Bei einigen spannte sich der Stoff in Höhe des Hosenschlitzes. Eine Beute für die Nacht, die das Stöhnen und die Schreie ersticken würde. Die Männer machten sich jedoch keine Illusionen. Sie wußten, mit welcher Sorte von Frau sie es zu tun hatten: einer Hure, die zu allem bereit war. Bei allem Haß auf die Prostitution hegten die Männer eine heimliche Leidenschaft für diese gefügigen Frauen, mit denen sie ihre Phantasien ausleben konnten. Die Frau schrie noch lange hinter ihrem nassen Schleier. Als sie sah, daß niemand eingriff, stürzte sie sich auf den Alten. Ein Mann trat dazwischen. Der Greis ergriff den Stock, der ihm entfallen war, richtete sich mühsam wieder auf und ging einige Schritte zurück. Die Menge ließ ihn durch. Bevor er den Platz verließ, rief er der Frau zu:

„Sag doch klipp und klar, daß ich zu alt dafür bin! Aber gib dich nicht für etwas aus, das du nicht bist. Du bist bloß eine Nutte! Die allerletzte, die sich zu den Männern gesellen darf. Dies ist kein Ort für Frauen aus guter Familie. Jeder hier weiß, daß du da bist, weil du hoffst, einen Schwanz für die Nacht aufzutreiben. Schau sie dir gut an!" - Er packte seine Genitalien mit dem Stoff der *Dschellaba*. - „Sie können dich noch in den siebten Himmel schicken. Aber auf solche wie dich spucke ich." Er spuckte auf den Boden.

Als der Geschichtenerzähler merkte, daß sein Vortrag gefährdet war, griff er ein, um Ruhe und Ordnung wiederherzustellen:

„Betet zum Propheten!" verlangte er.

„Gebet und Heil Gottes seien mit unserem Herrn Mohammed!" sagte die Menge begeistert.

„Betet zum Propheten!" verlangte er erneut mit fester Stimme.

„Gebet und Heil Gottes seien mit seinem Gesandten!"

„Noch einmal, damit Gott den Satan von unserem Kreis fernhält und uns vor uns selbst beschützt!"

„Gebet und Heil Gottes seien mit seinem Propheten!"

Amina legte ein neues Handtuch auf den *Seddari*. Sie hockte sich auf den festgestampften Boden und machte sich an die Arbeit. Sid El Hadsch wendete keinen Blick von dem Nacken des jungen Mädchens, dessen schwarzes Haar auf die Schultern fiel. Ihr schauderte bei der Berührung dieser schwammigen Haut. Wie das Kleinhirn eines Hammels, dachte sie. Ihre geschickten Finger weckten ein Kribbeln im Fleisch des Mannes. Er gab sich dem sinnlichen Streicheln des Mädchens hin.

„Zieh an den Zehen, meine Tochter!" befahl Sid El Hadsch.

Amina kam dieser Forderung eifrig nach. Sinnlich zeichneten ihre Finger Wellen auf die weiche Haut. Die Mischung aus Streicheln und Wärme löste in dem angespannten Körper des Mannes ein Beben und Seufzen aus. Amina machte wortlos weiter, hob nicht einmal ihre tränenvollen Augen zu dem Mann, der sie beschämte. Ihre Finger gehörten ihr nicht mehr. Sie bewegten sich wie von selbst. Es gelang ihr, diesen Teil von sich zu vergessen, der sie in ihrer Jugend und ihrem Stolz verletzte. Das waren nicht ihre Hände. Es fiel ihr schon nicht mehr so schwer wie zuvor. Ihre Augen sahen nicht einmal mehr, was ihre Finger machten. Ihr Geist war weit entfernt von ihrem angespannten, verkrampften Körper. Vor allem ihrem Vater nahm sie diese Erniedrigung übel, deren Wirkungen er nicht kannte. Die schlanken Finger bewegten sich auf dem schlaffen Fleisch gleichmäßig hin und her. Sid El Hadsch strich mit der Hand über das Haar des jungen Mädchens, dann faßte er eine Strähne. Das Mädchen unterdrückte ein Klagen. Fast im gleichen Augenblick begann der Mann mit dem Grundschulabschluß wie berauscht zu schwärmen:

„Weiter, meine Tochter! Gott wird dich in sein Paradies aufnehmen. Reibe meine Zehen! Ein bißchen stärker! Danke, meine Wohltäterin! Danke, mein Täubchen mit den seidigen Händen. Gott schütze dich vor dem Satan. Allah segne deine Hände und deine Jugend! Du bist ein Segen des Himmels, eine Goldgrube. Weiter, meine Tochter! Ein bißchen stärker! Genau. So ist's gut. Ich fühle, wie meine Müdigkeit vergeht. Du bist eine Wohltat für meine alten Knochen. Deine Finger bereiten mir ein außerordentliches Vergnügen. Möge Allah dich segnen, meine Tochter! Möge Allah dich...möge All...Aaah!..."

Seine Finger verkrampften sich fester in das Haar des jungen Mädchens. Amina bis die Zähne zusammen, um nicht aufzuschreien. Still liefen ihr die Tränen über die hochroten Wangen. Sie war jetzt an Sid El Hadschs Fußbäder gewöhnt. Jedesmal, wenn er zu ihnen kam, mußte sie diese lästige Arbeit mit der größten Sorgfalt verrichten. Buschaib war daran gelegen, alle Wünsche seines Freundes zu erfüllen. Sid El Hadsch El Barakat schloß die Augen und klammerte sich an das Haar des Mädchens. Dieses stöhnte auf vor Schmerz. Sid El Hadsch lockerte den Griff und lehnte den Kopf mit noch immer geschlossenen Augen zurück. Amina strich mit der Hand über sein nasses Gesicht und trocknete seine Füße ab. Dann verschwand sie mit der halbvollen Schüssel schmutzigen Wassers.

Bevor sie das Zimmer verließ, dankte ihr der Vater und sagte:

„Geh, meine Tochter, Gott segne deine Hände und beschütze dich! Gott schicke dir einen Bräutigam aus guter Familie, der deine Qualitäten zu schätzen weiß und dich glücklich macht! Gott schenke dir artige, gehorsame Sprößlinge! Da du deinen Vater und deinen Onkel Sid El Hadsch zu erfreuen verstehst, möge Allah dir die Pforten des Paradieses öffnen! Geh! Mein Segen sei immer mit dir."

Langsam kehrte auf der *Halqa* wieder Ruhe ein. Die Frau brachte ihren Schleier und ihren *Haik* in Ordnung. Alle Blicke waren auf sie gerichtet. Es wurde unauffällig geschoben, um ganz nahe heranzukommen. Die Ausdrücke 'Mistkerl' und 'Bumsen' hingen wie verbotene Wörter drohend über der *Halqa*. Meine verletzten Ohren dröhnten von ihrem bitteren Widerhall, den ich nicht aus meinen Gedanken verbannen konnte. Sprach eine Frau diese Worte aus, klangen sie für mich geiler und hatten eine schärfere Bedeutung. Wahrscheinlich sollten die Ausdrücke 'Mistkerl' und 'Bumsen' den Männern einen neuen Genuß verschaffen, deren rohe Begierde mit einem Schlag die ungeschickten, aber rigiden Zärtlichkeiten einer mehrtausendjährigen Moral hinwegfegte. Im übrigen waren diese Männer nur da, um die Frustationen des Gesetzes zu vergessen. In jedem Blick spiegelte sich monströse Verderbtheit wider. Du standst mit dem Rücken zu mir. Ich konnte also deinen Gesichtsausdruck nicht sehen. In meinem etwas benommenen Kopf vervielfachten sich die Wörter 'Mistkerl' und 'Bumsen', indem sie alle Formen der Lust und ihrer Abgründe annahmen.

Etwas verlegen und besorgt um seinen Vortrag hob der Erzähler unwillkürlich die Arme zum Himmel und verkündete der Menge:

„Verflucht den Satan und kommt wieder zu mir zurück! Kein Skandal, kein Streit ist fähig, den Zauber meiner Worte zu durchbrechen. Verflucht den Satan und öffnet eure Ohren. Kein Wort ist ohne Sinn. Gebt acht auf die Worte! Auf meine Worte, die euch über Angst und Schwierigkeiten hinaustragen. Laßt euch von Nichtssagendem nicht zerstreuen! Hört mir zu und laßt euch von der Klarheit meiner Worte durchdringen! Ich befreie euch von euch selbst und leere euer Gedächtnis. Ich habe den Segen der großen Heiligen des Südens. Meine Seele ist unsterblich! Kommt zu mir zurück! Besinnt euch wieder auf meine Worte! Sie allein heilen euren Schmerz und stürzen euch in das Vergessen geschichtsloser Menschen..."

Das Silbergrau der Sonne verwandelte sich in Blaßrot. Feuchter Wind erhob sich von Norden und wirbelte eine dicke Staubwolke auf. Der Erzähler beeilte sich, seinen Turban wieder einzufangen, den der Wind fortwehte.

Der Alte verließ den Kreis und lief in ein Gäßchen. Dort fiel sogleich eine Schar Kinder über ihn her. Der Alte floh, so schnell er konnte, seinen Stock in alle Richtungen schwingend, aber sie umringten ihn, spielten sich zu seinen Richtern auf und sangen, während sie um ihn herumtanzten:

„Du Alter mit den verschrumpelten Eiern
Kehr zu deiner Gebetsschnur und deinem Teppich zurück!
Ein Hintern verdreht dir noch immer den Kopf,
Aber dein Leben ist zu Ende; du hast keine Kraft mehr,
Und die Frauen wollen nichts mehr von dir wissen.
Was bleibt dir, Mann mit dem weißen Bart,
Was bleibt dir, außer den Gebeten?"

Du gingst an deinen Platz zurück, um die Fortsetzung der Geschichte zu hören. Deinen Gesichtsausdruck konnte ich noch immer nicht sehen. In die stark erregte Menge getaucht, erkannte ich den abgewetzten Kragen deiner Jacke. Diese Einzelheit führte mir zwei große Klammern vor Augen, zwischen denen unsere beiden Lebenswege mit der Tinte des Elends als zwei Parallelen eingezeichnet waren. Da wieder Ruhe eingekehrt war, redete der Erzähler jedoch weiter:

„Dieser reiche Mann *Asyadna* weigerte sich zu sterben. Sollte er, ein sehr vermögender und sehr mächtiger Mann, wie die große Masse enden? Unter der Erde schlafen und der Verwesung ausgesetzt sein, dem Befall einer Leiche von Würmern und Ameisen? Der Mann wollte ewig leben. Da bat er die Weisen des Landes, die Zauberer und Gelehrten um Rat... Aber niemand hatte eine Lösung für sein Problem."

Sid El Hadsch El Barakat öffnete die Augen und richtete seinen fiebrigen Blick auf Buschaib:
„Du hast eine unvergleichliche Tochter, Buschaib", sagte er zu ihm. „Gott erhalte sie dir! Eine Perle. Möge Allah sie beschützen und dich solange am Leben erhalten, bist du sie so siehst, wie du es erhoffst. Wenn ich einen Sohn zu verheiraten hätte, würde ich nicht eine Sekunde überlegen."
Dann nach kurzem Zögern:
„Ich weiß, woran du denkst, Buschaib. Du denkst an Sidi Mohammed. Nein! Denk nicht an so etwas. Obwohl Amina schön

und jung ist, ist sie nicht von seinem Stand. Er wird seine Cousine heiraten, deren Vater unermeßliche Reichtümer besitzt. Das Mädchen ist zwar nicht schön, aber es stammt aus vornehmem Hause. Und wer anklopfen will, klopfe an die großen Türen! Du bist meiner Meinung, nicht wahr? Mein Sohn Sidi Mohammed, Allah beschütze ihn und lenke seine Schritte, wird bald in unser Land zurückkehren. Er ist seit mehr als zehn Jahren in Europa. Er studiert dort Medizin. In zwei oder drei Jahren kommt er zurück. Ich habe ihm eine Praxis in der Hauptstadt eingerichtet, in der er sich, *In scha'a Allah,* niederlassen wird. So verliert er seine Zeit nicht mit unnützem Suchen. Er wird Erfolg haben und ein Vermögen verdienen. Er wird ein großer *Tabib* werden, und mein Nachname und sein Vorname werden in großen Goldbuchstaben über seiner Tür stehen: 'El Barakat Sidi Mohammed El Fassi'. Seine Praxis erwartet ihn, vollständig eingerichtet, schon seit vier Jahren. Geld, Buschaib, das ist das einzig Wahre. Deine Tochter, Gott segne sie, hat alle Eigenschaften einer guten Ehefrau. Zudem ist sie jung und wie der Mond so schön. Schade, daß ich schon verheiratet bin! Meine Brüder und Vettern auch. Die Vorstellung, daß man unser Gut Fremden gibt, ist mir unerträglich. Auch Allah duldet es nicht. Amina ist eine Perle, mit der sich nur einer ihrer Verwandten schmücken sollte. Ich zum Beispiel, ein Vetter oder ein Anverwandter. Versprich mir, Buschaib, daß du sie niemandem zu Frau gibst, ohne mich vorher nach meiner Meinung zu fragen. Ich selbst werde mich um ihre Verheiratung kümmern. Ich besitze großen Einfluß, weißt du. Ich werde keine Mühe haben, einen guten Ehemann für sie zu finden. Nur keine Sorge! Du kannst ganz beruhigt sein..."

Dein Vater errötete, aber sein Lächeln verriet seine Freude. Er warf sich über Sid El Hadschs Hände und küßte sie lange, voller Dankbarkeit. Ein bedeutender Mann war dieser Sid El Hadsch. Auch bescheiden. Wie viele Leute suchten vergeblich um eine Unterredung mit ihm nach! Andere warteten monatelang darauf, daß er geruhte, ihnen einige Minuten seiner wertvollen Zeit zu widmen. Die Familie Buschaibs war bevorzugt. Sie erfreute sich des Wohlwollens dieses bedeutenden Mannes. Aber warum gerade sie? Sid El Hadsch begab sich immer nur zu den Leuten, die er ins Herz geschlossen hatte. Bei denen er sich wohl und vertraut fühlte. Dein Vater war sich der Ehre bewußt, die der Mann ihm erwies, und bildete sich etwas darauf ein. Natürlich verursachten Sid El Hadschs wiederholte Besuche deinem Vater enorme Ausgaben, aber er war stolz darauf und beunruhigte sich nicht deswegen. Im Grunde bemerkte er sie nur dann richtig, wenn seine Gläubiger zu ihm kamen, um ihre Forderungen zu stellen. Sid El Hadsch zuliebe war ihm nichts zu schade.

Als sich die Menge den ersten, einschmeichelnden Worten des Erzählers hinzugeben begann, forderte dieser sie einmal mehr auf, zu dem Propheten zu beten. Nachdem sie dies getan hatte, ergriff er einen *Bendir* und machte mit ausgestrecktem Arm eine Runde unter den Männern.

„Wer hat, der gebe. Wer nicht hat, gebe nicht. Gott erfülle die Wünsche dessen, der gibt, in reichem Maß und stelle jenen zufrieden, der nichts gibt! Heute nacht bin ich in eurem Dorf der Gast Gottes. Seid freigebig zu Allahs Gesandtem. Ich bin euer Gast, meine Freunde! Gewährt mir die Gastfreundschaft des Propheten. Sieben Tage, nicht länger. Ich danke euch, meine Brüder!"

Die Spenden fielen großzügiger aus als beim ersten Mal. Die verschleierte Frau ließ ihre Augen spielen und wiegte sich in den Hüften. Um ihre Aufmerksamkeit zu erregen, scherzten die Männer, bevor sie die Münzen oder den Geldschein auf den Boden des Tamburins fallen ließen, und der Erzähler dankte, indem er ihnen ein langes Leben, Gesundheit und Reichtum wünschte. Auf diese Weise machte er zwei oder drei Runden, stellte das Tamburin wieder auf seine *Dschellaba* und steckte das Geld sorgsam in die Hosentaschen. Dann fuhr er fort:

„Lange Monate war der Reiche *Asyadna* von der Idee des Todes besessen. Er aß nicht mehr, er schlief nicht mehr, aus Angst, daß der Tod ihn mitten im Schlaf überraschte. Seine Verwandten rieten ihm, er solle, um nicht daran zu denken, andere Städte, andere

Länder, andere Kontinente besuchen. Er aber weigerte sich, schickte alle weg und schloß sich in einem seiner prunkvollen Paläste ein. Er duldete nur die Anwesenheit jener alten Frau, die einstmals seiner Mutter bei seiner Geburt geholfen hatte. Sie überbrachte ihm alle Neuigkeiten und bereitete sein Essen zu. Eines Tages aber kam ein Verrückter in die Stadt, und überall erklang seine Stimme. Die alte Hebamme lief zu ihrem Herrn und sagte:

'Mein Herr! Es ist ein Fremder in die Stadt gekommen, der seltsame Dinge sagt, manchmal klar, manchmal dunkel... Die Leute in der Stadt behaupten, sie hätten noch nie jemanden so reden hören. Alle hören sie ihm zu, und seine Worte, sagen sie, seien unergründlich. Nur kluge Menschen könnten sie verstehen. Er ist ein Mann, der viel gereist ist und große Kenntnisse hat. Wenn du ihn zu dir kommen läßt, findet er vielleicht eine Lösung für dein Problem...'

Einen Augenblick überlegte der reiche Mann und befahl dann, den Fremdem kommem zu lassen."

Lalla Rabha schaute auf und bemerkte die Unruhe ihrer Tochter. Sie erriet die quälenden Gefühle, deren Gefangene diese war. Dann schloß sie deine Schwester in die Arme, wischte ihr die Tränen ab, sagte aber lieber nichts. Sie wußte, es wäre zwecklos. Fasziniert von der Persönlichkeit Sid El Hadschs ließe ihr Mann nicht zu, daß man die Ehrlichkeit und Rechtschaffenheit jenes Menschen in Zweifel zöge, der für Buschaib eine heitere Zukunft und die Hoffnung auf ein besseres Leben bedeutete. Der Mann aus den Elendsvierteln hatte eine klare Vorstellung von Sid El Hadsch, und nichts und niemand konnte sie erschüttern. Sid El Hadsch, der anständige, aufrechte, hilfsbereite Mann, der beste von allen!

Dein Vater rückte den niedrigen Tisch zu Sid El Hadsch und stellte ihm die Schale zum Händewaschen hin. Sid El Hadsch pflegte früh zu Abend zu essen, um noch in Ruhe verdauen zu können. Mit dem Daumen teilte dein Vater das Brot in Stücke und reichte seinem Gast das größte, wobei er unablässig wiederholte:

„Sei willkommen, Sid El Hadsch. Heute ist ein großer Tag. Deine Gegenwart erhellt diesen Ort. *Mrahba b'* Sid El Hadsch! Sei willkommen!"

Sid El Hadsch hörte dem Mann nicht mehr zu. Er hatte einen Hähnchenschlegel ergriffen, in den er sein künstliches Gebiß mit der Ungezwungenheit und Gewandtheit eines Mannes aus guter Gesellschaft hineinschlug. Während des Essens schniefte er zweidreimal und machte der Hausfrau mit vollem Mund ein paar Komplimente:

„Für dieses Gericht möge Allah dir Gesundheit schenken! Mein Gott, ist dieses Hähnchen lecker! In Olivenöl gebraten! Deine Frau hat goldene Hände! Gott erhalte sie dir! Du hast Glück, Buschaib, solch eine Frau und eine so junge und schöne Tochter. Der Segen deiner verstorbenen Eltern ist mit dir."

Während der Rede seines Gastes dachte dein Vater nach. Morgen oder übermorgen käme der Metzger, um das Geld für Fleisch und Hähnchen zu verlangen, der Lebensmittelhändler das für Mehl und Zucker, der Gemüsehändler jenes für Kartoffeln... Wo sollte er das Geld auftreiben? Welchen Vorwand könnte er ihnen liefern, damit sie sich noch einige Tage gedulteten? Er schuldete dem Mann, dem dieses Zimmer mit Kochecke gehörte, in welchem die ganze Familie lebte, bereits sieben Monatsmieten. Aber was machte das schon. Dein Vater war mit seinem Leben zufrieden und dankte Gott Tag und Nacht für dessen Wohltaten. Niemals war es ihm in den Sinn gekommen, sich gegen das Schicksal aufzulehnen. Allah hatte es so gewollt, und auf dessen Weisheit war Verlaß. Gott ist gerecht. Gott ist großzügig.

Buschaibs Leben war vom Segen gezeichnet. Mit elf Jahren war er Halbwaise geworden, ohne die Hintergründe des Unglücks zu kennen, das ihn zum Vorstand einer kinderreichen Familie machte. Wo war das Grab seines Vaters, wenn es überhaupt ein solches gab? Der Tod der einen ermöglichte den anderen ein Leben in Freiheit, in Frieden, manchmal im Luxus und sogar in Haß und gegenseitiger Verachtung. Die Veränderung war wichtig, aber nicht allen brachte sie Vorteile. Zunächst hatte dein Vater öffentlich Gemüse versteigert. Als er kurz nach der Unabhängigkeit glaubte, er könne sich selbständig machen, war er nicht älter als vierzehn Jahre. Er mietete eine kleine Bude an der *Dschutiya* und begann sein neues Leben als Händler auf dem Flohmarkt. Doch beklemmte ihn eine neue Angst inmitten dieser abgenutzten Dinge, die ihm ähnlich waren, ohne Alter und Identität, und ihn an eine unbestimmte Vergangenheit ohne Bezug zur Gegenwart erinnerten. Wie sein Laden gehörte er zu einer veralteten Welt, die für ihn nichts besseres gefunden hatte als diese veraltete Existenz. Das also war der Segen, von dem Sid El Hadsch mit so großer Inbrunst gesprochen hatte.

Die Sonne, die sich von der kleinen Wolke schließlich befreit hatte, setzte gemächlich ihren Weg über unsere glühenden Körper fort. Der Erzähler sprach mit zum Himmel erhobenen Armen. Die Männer, die geblieben waren, hörten ihm zu und versuchten dabei, sich einen Weg zu der Frau zu bahnen. Die Kinder hatten den Platz verlassen, um den alten Mann zu verfolgen. Die Frau, die das Aufsehen erregt hatte, war noch immer hier, wiegte sich in den Hüften und spielte mit den Augen, wodurch die Begierde der Männer noch mehr gereizt wurde. Nur schwer widerstanden sie dem Duft der zwielichtigen Frauen. Dabei besaßen sie alle eine Ehefrau, manchmal mehrere. Was gefiel ihnen daran, hinter dieser Dirne zu erbeben, den Geruch ihrer Haut und ihrer Reize zu erraten, ihre Rundungen, ihre vielfältigen Tiefen zu erahnen? Das Leben konnte sie mal. Auch Gott konnte sie mal. So was unterbricht das Einerlei und steigert die Manneskraft beträchtlich. Die Frau wußte ihre Rolle meisterhaft zu spielen. Vielleicht hob sie sich für den letzten auf. Selbst wenn er häßlich wäre? Selbst wenn er niederträchtig wäre? Was bedeutete das schon? Sie würde eine aufregende Nacht erleben. Vielleicht wäre ihr der letzte mehr ergeben als alle anderen. Seine Leidenschaft wäre groß. Mit etwas Geschick würde sie ihn lange halten, womöglich am Ende sogar davon überzeugen können, sie zu heiraten. Warum nicht? Ein Ehemännchen für die alten Tage. Sich ein gutes Plätzchen in der feinen Gesellschaft sichern. Traum all dieser Frauen, deren Leben überflutet war von Sperma, Blut und Gewissensbissen. Der Körper war das Kapital der Witwen, alten Jungfern und unfruchtbaren Frauen. Ausgestoßen, in Verruf gebracht, am Rande der Gesellschaft strandeten sie in den Freudenhäusern zum Vergnügen der rechtschaffenen Männer, dieser Koranleser.

Die verschleierte Frau hob sich für den letzten auf. Sie dehnte die Spannung aus und zog das Vergnügen in die Länge. Und falls der letzte nicht alle ihre erotischen Träume erfüllte? Dieser wankelmütige und zweifelhafte Erzähler? Bei jeder Bewegung der Frau weiteten sich die Augen. Sie glich allen anderen Dirnen, sie hatte nichts Aufregendes, nicht einmal etwas Interessantes an sich. Und doch warteten diese frommen Männer, diese guten Familienväter voller Hoffnung darauf, sie zu beschlafen. Ihnen kochte das Blut in den Adern, und ihr Geist bescherte ihnen geheimnisvolle Phantasien. Ein jeder malte sie sich in einer anstößigen Stellung aus, das Gesicht ins Bettlaken vergraben. Die klassische Position hielten sie ihren in Keuschheit und Scham eingeschlossenen Ehefrauen vor.

Bei solchen Gelegenheiten spürten die Kinder, wie frevelhaft sich die Männer ihren Frauen und Nachkommen gegenüber verhielten. Verweigerten sie letzteren doch, was sie selbst erhofften, erwarteten und verfolgten. Weder dein Vater noch meiner waren besser als die anderen.

Um seine Notdurft auf der Gemeinschaftstoilette draußen zu verrichten, durchquerte dein Vater das Zimmer, in dem die ganze Familie schlief. Er stieg über einen Körper nach dem anderen. Manchmal trat er mit seinen schmutz- und lehmverkrusteten Füßen auf einen Arm oder ein Bein. Hinter ihm schloß sich wieder die Nacht, ohne daß man ein Stöhnen hörte. Du rolltest dich zusammen und hieltest so lang wie möglich den Atem an. Es war zum Reflex für dich geworden: den Atem anhalten, dich totstellen.

Noch dreimal forderte der Erzähler die Zuhörer auf, zu dem Propheten zu beten. Eine ganze Runde drehte er in dem Kreis und fuhr, mit ernstem Blick, in seiner Geschichte fort:

„Der Fremde trat vor den reichsten Mann aller Zeiten. Dieser betrachtete ihn einen Augenblick, erstaunt über die schmutzige und zerrissene Kleidung, die zerzausten Haare, den schlecht rasierten Bart und die bloßen, vor Dreck starrenden Füße... Er befahl seinen Dienern, jenem Mann ein Bad zu bereiten und schöne Kleider zurechtzulegen. Weiter befahl er, den Friseur kommen zu lassen, aber der Fremde lehnte rundweg ab:

'Entschuldigt, Herr, daß ich dies alles nicht annehmen kann', sagte er. 'Aber ich hänge an meinen «Sachen», mögen sie noch so schäbig und schmutzig sein. Ihr habt Eure Paläste, Eure Pferde, Eure Diamanten, Eure Frauen... Ich habe meine Flöhe, meinen Schmutz und meinen Juckreiz. Und ich hänge daran, wie Ihr an Euren Reichtümern. Es ist alles, was ich zeitlebens besessen habe. So ist das Leben. Des einen Besitz sind Gold und Wunder, und die anderen besitzen Flöhe und Elend. Was Ihr mir anbietet, kann ich nicht annehmen, denn ich habe mich nie bemüht, anderes zu besitzen als die Flöhe, den Schmutz und den Juckreiz. Wenn Ihr mir all das heute nehmt, was wird dann von mir übrigbleiben? Von dem, was ich bis dahin gewesen bin? Ich fürchte, daß ich mich dann nicht wiedererkennen werde und dem Bild gleichen möchte, das Ihr von mir entwerfen wollt. Ich mag keine Veränderung. Im übrigen ist mir das Leben nicht mehr wert als meine Flöhe, mein Schmutz und mein Juckreiz.'

Über der großen Empfangshalle des Palastes lag ein nachdenkliches Schweigen. Die Gesichter waren vor Besorgnis verzerrt. In den Blicken konnte man ein Zögern lesen. Zu hören war nur der etwas traurige Gesang der Kanarienvögel und der unregelmäßig plätschernde Wasserstrahl des Springbrunnens aus roa Marmor. Der reichste Mann aller Zeiten reagierte nicht auf diese Worte. Obwohl ihn ansonsten der geringste Ärger aus der Fassung brachte, blieb er ruhig. Noch nie hatte es jemand gewagt, wenn er über seine Reichtümer sprach, das Elend der anderen zu erwähnen. Ein solcher Mut war außergewöhnlich. Es verwirrte und amüsierte ihn zugleich. Zu allen Zeiten waren an seinen Vorfahren, an seinen Eltern, an ihm selbst nur Leute vorbeidefiliert, die ihre Stärke rühmten, ihren Reichtum besangen und ihre immerwährende Ergebenheit zum Ausdruck brachten. Der schmutzige, vernachlässigte Aufzug dieses Fremden stellte eine Beleidigung oder doch wenigstens eine Herausforderung für einen reichen Mann wie ihn dar. Die respektlose Rede hinterließ eine Leere in seinem Kopf. Er weigerte sich, die Realität anzuerkennen, um sich weiterhin in seiner Haut und in seinem Reichtum wohlzufühlen..."

Die Worte des Erzählers glitten unauffällig wie ein Reptil dahin und setzten sich, Eintönigkeit suggerierend, allmählich in den Köpfen fest. Ich beneidete diesen Mann, in dessen Macht es stand, mit Worten zu spielen, sie zu zerlegen und in verwirrende Anspielungen zu hüllen. Er nahm sie, wie er ein leichtes Mädchen nehmen würde, sie ausschmückend, sie streichelnd, sie zur Ausschweifung verleitend.

Sid El Hadsch El Barakat schlürfte genußvoll sein erstes Glas Pfefferminztee und knabberte etwas Gebäck. Er stellte das Glas aufs Tablett. Während dein Vater ihm zum zweitenmal einschenkte, lüpfte er das rechte Bein und ließ eine Reihe satter Pfürze hören, die das Geräusch der Teekanne übertönten. Dein Vater, peinlich berührt durch das eingetretene Schweigen, trank seinem Gast zu:

„Auf dein Wohl, Sid El Hadsch! Allah mehre deinen Besitz und vervielfache deine Reichtümer!"

„Gott schenke dir Gesundheit, Buschaib! Eben dies wünsche ich dir auch. Möge Gott deine Pläne verwirklichen!"

Dein Vater goß noch einmal Tee nach. Sid El Hadsch El Barakat setzte sich auf und erklärte:

„Weißt du, Buschaib, furzen ist etwas Natürliches. Man sagt sogar, es sei ein Lufthauch des Paradieses. Ich persönlich ziehe das Furzen dem Rülpsen vor. Es ist weniger abstoßend, glaubst du nicht auch? Außerdem ist der Furz Ausdruck des Wohlstands, des gefüllten Bauchs. Man furzt, wenn man satt ist. Hungerleider furzen nicht. Sie haben nichts im Bauch. Du hast nichts gerochen, nicht wahr? Mein Furz ist geruchlos. Das ist eine *Baraka*. Großes Glück, was? Es ist nicht jedem gegeben. Das Geräusch stört etwas, das stimmt. Aber man fühlt sich so gut danach! Außerdem ist es eine gute Sache. Wie sollten denn die anderen ohne diese kleine Explosion wissen, daß man sich körperlich wohl und auch sonst behaglich fühlt? Der Furz begleitet die köstlichen *Tagines*, die großen *Maschwis* und die süßen *Pastilas*. Weißt du, Buschaib, wenn ich mit bedeutenden Leuten zusammen bin, richte ich es immer so ein, daß ich mich in ihrer Gegenwart erleichtere. Besonders nach einer großen Schlemmerei. Bloß um zu zeigen, daß ich etwas in den Därmen habe. Du darfst nie zögern, sobald du den Drang verspürst, Buschaib. Es macht den Dickdarm frei, erleichtert den Magen und vermittelt eine genaue Vorstellung von deiner gesellschaftlichen und finanziellen Situation."

Für einen Augenblick vergaßest du den Erzähler und kehrtest einmal mehr zu deinen Erinnerungen zurück. Der massige Körper deines Vaters stieg über die kleinen Leiber, die wie Sardinen in einer Reihe auf der feuchten Matte lagen. Es regnete in jener Nacht. Es war kalt. Die verschlissenen Decken, die planlos über eure vor Kälte erstarrten Gliedmaßen geworfen waren, glichen Blättern am Weinstock. Du konntest kein Auge zutun, dich fröstelte, deine Gedanken bedrückten dich wie deine Armut. Dein Vater setzte aufs Geratewohl seinen Fuß auf. Du hörtest ein Knacken, doch stöhnte niemand auf. Mit gespreizten Beinen blieb er über deinem Kopf stehen. Du öffnetest die Augen, und durch den weiten *Tschamir* erkanntest du die Hoden und das schwere, auf dich gerichtete Glied deines Vaters. Entsetzliche Angst bemächtigte sich deines mageren Körpers. Von dem drohenden Glied fielen einige Urintropfen auf dein Gesicht. Da erinnertest du dich an die Worte deines Vaters, als er dich einmal mit der Nachbarstochter in einer Ecke überrascht hatte:

„Was willst du Grünschnabel, du Knirps in deinem Alter schon die Eier gebrauchen! Schau doch mal her! (Er zeigte mit dem Finger auf deinen Unterleib.) Nicht größer als zwei Taubeneier! Und du willst ein Mann sein! Das ist lachhaft, diese Mickerdinger, die du zwischen den Beinen hast. Kaum fähig, im Stehen zu pissen. Du glaubst wohl, wenn du der Nachbarstochter den Hof machst, werden sie vielleicht größer! Als ob wir nicht schon genug Schwierigkeiten hätten! Ich bin es, der nachher in der Scheiße sitzt. Deinetwegen, wie immer. Siehst du diese Eier (er öffnete den Hosenschlitz, nahm mit der rechten Hand seine Genitalien und schwenkte sie in deine Richtung), ich könnte dich damit erschlagen. Die sind schwerer als du. Laß das kleine Mädchen in Ruh und such dir eine Arbeit, damit du mir helfen kannst, diese Sippschaft zu ernähren! Wer die Hühner der anderen ißt, muß die eigenen mästen!"

Auf Zehenspitzen warst du verschwunden und hattest nicht mehr gewagt, das Mädchen anzusprechen. Lange hattest du an jenem Tag geweint. Dein Vater benutzte jede Gelegenheit, um dich zu erniedrigen. Eines Tages, das wußtest du, könntest du dem Verlangen nicht widerstehen, ihm mit dem Kupfermörser den Schädel einzuschlagen. Wie konnte ein Kind in dieser Atmosphäre des Hasses und der Ohnmacht aufwachsen? Jeder Schlag, jede Schikane, jede Beschimpfung ließen dich um Jahre altern, und mit vierzehn fühltest du dich wie ein Greis. Deine Träume, deine Hoffnungen hatten weder Gestalt noch Farbe. Deine Kindheit schmeckte nach Sünde und trug die Falten des Alters. Vergangenheit, Gegenwart und Zukunft hingen an diesem launischen Paar Eier, das schwerer wog als du. Die Gewichte des Lebens!

Im Morgengrauen des folgenden Tages wurdest du durch das Stöhnen deines kleinen Bruders geweckt. Sein linker Arm war gebrochen.

Sid El Hadsch El Barakat setzte mit ernster Miene seine Erklärungen fort. Mit unbefangenem Blick hörte dein Vater dem langen Sermon zu. Er war dabei, seine Bildung zu vervollkommnen. Als Buschaib dieser Furzmaschine gegenübersaß, empfand er eine wachsende Bewunderung für den Mann, der alles zu erklären wußte und ohne Hemmungen zu sprechen verstand. Solche Leute brauchte das Land, deren Leben angefüllt war mit Festessen, und Fürzen, Leute, die mit dem Bauch dachten! Der Furz der Reichen hatte nicht dieselbe Bedeutung, dieselbe Farbe, denselben Geruch wie derjenige armer Leute, der einen widerlichen Gestank verbreitete und durch sein knatterndes Geräusch die anderen belästigte. Das war doch selbstverständlich! Ein wichtiger Mann wie Sid El Hadsch furzte geruchlos, was nicht jedem gegeben war. Auf diese Weise wurde denjenigen, die für dieses zwanzigste Jahrhundert der (Unter-) Entwicklung die Verantwortung trugen, immerhin die Würde des Furzes zuteil. Ein Glück, daß es nicht die der Atombombe war! Von der Leiter herab (für deren Hochziehen Sid El Hadsch und seinesgleichen nach ihrem Aufstieg sorgten) stürzte eine wahre Furzlawine der Großkopfeten auf die Klasse der Arbeiter und begrub die kleinen Leute unter sich. In deren verzweifeltem Streben nach Glück und Wohlstand blieben auf ihrem Weg nur die Krümel, die die Oberfurzer ihnen von Zeit zu Zeit zur Besänftigung übrigließen.

Um Sid El Hadsch eine Freude zu bereiten, hielt dein Vater einen Augenblick den Atem an, zog den Bauch ein und konzentrierte sich mit aller Kraft auf seinen After. Die Eingeweide wurden derart zusammengepreßt, daß sie ihm wehtaten, aber nichts geschah. Nicht das geringste Geräusch. Nicht einmal der Hauch eines Luftzugs. Mit hochrotem Gesicht blickte dein Vater zu seinem Gast als Besiegter auf. Nicht jedem ist es gegeben, sich mühelos zu erleichtern. Nach Sid El Hadschs Ansicht war es ein Bestandteil der Erziehung; ein Vermögen, das vom Vater auf den Sohn vererbt wurde. „Der Furz", sagte er, „klopft nur an die Türen der Großen!" Dein Vater hatte einen leeren Magen.

Trotz des Zwischenfalls den die verschleierte Frau verursacht hatte, beeilte sich der Geschichtenerzähler nicht, zum Schluß zu kommen. Und du hattest es nicht eilig, nach Hause zu gehen. Ich wartete, bis du aufbrechen würdest, um es dir gleich zu tun. Du wußtest, daß Sid El Hadsch erst spät in der Nacht von euch fortgehen würde und hattest nicht die Absicht, ihm zu begegnen. Der Erzähler hielt alle Männer mit seinen Worten unter Beihilfe der Frau gefangen. Er zwinkerte ihr zu und fuhr mit seiner Geschichte fort:

„Der reiche Mann ließ den Fremden ausreden und sagte dann zu ihm:

'Hör zu, Femder! Ich weiß nicht, wer du bist und woher du kommst, aber deine Rede ist ernst. Ich muß gestehen, daß ich sie zugleich klug und kühn finde. Aber das ist nicht wichtig. Ich habe dich nicht kommen lassen, damit du mich mit deinen Worten überhäufst. Sag mir, wie ich den Tod besiegen kann, denn ich will ewig leben. Welchen Rat gibst du mir? Sprich! Ich werde dich zu einem der reichsten Männer dieser Erde machen!'

Der Fremde begann, unverschämt zu lachen. Er legte Stock und Bündel auf den Boden und sagte in ruhigem Ton:

'Ich will nicht reich werden und mich wie Ihr hartnäckig an das Leben klammern. Nicht den Tod fürchtet Ihr, sondern dessen Idee beherrscht und quält Euch wie eine unheilbare Krankheit. Es dürfte für Leute, die aus wichtigen Gründen am Leben hängen, nicht einfach sein, aufzubrechen und alles aufzugeben. Würmer und Ameisen statt Baumwolle und Seide...'

'Deine Philosophie ist ja ganz nett', unterbrach ihn der reiche Mann, 'was ich aber von dir verlange, ist, daß du mir sagst, wie ich ewig leben kann. Das andere interessiert mich nicht. Sprich, Fremder!'

Der Fremde lachte laut heraus, und der reiche Mann empfand ein unerklärliches Mißbehagen, das eigenartige Gefühl, daß sich dieser Mensch seiner Macht entzog, wie der Tod. Er, der doch die ganze Welt in seiner Hand hielt, hatte keine Gewalt über außergewöhnliche Dinge und unbedeutende Personen. Voller Angst und

Bitterkeit wurde ihm bewußt, daß seine Macht begrenzt und illusorisch war.

'Der Tod', sagte der Fremde, 'ist eine Angelegenheit der Großen, der Reichen, der Mächtigen..., all derer, die Gründe haben, sich ans Diesseits zu klammern. Es ist seltsam, bis heute habe ich nie daran gedacht. Ich bitte Euch um eine Woche Bedenkzeit, bevor ich Euch eine Antwort gebe.'"

Die eisigen Worte des Femden erfüllten den Ort mit einem beunruhigenden Nachhall. Sie ähnelten Würmern in einem verschlossenen Glas. Eines war ins andere verschlungen. Ohne Kopf und Schwanz. Planlos aneinandergereihte Silben. Ich hielt sie für Platzpatronen, die mehr Angst als Übel bewirken, die mehr erschrecken als wehtun. Leere Worte, die jedoch den Himmel in seiner Ruhe störten. Ich hörte sie nicht anders als die anderen; trotz all der Absurdität, mit der sie geladen waren, hatten sie auf mich eine zerstörerische Wirkung. Ich maß meine eigene Nichtigkeit an dieser Litanei, die nur den einen Zweck hatte, uns noch ein wenig mehr zu erdrücken.

Sid El Hadsch El Barakat führte das zweite Glas Tee an den Mund, trank einen Schluck und schmeckte mit den Lippen, bevor er zu deinem Vater sagte:

„Was für ein Tee! Allaaah! Köstlich! Das zweite Glas ist besser. Findest du nicht auch? Die Minze hat lange genug gezogen. Ich habe immer gesagt: das erste ist nie so gut wie das zweite, und das zweite nicht so gut wie das dritte. Heutzutage verstehen die Leute nicht mehr, Tee zu trinken. Es ist das Zeitalter der Coca Cola und des Whisky. Aber nichts geht über ein gutes Glas Pfefferminztee wie dieses. Unsere Vorfahren tranken nichts anderes; deshalb hatten sie eine eiserne Gesundheit und lebten sehr lange. Der Tee reinigt die inneren Organe, stärkt den Organismus, regt den Geist an und weckt die Sinne. Es gibt nichts besseres als Tee. Sicher, dann und wann ein paar Gläser Whisky schaden nicht. Aber Tee, das ist etwas anderes! Trink soviel du möchtest, Buschaib; es ist gut für deine Gesundheit. Hör auf mich und mach, was ich dir sage. Ich habe Erfahrung in solchen Dingen."

Offensichtlich war Sid El Hadsch ein ehrenwerter Mann, der über das Teetrinken und das Furzen zu reden verstand. Ein Mann, der Achtung verdiente und der für den Staat unentbehrlich war. Dein Vater erinnerte sich an ferne Zeiten, in denen er soviel Gerstenbrot essen und Tee trinken konnte, wie er wollte. Die Speise der Armen, ein Klumpen Zucker, war relativ teuer. Er kam aus dem Ausland. Der Transport, die Zwischenhändler..., hieß es. Die Ansiedlung von Zuckerfabriken im Land ließ auf einen Rückgang des Preises hoffen. Dann würde die Speise der Armen, logischerweise, auch für Leute mit kleinem Geldbeutel erschwinglich. Nun sollte aber ihr Preis innerhalb von ein paar Jahren in schwindelerregende Höhen klettern. Und da forderte Sid El Hadsch deinen Vater auf, viel Tee zu trinken. In sehr vielen Haushalten hatte man den Konsum des Nationalgetränks einschränken müssen, seit der Zucker im Land hergestellt wurde.

Der Geschichtenerzähler sprach jetzt mit Nachdruck. Er hatte bei seinen Zuhörern eine gewisse Unruhe wahrgenommen. Um besser Luft zu bekommen oder um aufzureizen, hatte die Frau ihren Schleier gerade so weit gelockert, daß man ihre vorstehenden Backenknochen sehen konnte. Die Männer verschlangen sie mit den Blicken, und sie ließ sie gewähren. Die einen streichelten ihre Brüste, andere ihre Schenkel, wieder andere drangen in ihre Tiefen. Versunken im Leib dieser Frau, war alles vergessen: die Ehefrauen, die Kinder und das Zuhause. Alles für diesen Leib, der unter ihnen war und zugleich woanders, der so greifbar war und ihnen doch entwich. Ein düsteres Trugbild zwischen Traum und Wirklichkeit. Wer diese Frau besäße, würde Ekstase und Vergessen mitten im Schoß der Verzweiflung erfahren.

Der gestirnte Himmel glich einem mit Leberflecken übersäten Frauenkörper. Das entblößte Geschlecht geisterte durch die Köpfe der schlaflosen Menschen. So aufgewühlt waren diese Leute, daß sie weder die Kraft noch den Mut besaßen, um aufzuschauen zum wirklichen Himmel und um das Lachen und den Körper ihrer angetrauten Frauen noch zu schätzen. Ihre verlogenen Blicke waren zu Boden gerichtet, auf den Teer geheftet, wo jeder Auswurf einer Münze glich. 'Paß gut auf!' wiederholte eine Stimme in mir. 'Sieh dich genau um! Die Leute sind manchmal zerstreut. Sehr wohl kannst du einen Sou oder einen Geldschein mit nach Hause bringen, mit etwas Glück auch eine Brieftasche. Mach die Augen auf und schau beim Gehen auf den Boden!'

Der Erzähler richtete einen schamlosen Blick auf die Frau und sagte:

„Am Ende des siebten Tages trat der Fremde erneut vor den reichen Mann, der umgeben war von den Männern seines Vertrauens, seinen sudanesischen Dienern und traumhaften Frauen.

'Was hast du mir zu sagen, Fremder?'

Der Mann legte Bündel und Stock auf den Boden aus Gummiarabikum und hob die Augen zur Decke aus Zimt. Sein Blick entwich durch eine mit Rubinen und Diamanten verzierte Kuppel aus Sandelholz. Die Sterne glichen tausend kleinen Lichtpunkten, planlos hingestreut von einer Hand, die es müde war, jeden Abend dieselbe Geste zu wiederholen. Über dem reichen Haus war es bereits Nacht. Der Fremde spürte sie, unangenehm, unabweislich, ein bedrohlicher Schatten und eine beängstigende Stille. Er lenkte seinen Blick wieder auf Gold und Rubine und sagte mit leiser Stimme:

'Es gibt Tage, an denen ich weder zu denken noch zu sprechen weiß. Ich bin das Wort, aber kein Wundertäter. In mir verborgen liegen die Worte, die von Vertreibung und Sehnsucht sprechen und von genannten oder nicht genannten Wunden einer düsteren, gesichtslosen Geschichte erzählen. Der Tod entzieht sich meinem Einfluß. Schwierig ist Euer Problem, denn es ist das Problem aller Menschen. Nur, daß Ihr Euch weigert, der großen Masse zu gleichen. Eine Heidenangst vor der Zukunft quält die dem Lachen verschlossenen Gemüter. Ein Wort bin ich in einem mannigfaltigen Körper, ohne Gedächtnis und mit zerrissener Geschichte. Doch nun zu Eurem Problem! Tötet alle! So wird niemand mehr sein, Euch an Euren eigenen Tod zu erinnern. Allein sein. Den Tod vergessen, da es ja keine Toten mehr zu erwarten gibt. Bleiben Angst, Einsamkeit und Schuld! Ich bin eine Wunde in den Gedächtnissen, mein Blick ist voller Haß und voll verschwommener Bilder. Mein verbrauchter Körper, eingeengt in seine Haut, errät die Zukunft, die in punktierten Linien auf eine Erde ohne Gesicht, ohne Namen und ohne Geschichte gezeichnet ist...'

Dieses bloße Wort drang in die Tiefe meiner Einsamkeit und klopfte mit Macht an mein in bitteren Erinnerungen eingeschlossenes Bewußtsein. Der Fremde ließ seinen unfaßbaren Blick über die Menge schweifen und fuhr fort wie im Rausch:

'Der Blick gerichtet auf die Bitterkeit der fernen Tage. Wie ein Schlafwandler bewege ich mich durch Euer Gedächtnis, gebe Euren Erinnerungen Farbe und Euren Plänen Form. Im Reich des Wahnsinns bin ich, und nichts könnt Ihr tun gegen mein Wort. Der Tod! Das ist das einzig Wahre, das ist das einzig Gerechte. Das einzige Leid, vor dem die Menschen gleich sind. Der beste Beweis, daß Gott existiert. In Eurem Gedächtnis verstreut liegen die Toten, und Ihr habt Angst, daß sie aufwachen, um von Euch Rechenschaft zu fordern, daß sie Eure Träume lynchen und Euer Denken besetzen. Der Tod spinnt Euch ein, denn er steckt Euch bereits unter der Haut. Er bleibt die einzige Gewißheit. Niemand entgeht ihm, auch nicht die Reichen und die Prinzen. Und doch ist er unser Glück. Was würde aus der Welt werden, wenn die Menschen nicht mehr stürben? Habt Ihr daran gedacht? Aber die anderen zählen für Euch nicht. Nur Euer eigener Körper wäre es wert, verschont zu bleiben. Nur der zählt in Euren Augen. Was soll ich Euch raten? Über Euer Gedächtnis fallen schon Würmer und Ameisen her. Und Ihr habt Angst. Gegen diese Angst kann man nichts tun. Durch Eure ständige Angst vor dem Tod habt Ihr aufgehört zu leben. Ich wünsche Euch einen schönen Abend! Hier ist nicht mein Platz. Geht zu Bett und wartet auf die Erlösung. Die Mauer der Stille wird eines Tages von selbst einstürzen. In Eurem eigenen Körper seid Ihr im Exil. Laßt alle töten.

Das wird nichts ändern. Der Tod! Wenn Euch wenigstens diese Idee barmherzig stimmte!...'

Aufgebracht befahl der reiche Mann seinen Leuten, den Fremden zum Schweigen zu bringen und ihn einzusperren. Die Männer stürzten alle auf einmal los; jeder wollte das Vorrecht genießen, einen leichten Fang zu machen. Aber der Fremde war verschwunden; wie, wußte niemand. Ein Lichtkegel erhob sich an der Stelle, an der er gestanden hatte, und entwich durch die Kuppel, die sich zum Sternenhimmel wölbte. Keine Spur von dem Fremden. Allein sein Wort hallte in dem Palast nach. Man suchte überall. Nichts. Von diesem Augenblick an ließ die Stimme des Fremden dem reichen Mann keine Ruhe, dröhnte in seinen Ohren und bereitete ihm furchtbare Kopfschmerzen. Die Jagd auf den Zauberer dauerte Tag und Nacht. Aber es gelang nicht, ihn zu fassen. Wieder und wieder ertönte seine Stimme im Kopf des reichsten Mannes aller Zeiten:

'Auch du krepierst! Deine Seele ist eine Gefangene deiner quälenden Gedanken. Jetzt bleibt der Tod deine einzige Rettung. Deine letzte Möglichkeit zur Erlösung. Und du wirst keinen Frieden finden, bevor du nicht verreckt bist. Wie die anderen wirst du vor die Hunde gehen! Du wirst krepieren! Du wirst krepieren!...'"

Nach dem letzten Schluck stellte Sid El Hadsch El Barakat sein Glas würdevoll auf das Tablett, machte es sich zwischen zwei Kissen bequem, schlug die Beine unter und rief mit überlegener, stolzer Miene:

„Gut! Sprechen wir nun von ernsten Dingen! Ein voller Magen lädt zum Singen ein, nicht wahr Buschaib?"

Dein Vater nickte schüchtern und setzte das Lächeln eines vom Schicksal besiegten Mannes auf. Er besaß nicht einmal mehr die Kraft, den Mund aufzumachen, so groß war seine Angst, eine Dummheit zu sagen. Er begnügte sich mit dieser einfältigen Mimik. Er bewahrte sein armseliges Lächeln in dem zerfurchten Gesicht, um Sid El Hadsch zu zeigen, daß seine Anwesenheit ihn überglücklich mache. Überglücklich, das war er. Nur mit seinen Krediten, seiner düsteren Zukunft, der Aussicht, daß alle jene Männer kämen, ihr Geld einzufordern...fühlte sich dein Vater nicht wohl.

Sid El Hadsch befeuchtete sich mit der Zunge systematisch die Lippen. Dann zog er sein Taschentuch heraus und putzte sich geräuschvoll die Nase. Er faltete das Taschentuch zweimal zusammen und steckte es in den Schlitz seiner *Dschellaba*. Dann sagte er mit erhobenem rechten Zeigefinger:

„Im Namen dieses großen Tages, Buschaib, bin ich sicher, daß es ein großes Glück für dich ist, mich zu kennen. Ich sage dies nicht, um mir vor dir zu schmeicheln, aber ich weiß, daß ich dein ganzes Glück bin! Etwas drängt mich zu dir hin. Was zwischen uns existiert, Buschaib, das ist mehr als Freundschaft. Ich spüre das. Und du?"

Diesmal zögerte dein Vater nicht, Sid El Hadsch zu unterbrechen und ihn seiner Freundschaft zu versichern:

„Ich schwöre dir, Sid El Hadsch, daß ich deine Gefühle teile. Ich schwöre es dir beim Leben meiner Kinder. Du kannst nicht wissen, was du für mich bedeutest. Du bist ein Freund, Sid El Hadsch. Ein Bruder. Du bist meine ganze Familie. Ich habe nur Gott und dich. Ich bin wie ein abgesägter Ast. Ohne dich bin ich eine Waise..."

Sid El Hadsch öffnete weit den Mund zu einem trägen Lächeln.

„Es besteht kein Zweifel, Buschaib. Wir sind alle Brüder in Gott. Ich weiß, daß ich in deinem Herzen einen großen Platz einnehme. Ich wünsche dein Wohl und das deiner armen Familie. Ein junges Mädchen wie Amina darf nicht im Elend leben. Sie ist ein Opfer, wie so viele andere. In keiner Weise ist sie für ihr Schicksal verantwortlich. Aber du, ich verstehe zwar, daß du nichts unternommen hast, um in die besseren Kreise zu gelangen; aber wie mir standen dir alle Wege offen, um es im Leben zu etwas zu bringen. *Watani* zu sein, wie ich, hätte dich zu nichts verpflichtet. Du hattest Möglichkeiten, die dich nicht daran gehindert hätten, an deine Zukunft zu denken und nach allen Seiten deine Geschäfte zu führen. Wenn ich auch früher einige Sous bezahlt habe, so bin ich zur Zeit dabei, sie wieder zurückzuholen. Wie schade, daß wir uns nicht früher kennengelernt haben. Ich hätte dich aufgeklärt, dich geleitet, ich hätte aus dir einen Mann mit Zukunft gemacht."

Der Geschichtenerzähler sprach und gestikulierte im Schein seiner Petroleumlampe. Die Frau plauderte mit ihren Nachbarn und machte Pläne für die Nacht. Ich rieb mir die Augen, um jenen Bildern zu entkommen, die mir Geschlechtsteile zeigten, wie sie aus ihrem verschleierten Mund glitten, ihre von Sperma triefenden Brüste... Es war nichts zu machen. Das Bild dieser heruntergekommenen Frau war in meinem lüsternen Blick eingegraben. Der Mann zu ihrer Rechten führte seinen Arm hinter ihr vorbei und preßte seine Hand auf einen ihrer Schenkel. Sie bebte vor Lust. Der Mann zu Linken, ebenfalls ein Draufgänger, streckte seine Hand aus und drückte sie in ihr Fleisch. Der Körper der Frau wurde von Krämpfen geschüttelt. Für die drei existierte nichts mehr außer diesem Stück Fleisch. Du konntest nichts sehen. Das Schauspiel fand hinter deinem Rücken statt. Ich fragte mich, was geschehen würde, wenn ich mich zu den beiden mit der Frau beschäftigten Männern gesellte. Für derartige Spiele war ich noch reichlich jung. Man hörte einige aufs Geratewohl ausgestoßene Beschimpfungen, dann wurden die beiden Kerle handgreiflich. Jeder wollte die Frau für sich allein. Während die beiden Gegner ihre Meinungsverschiedenheiten mit Fäusten austrugen, sammelte der Erzähler seine Sachen ein, packte die Frau am Arm, und beide verschwanden durch ein finsteres Gäßchen. Wir verließen den Ort ebenfalls, bevor sich die Lage weiter zuspitzte.

Dein Vater dankte Sid El Hadsch. Einmal mehr küßte er ihm die Hand. Es beschämte ihn, den anderen enttäuscht zu haben. Er hatte nichts getan, um sich zu den bedeutenden Männern emporzuziehen. Doch hatte er auch nichts getan, um ein solches Leben zu verdienen, das ihn auf so ungerechte Weise erstickte. Sein Vater war für das Wohl des Landes gestorben. Er selbst war noch zu jung gewesen, als daß man sein Opfer angenommen hätte. Und dann waren da andere, die es zu versorgen galt. All jene, die voller Hoffnung zu Hause auf das Ende des Protektorats warteten und darauf, daß das Land sie auszeichnete und feierte. Dein Vater verstand nicht, warum die Sonne den einen leuchtete und den anderen nicht. Dennoch war er marokkanischer Staatsbürger, aufgeführt in einem Standesregister, lange nach der Geburt seines letzten Kindes. Er besaß einen echten, wenn auch inzwischen abgelaufenen Personalausweis mit seinen Fingerabdrücken. Täglich verrichtete er die fünf Gebete und fastete wie jedermann. Er war politisch nicht aktiv und hörte nicht 'Le Maghreb des Peuples'. Seine Kinder waren gottlob alle ehelich und seine Frau ergeben und gehorsam. Er war ein ruhiger Mensch, der Schwierigkeiten aus dem Weg ging. Das Leben auf dieser Erde war für ihn nur eine Zwischenstation. Er wartete auf den Tod, damit Allah ihn belohnen möge. Das Paradies ist kein Hirngespinst. Aber das Warten stimmte ihn traurig, und der Himmel blieb die ganze Zeit grau. Nicht, daß es deinem Vater an Ehrgeiz fehlte. Sein Ehrgeiz war es, schlicht, bescheiden und anständig zu bleiben. Auch hatte er große Lust, von jenen sagenhaften Früchten zu genießen, die einem in den Mund fallen, sobald man den Wunsch nach ihnen ausspricht, jene reinen Ströme von Wein und Honig zu kosten, die im Paradies zur Wonne der ewig jungfräulichen, ewig schönen und ewig jungen *Huris* fließen. Weshalb sollte Buschaib sich nicht auf den Tod freuen? Den Gläubigen war das Paradies bestimmt, was ihn nicht hinderte, daran mit einer gewissen Angst zu denken. Was war, wenn es das Paradies nicht gab? Wenn es eine Täuschung war? Eine Illusion? Aber nein, das war nicht möglich. Dein Vater kannte nur zwei Gruppen von Menschen: schlechte und gläubige. Erstere kämen für ihre Missetaten in die Hölle, und letztere würden für ihre Geduld, ihre Ergebenheit und ihr irdisches Elend ins Paradies gelangen. Gott ist gerecht. Einmal kam jeder an die Reihe. Deine Familie gehörte zu denen, die warten mußten.

Du schlendertest eine Zeitlang umher. Die engen, düsteren Gassen schlossen sich wieder hinter dir. Du steuertest auf das maurische Café zu. Dort trafst du zwei deiner Freunde an: Salah und Brahim, die man alle beide wegen schlechten Betragens des Gymnasiums verwiesen hatte. Der Geruch von Kif hing schwer in der Luft. Du erzähltest deinen beiden Freunden von der Szene auf der *Halqa*. Sie brachen in schallendes Gelächter aus. Salah behauptete, er habe eine Woche zuvor denselben Streit erlebt.

„Sag mal, Rahu, kannst du uns helfen, einen Antrag zu schreiben?"

„Natürlich!" antwortest du. „Einen Antrag wofür?"

„Im Juni", sagte Salah, „finden zwei Einstellungsprüfungen statt, eine für den Zoll und eine für die Gendarmerie."

„Der Zoll und die Gendarmerie! Ihr habt wohl den Verstand verloren! Bei euren Kenntnissen werdet ihr nie Erfolg haben! Ihr seid nicht in der Lage, ohne Fehler einen Brief zu schreiben. Und selbst wenn ihr Erfolg hättet, welche Stelle würdet ihr bekommen? Pförtner oder *Chaouch*. Überlegt es euch, bevor ihr euch auf ein unglückseliges Abenteuer einlaßt!"

„Und das Leben, das wir führen", antwortete Brahim mürrisch, „ist das vielleicht kein unglückseliges Abenteuer? Von morgens bis abends sitzen wir hier und warten darauf, daß unsere Freunde so gütig sind, uns an ihrer Kifpfeife ziehen oder einen Schluck gewöhnlichen Rotwein trinken zu lassen. Auch wir fangen an, auf der faulen Haut zu liegen und die trübselige Stimmung durch die Hoffnung auf einen Augenblick der Zertreuung zu verjagen. Ist das etwa kein unglückseliges Leben?"

„Ich verstehe euch ja", sagtest du. „Aber ihr wißt, um zu diesen Kreisen Zugang zu haben, braucht man Beziehungen..."

„Nur keine Sorge, Rahu", sagte Brahim, „wir kennen jemand,

der Verbindungen zu diesen Schichten hat. Wir brauchen nur jeder fünfhundert Dirham."

„Und dann", fügte Salah hinzu, „sind die Gendarmerie und der Zoll Bereiche, wo man leicht zu Geld kommt. Gendarme und Zöllner beziehen kein hohes Gehalt, aber dennoch gehört die Hälfte der Stadt, in der sie wohnen, ihnen..."

„Und die fünfhundert Dirham?"

„Wir werden uns zu helfen wissen", flüsterte Brahim. „Die Schrotthändler sind bereit, uns Autoteile abzukaufen. Wir haben keine andere Wahl."

„Das ist eure Angelegenheit; aber seid vorsichtig! Der Zoll, die Armee, die Gendarmerie... Im Grunde sind sie unsere beruflichen Möglichkeiten. Wir sind alle Kinder der engen Gassen!"

„Reden wir nicht weiter davon", sagte Salah. „Wenn du willst, treffen wir uns morgen wieder hier, um die Anträge aufzusetzen."

Ich konnte es kaum glauben, daß jemand wie Salah Geldprobleme hatte. Sein Vater war der wohlhabendste Mann des Dorfes. Reich genug, um mit dem Auto fahren zu können, um ein florierendes Geschäft zu betreiben und Besitzer mehrerer Häuser zu sein. Seit sein Sohn der Schule verwiesen worden war, war der Vater der Meinung, er habe ihm gegenüber keinerlei Verpflichtungen mehr. Das Kind sollte für sein Scheitern allein geradestehen. Gottes Fluch lastete auf ihm, und die Engel hatten ihn verlassen, damit er die Erniedrigung kennenlernte. Salah kam nurmehr dann heim, wenn sein Vater, der ihm Hausverbot erteilt hatte, nicht da war. Seine Mutter sah zu, daß sie ihm Geld und Essen zukommen ließ. Während er darauf wartete, daß der Segen Gottes und seines Propheten ihm wieder zuteil würde, schlief er bei diesem oder jenem mit dem schmerzlichen Gefühl, von allen verlassen zu sein. Und in diese Atmosphäre der Gleichgültigkeit und des Hasses hatte er den Eindruck, daß sogar sein Körper sich von ihm löste, daß seine Erinnerungen in eine tönende Leere eingeschlossen waren, in der der Name seines Vaters kläglich widerhallte. Voller Bestürzung wartete er auf einen günstigen Augenblick, um sich an seinem Vater zu rächen. Dieser rechnete nicht damit, da er die eigene Rache gestillt hatte.

Sid El Hadsch El Barakat steckte den kleinen Finger in ein Nasenloch, drehte ihn einige Male hin und her, zog ihn heraus und betrachtete ihn. Mit unzufriedener Miene steckte er ihn erneut hinein und fing wieder an, ihn systematisch zu bewegen. Als er ihn diesmal herauszog, erhellte ein zufriedenes Lächeln sein schwammiges Gesicht. Der Daumen übernahm, was der kleine Finger gesammelt hatte, und mit Hilfe des Zeigefingers machte Sid El Hadsch daraus eine kleine Kugel, die er sorgfältig bearbeitete. Als er der Ansicht war, daß sein Werk vollendet sei, wandte er sich an deinen Vater und befahl ihm, den Arm auszustrecken. Dieser kam der Aufforderung ohne Widerrede nach. Sid El Hadsch legte das schwarze Kügelchen auf die Handfläche deines Vaters, der sich wortlos erhob und das schwarze Ding aus dem Fenster warf. Daraufhin zog Sid El Hadsch sein Taschentuch heraus, spuckte zwei- oder dreimal auf seine Fingerspitzen und wischte sie eifrig ab. Er faltete das Tuch zweimal und wischte sich damit die Stirn, bevor er es in dem Schlitz seiner *Dschellaba* aus weißer Wolle verschwinden ließ.

Dein Vater spürte, daß eine echte Unterhaltung über ernste Dinge nur mühsam in Gang kommen wollte. Nach dem Abendessen hatte er damit gerechnet, daß sein Gast unverzüglich mit ihm über die Angelegenheit sprechen würde, die ihm so sehr am Herzen lag, für die er alles verkauft, alles gegeben hatte. Er war jedoch überzeugt, daß Sid El Hadsch, ein bescheidener und aufrichtiger Mann, letztlich alles zum Wohl der Familie arrangieren würde. Unangenehm war aber, daß er den Anfang machen mußte. Schließlich wagte es dein Vater doch, das Wort zu ergreifen, um Sid El Hadsch dazu zu bringen, über diesen Plan zu sprechen:

„Weißt du, Sid El Hadsch, es gibt Leute, die wirklich Glück haben! Kennst du Rahmun, den Kohlehändler? Das ist ein dünner ewig schmutziger Kerl. Er besitzt einen kleinen Laden ganz in der Nähe der Moschee, direkt neben der *Kissariya*. Nur ihn mußt du kennen!"

„Was ist mit ihm?" unterbrach ihn sein Gast barsch.

„Er hat einen Vetter in Frankreich. Der arbeitet bei 'Bigout'. Vergangene Woche hat er ihm einen Kontrakt geschickt und einen Koffer voll Kleider für die Kinder. Der hat Glück. Nicht wie ich. Vor der Geburt dieses verfluchten Sohnes ging es uns gut. Seither läuft nichts mehr. Eine Pechsträhne, *Salama*! Rahmun hat mir geschworen, daß er keinen einzigen Centime bezahlt hat. Was für ein Glück er hat! Allah hat es so gewollt. Möge er ihm und uns hilfreich sein!"

„Da ich dir helfe, hilft auch er dir", sagte Sid El Hadsch voller Stolz. „Es gibt keinen Grund zur Beunruhigung. Was Rahmun betrifft, so ist noch nicht gesagt, daß er seinen Paß bekommt. Vergiß nicht, daß in dieser Stadt ich entscheide. Ich habe das letzte Wort! Du weißt, daß für deinen Kontrakt Geld erforderlich ist. Viel Geld. Wenn meine Ausgaben nicht so hoch wären, hätte ich dir gerne geholfen. Aber du weißt ja, wie das Leben ist! Mein Onkel sagt, dort sei alles teuer. Man braucht mindestens fünfzehnhundert Dirham. Bloß um die Eintragungen und die Steuermarken zu bezahlen... Auch dort muß man schmieren. Das ist überall das gleiche. Nur mit Geld, Buschaib, ist das Ganze möglich. Ohne Kontrakt wird dir kein Paß ausgehändigt. Das weißt du sehr wohl. Das Gesetz ist in diesem Punkt eindeutig. Ein Glück, daß ich dort einen Onkel habe! Mach dir keine Sorgen, mein Freund! Dein Geld wirst du schnell wieder herausholen, wenn du erst einmal in Frankreich bist; laß dir das von mir gesagt sein. Du weißt, daß du Vertrauen in mich haben kannst. Ich bin ein Ehrenmann, auf dessen Wort Verlaß ist!"

Als du bei deinen Freunden saßest, mußtest du wieder an die Worte des Erzählers denken. Salah und Brahim gegenüber wiederholtest du diese Worte, die sich in einem verborgenen Winkel deines Gedächtnisses festgesetzt hatten:

„Auch du wirst sterben! Wie eine Fliege wirst du krepieren! Nicht an das Leben klammerst du dich, sondern an die Gegenstände, mit denen du dich umgibst, an die Reichtümer, deren Sklave du bist. Auch du wirst krepieren! Und allein der Tod kann dein Problem lösen. Ein Glück übrigens, daß es diese 'Sache' sowohl für die Reichen als auch für die Armen gibt! Ein Glück!..."

Salah brach in Gelächter aus. Alle Augen richteten sich auf ihn. Ein Lachen war selten. Wem war unter solchen Umständen noch nach Lachen zumute?

„Seit wann nimmst du die Reden dieses Scharlatans ernst?" fragte Brahim.

Ich weiß nicht", sagtest du knapp. „Aber heute abend gehen mir seine Worte im Kopf herum."

„Vergiß es", fügte Brahim hinzu, „wir haben uns besseres zu erzählen."

Die drei Freunde sprachen über alles und nichts. In einer Ecke 'schnüffelte' ein etwa zwölfjähriger Junge Schuhcreme, ohne daß jemand einschritt. Hier achtete man jedermanns Freiheit. Die Freiheit der Erniedrigung und Verkommenheit. Ein anderer zog an einem schlecht brennenden Joint. Seit ein paar Jahren fand eine ungewöhnliche Entwicklung statt. Das Café war nicht mehr ein den Erwachsenen vorbehaltener Bereich. Sogar kleine Kinder hatten dort ihren Platz und trugen in hohem Maße zu seinem Aufschwung bei. Es wurde ein Treffpunkt für Taschendiebe, Arbeitslose, Homosexuelle und alte Leute. Zweifelhafte Beziehungen wurden dort nun angeknüpft. Erwachsene Männer, die auf der Suche nach einem jungen und festen Hintern waren, fanden hier fruchtbaren Boden für ihre Inspiration. Für eine Schachtel Zigaretten, ein paar Runden Alkohol oder ein Versprechen auf Arbeit vermochten sie ihren perversen Wünschen Gestalt zu geben. Früher gab es das Elend. Aber es gab kein Café. Jetzt gab es das Elend und das Café. Der Gipfel der Ausschweifung.

Zum zweiten Mal unterbrach dein Vater seinen Gast:

„Aber Sid El Hadsch, schon zweimal habe ich für diesen Kontrakt bezahlt. Zweitausend und tausendsiebenhundertfünfzig Dirham; das ist ungerecht!"

„Nun, Buschaib! Wenn das ungerecht ist, bleibt dir nichts anderes übrig, als auf deinen wunderbaren Plan zu verzichten. Ich kenne Leute, die viel mehr als du bezahlt und nie etwas davon gehabt haben, weil sie sich auf unehrenhafte Männer eingelassen hatten. Du weißt, daß ich in dieser Angelegenheit keinen Einfluß auf Roß und Reiter habe. Man sagt: 'Tu nichts Gutes, und es wird dir kein Übel geschehen!' Ich mach' das alles nur, um dir einen Dienst zu erweisen, denn du bist mein Freund. Ich verfolge dein Glück und das deiner Tochter, Buschaib. Das Geld, das du am Anfang gezahlt hast, hat dazu gedient, den Boden zu bereiten. Heutzutage ist das nicht leicht. Du weißt, wie es ist. Auch dort muß man einiges lockermachen, wenn man sein Ziel erreichen will. Ich habe dich gewarnt. Wenn du nun kein Vertrauen mehr in mich hast, sag es gleich! Ich rufe dann morgen meinen Onkel an und benachrichtige ihn, daß er seine Bemühungen einstellen soll. Nichts ist schwerer zu bekommen als ein Kontrakt. Was deinen Paß anbelangt, verspreche ich dir, daß du ihn in weniger als vierundzwanzig Stunden erhalten wirst. Das Entscheidende ist der Kontrakt..."

Beschämt erhob sich dein Vater und küßte Sid El Hadsch auf die Stirn. Er küßte ihm auch beide Hände und bat ihn kniefällig um Verzeihung. Sid El Hadsch nutzte diesen Augenblick der Schwäche, um die Situation wieder in den Griff zu bekommen:

„Wovor hast du eigentlich Angst? Du hast doch mich, nur keine Angst! Bald, *In scha'a Allah*, wirst du dein Geld herausgeholt haben, und zwar schneller als du denkst. Weißt du wenigstens, wieviel ein Arbeiter dort verdient? Er verdient in der Stunde fünfzehn Dirham. An Samstagen, Sonn- und Feiertagen erhält er das Doppelte. Stell dir das mal vor! El Hadsch M'barek betrügt dich. Zehn Dirham am Tag! Ein Jammer! Siehst du, welch glänzende Zukunft dich erwartet! Nehmen wir an, du arbeitest nur zehn Stunden am Tag. Das macht schon..."

Er durchsuchte seine Taschen und zog einen vergoldeten Ku-

gelschreiber heraus. Dein Vater holte ihm ein Blatt Papier, das er auf dem Tisch mit dem Handrücken glattstrich. Mit dem Daumen säuberte Sid El Hadsch die Spitze seines Kugelschreibers, dann stürzte er sich in lange Berechnungen. Schließlich sah er triumphierend auf:
„Das ist doch nicht möglich! Wußte ich doch, daß der Segen mit dir ist. Für zehn Stunden am Tag bekommst du schon hundertfünfzig Dirham! Stell dir das mal vor! Erzähl mir nicht mehr, du hättest kein Glück, bei dir lasse ich das nicht mehr gelten..."

Außer nach Kif roch es in dem Café auch nach Überdruß und Verzweiflung. Dem Überdruß, dazusein, um nichts zu tun und der Verzweiflung darüber, daß der nächste Tag nichts ändern würde. Die Zeit totschlagen. Seinen Körper und seine Erinnerung totschlagen. Übersehen werden zwischen einigen heftigen Streitereien, halbleeren Dosen mit Schuhcreme und einer Prise Asche. Die feuchten und mitunter löchrigen Matten dämpften ein wenig die Angst dieser jugendlichen Müßiggänger. Das Vergessen. Wer hierherkam, suchte es in einigen Zügen Kif. Das Vergessen wurde verkauft. Und es wurde teuer verkauft.

In diesem Leben war offenbar nur Platz für die Kinder wohlhabender Leute. Diese verstanden es, sich auf alle Situationen einzustellen. Sie verstanden es, sich mit öffentlichen Mitteln zu behelfen. Sie fanden Kniffe heraus, um keine Steuern zu zahlen. Ihre Kinder hatten regelmäßig Erfolg und wurden weder zu einem Militär- noch zu einem zivilen Dienst herangezogen. Ihre Ehefrauen besaßen Frisiersalons und Bankkonten in den Golfstaaten. Ihre Autos fuhren gratis, weil sie einen Vetter oder einen Freund bei der Armee hatten. Ihre Villen waren von sehr hohen Mauern umgeben, um neugierige und neidische Blicke abzuhalten. Sie unterschieden nicht zwischen den Gütern des Staates und ihren eigenen. Regelmäßig verbrachten sie ihren Urlaub auf Staatskosten im Ausland. Immer nahmen sie am Freitagsgebet teil.

Einmal im Jahr fuhren sie nach Mekka. Und sie kannten einflußreiche Leute...

Ich war es leid, mit der Aufzählung der Privilegien fortzufahren, die gewisse Familien genossen. Im Vergleich zur Vergangenheit würde die Zukunft nicht besser sein. Eine Hölle auf Erden?

Salah beugte sich vor, bis er dich fast mit der Stirn berührte und sagte in sarkastischem Ton:

„Ich habe gehört, daß Sid El Hadsch heute bei euch zu Abend ißt."

„Und wer hat dir davon erzählt?"

„In diesem verdammten Nest bleibt nichts verborgen. Weihrauch für einen Sou duftet durch die ganze Stadt!"

„Dieser Sohn des Ehebruchs! Rupft er deinen Vater noch immer so tüchtig?"

„Unter uns gesagt, meinem Vater geschieht es nur recht! Für diesen verfluchten Kontrakt, den er nie bekommen wird, hat er sich noch und noch in Schulden gestürzt. El Hadsch El Barakat ist ein Hurensohn; aber wer will das hören?"

„Weißt du, Rahu, daran ist nicht dein Vater schuld. Das Elend ist Schuld daran. Ich bin viel jünger als er, ich trage keine Verantwortung, und dennoch bin ich zu allem bereit, um einen Job zu bekommen. Es macht nicht gerade Spaß, jeden Tag Hunger zu haben und die Hand auszustrecken. Man muß es klar sagen: Wir sind ein korruptes Volk, und uns geschieht es nur recht. Da wir keine Rechte haben und unsere Pflichten nicht kennen, lassen wir das Geld für uns sprechen. Wißt ihr, unsere Erde gleicht einem Schachbrett, auf dem kein Bauer auf seinem Platz steht. Trotzdem geht die Partie weiter... bis zum Matt!"

„Und dennoch, unsere Erde ist doch weiß Gott reich. Allah mag aber keine Verschwendung. Er mag auch keine Ausschweifung oder Ungerechtigkeit."

Dein Vater starrte die Zahlen an, die auf dem zerknitterten Papier untereinander standen. Von Sid El Hadschs Ehrlichkeit war er so überzeugt, daß ihn das seltsame Gefühl überkam, ein reicher Mann zu sein. Er, der noch nie einen Hundertdirhamschein in der Hand gehabt hatte! In diesem Augenblick bestand das ganze Zimmer nur aus Münzen und Banknoten.

Als Sid El Hadsch sah, daß es ihm gelungen war, seinen Gastgeber zu beeindrucken, ließ er die Mine seines Kugelschreibers auf dem von Zahlen halb geschwärzten Blatt spielen.

„Da haben wir's!" sagte er mit der Stimme des Messias. "Wenn wir fünfzehn Dirham mit zehn Arbeitsstunden multiplizieren, macht das am Tag hundertfünfzig Dirham. Das ist doch sehr interessant, oder? Und wenn du dort auf der faulen Haut liegen und nur fünf Tage in der Woche arbeiten willst, macht das schon siebenhundertfünfzig Dirham für eine armselige kleine Woche von fünf Tagen. Siebenhundertfünfzig Dirham! Das entspricht hier dem Monatsgehalt von drei kleinen Beamten. Zudem hast du den Samstag und den Sonntag, um dich auszuruhen und dir die Stadt anzuschauen..." .."

Nachdem dein Vater Sid El Hadsch Stirn und Hände geküßt hatte, beeilte er sich, ihn zu beruhigen:

„Ich schwöre dir, Sid El Hadsch, ich werde kein Faulenzer sein! Ich werde auch samstags und sonntags arbeiten. Du weißt, daß ich das Geld brauche. Ich schwöre dir, daß ich dich nicht vergessen werde, Sid El Hadsch! Du befiehlst und ich gehorche!"

„Ich weiß, ich weiß", griff der Gast ein. „Deshalb helfe ich dir von Herzen gern in dieser Angelegenheit, die all meine Zeit beansprucht. Aber kommem wir zu den ernsten Dingen zurück! Da du mir versprichst, die ganze Woche zu arbeiten, ändert das alles. Für die ersten fünf Wochentage wirst du also siebenhundertfünfzig Dirham bekommen und für das Wochenende sechshundert Dirham. Das macht in der Woche insgesamt eintausenddreihundertfünfzig Dirham. Stell dir das mal vor, Buschaib! Eintausenddreihundertfünfzig Dirham für eine kleine Arbeitswoche! Was sagst du nun? Ist das nicht wunderbar, was ich dir und deiner Familie ermögliche? Weißt du, Buschaib, ich beneide dich um dein

Glück. Ich zum Beispiel kann nicht weggehen. Auf mir lastet hier eine große Verantwortung. Und jemand muß halt bleiben."

„Eintausenddreihundertfünfzig Dirham in der Woche", wiederholte dein Vater flüsternd. „Eintausenddreihundertfünfzig Dirham! Das ist ja das Paradies!"

„Ich sagte es dir doch, in zwei, maximal drei Wochen holst du alles heraus, was du hier für die Papiere ausgegeben hast. Du hast nichts zu befürchten. Vertraue mir! Ich bringe dir den Reichtum, Buschaib, den Reichtum und das schöne Leben!"

„Gott schenke dir noch viele Jahre, Sid El Hadsch! Ich danke dir, und ich danke Gott, daß er dich meinen Weg hat kreuzen lassen. Ich weiß wirklich nicht, was ohne dich aus mir geworden wäre. Nie werde ich vergessen, was du für mich getan hast. Ich bin dein untertäniger Sklave mit eingefallenen Wangen. Du brauchst nur zu befehlen, ich werde dir blind gehorchen. Schnell wird dir klar werden, daß ich weder undankbar noch pflichtvergessen bin. Ich weiß, was ich denen schuldig bin, die mir einen Dienst erwiesen haben. Beschaff mir den Kontrakt, händige mir den Paß aus, und ich bin bereit, meinen Verdienst mit dir zu teilen. Ich bin bereit, einen Schuldschein zu unterschreiben, falls du Angst hast, daß ich mich gegen dich wende! Du hast recht, wenn du mißtrauisch bist, Sid El Hadsch! Die Welt ist voller Betrüger. Aber ich gehöre nicht dazu. Du kennst mich. Ich halte mein Wort!"

„Alles zu seiner Zeit", sagte Sid El Hadsch. „Man soll nichts überstürzen! Das ist dein Fehler und etwas, was ich an dir nicht mag. Mit Geduld ißt man Auberginen! Nicht wahr? So etwas muß ruhig und besonnen erledigt werden. Laß mich das in die Hand nehmen. Du brauchst nur das Geld aufzutreiben, damit mein Onkel die Dinge dort etwas vorantreibt. Aber glaub mir! Die Angelegenheit ist so gut wie unter Dach und Fach. Mit deinen Reisevorbereitungen kannst du bereits beginnen. Du kannst dich schon von den Verwandten in der Provinz verabschieden. Ich verspreche dir, daß du spätestens in einem Monat in Frankreich sein wirst. Ich halte mein Wort!"

„Gott allein vermag, dich zu belohnen, Sid El Hadsch! Gott allein vermag, dich zu belohnen!..."

In einem Winkel des Cafés spielte eine Gruppe Halbwüchsiger Karten um Geld. Die Spiele der Erwachsenen. Anfangs verhielten sie sich ruhig. In dem Maße aber, wie das Geld in Umlauf geriet, wurden ihre Stimmen lauter. Von Zeit zu Zeit griff der Wirt ein, um die Gemüter zu beruhigen. Er bot ihnen Tee an, um Prügeleien zu verhindern. Hie und da ertönten Schimpfworte. Die Liebhaber von Schuhcreme und Joints waren im siebten Himmel. Die Luft war drückend, die Körper entrückt. Fliegen erkundeten die geweiteten Nasenflügel und offenen Münder. Die Entrückung war vollkommen.

In einer anderen Ecke, mit dem Gesicht zur Wand, erzählte ein Verrückter einem Tintenfleck seine Geschichte. Es hieß, seine Frau habe ihn verhext. Im Umgang mit einer Prostituierten war er impotent geworden. Das Vorhängeschloß. Er konnte 'ihn' nicht mehr bewegen. Um seine Männlichkeit wiederzuerlangen, mußte er den Schlüssel finden, der das Vorhängeschloß öffnen würde. Zuerst mußte er dafür die Ursache finden. Man riet seiner Familie zu einer Reise nach Marrakesch, um einen *Fqih* zu konsultieren. Dieser allein sei fähig, ihm aus seinem Elend herauszuhelfen. Das aber war kostspielig. Niemand in seiner Familie war der Ansicht, daß diese Reise notwendig sei. Mit etwas Schlauheit und Glück fände man ihn vielleicht am Ende doch, den Schlüssel. Und was die Verhexung durch seine Frau anbelangte? Die hatte jeder geahnt: diese Frau war gefährlich. Man hatte ihn gewarnt: „Heirate deine Cousine! Um der Blutsbande willen wird sie dich achten. Deine Cousine, das ist besser als eine Fremde. Das ist dein Fleisch und Blut!" Er hatte nicht auf die Ratschläge seiner Familie gehört. Diese konnte nicht den Haß vergessen, der zwischen ihr und ihrem Sohn entstanden war. Ohne die Zustimmung der Seinen hatte er diese Frau geheiratet. Böse Zungen behaupteten sogar, es sei Gott, der ihn für seinen Ungehorsam bestraft habe; er habe ihm

den Verstand geraubt. Die Frauen hatten ihm die Männlichkeit geraubt. Er war nur noch ein menschliches Wrack. Abend für Abend, zur selben Stunde, erzählte er dem Tintenfleck folgendes:
„Es scheint, Gott hat den Himmel verlassen. Er ist den Dingen nicht mehr gewachsen. Alles außer dem Menschen gehorcht ihm weiterhin prächtig. Man sagt sogar, die Amerikaner und Russen versuchten, ihn auf die Erde zurückzuholen. Sie schicken dafür Polizisten auf den Mond. Und da ihnen der Erfolg versagt bleibt, schicken sie Frauen, ihn zu verführen. Die Welt ist verrückt geworden. Man muß mit dem Schlimmsten rechnen. Eines Tages werden sie seinen Zorn erregen. Und dann, holterdiepolter! Das Oberste wird zuunterst gekehrt. Ich sage es dir. Heute morgen ist meine Frau zurückgekommen. Sie hat mich angefleht, sie wieder aufzunehmen. Ich habe mich geweigert. Ich habe meine Würde und meinen Stolz. Alle sind sie Huren! Mir das anzutun, mir! Fünfzehn Jahre gemeinsamen Lebens. Mir die Flöhe zu töten und mein Hemd mit Eau de Javel zu desinfizieren. Hast du so was schon mal gesehen? Dabei geht es mir gut. Ich rede, kann überall herumlaufen, lache, lebe und bin niemandem Rechenschaft schuldig. Schlecht sind die Menschen geworden. Alles möchten sie für sich, nichts für die anderen. Der Mensch ist mit nichts mehr zufrieden. Lüge und Korruption, das ist unser Leben. Zugegeben, wir verdienen es nicht anders. Fehlen nur noch die Heuschrecken. Wahr ist nur das Lächeln eines Kindes und der Gesang eines Vogels. Der Rest ist Lüge und Korruption. Du weißt, alle wollen sie mir übel, weil sie meinen, ich hätte mehr Glück als sie! Im Grunde haben sie recht. Mit ihren Dummheiten belaste ich mein Gedächtnis nicht. Ich zahle keine Steuern, keine Miete, keinen Strom, nichts! Ich lebe für mich. Ich denke nur an mich. Du wirst mir sagen, daß sei Selbstsucht. Es ist besser, selbstsüchtig zu sein, als von anderen schlecht zu denken. Vorhin haben Kinder mich auf der Straße verfolgt und mich einen Verrückten geheißen. Ich habe nicht geantwortet. Angriffen von Kindern begegnet man nicht mit Gewalt. Es gibt Leute, die verprügeln sie mit dem Stiel ihrer Hacke. Ein Kind ist etwas Zartes! Weißt du, ich habe von einem Himmel voll Kinder geträumt. Sie spielten mit den Engeln.

Sie waren glücklich. Die Sonne behütete sie. Aber für Kinder gibt es keinen Platz mehr in dieser Welt. Vielleicht ist es besser so. Wenn sie nachher nur umgebracht werden, lohnt das nicht die Mühe. Und die Mauern schweigen. Die Vögel haben diese Erde verlassen, und auf ihr wachsen keine Blumen mehr. Eines Tages werden sich die Ratten gegenseitig auffressen. Wir brauchen dann nur noch die Bruchstücke der Geschichte zusammenzukehren. Verflucht seien die Ungerechten und Hochmütigen. Unsere Mauern sind zu Särgen geworden. Was für eine Zeit!..."

Der Verrückte sprach noch lange zu dem Tintenfleck. Die drei Gefährten verfolgten unauffällig seinen Monolog in der stickig heißen Luft. Das Café war überfüllt und verqualmt. Man bekam keine Luft. Auf dem Höhepunkt der Erregung wiederholte der Wirt mit rauher Stimme:

„Wer nichts verzehrt, wird aufgefordert, sich zum Teufel zu scheren!"

Von allen Seiten gellten plötzlich Schreie und Schimpfworte. Durch den dichten Rauch nahm man kaum wahr, was sich ereignete. Ein Greis ging auf den Liebhaber der Schuhcreme zu, schüttelte ihn, strich ihm mit der Hand über Gesicht und Hintern und sagte:

„Was machst du da, *ya Ulidi*, mein Sohn? Geh heim zu deiner Mutter! Hier gehörst du nicht her. In deinem Alter solltest du jemanden haben, der sich um dich kümmert. Wenn du willst, nehme ich dich mit zu mir! Wach auf und antworte mir! Ich lebe allein, ohne Frau und Kinder. Willst du meine Einsamkeit beenden und unter meinem Schutz leben? Wach auf und folge mir! Komm! Du wirst sehen, ich bin sehr großzügig. Steh auf!"

Der Greis hockte auf der feuchten, ekelerregenden Matte. Seine zitternde Hand strich über das Hinterteil des Jungen, der nicht reagierte. Auf der Suche nach einem Ausweg schweifte dein Blick über die Decke und die geschwärzten Mauern. Draußen hüllte die Nacht die Welt in Bitterkeit. In der Haustür wünschte euch der Wirt eine gute Nacht:

„Gott schenke eurer Nacht Glück und Seelenfrieden! Faules Pack! Schaut mir einmal diese Hurensöhne an! Man möchte sie für Kinder von Ministern halten, obwohl sie keinen Pfennig in der Tasche haben. Jeden Tag füllen sie mein Café, ohne daß etwas für mich dabei herausspringt. Es heißt, ich würde viel Geld verdienen. Das Café ist immer voll. Die Leute von der Steuer erschlagen mich jedes Jahr. Einen feuchten Kehricht verdiene ich, ja! Alles, was von der Schule ausgeschlossen wird, sammle ich ein. Als wäre ich der Mülleimer der Stadt! Anstatt sich eine Arbeit zu suchen, kommen sie hierher und vergeuden ihre Zeit. Schert euch, ich warte! Gebt Fersengeld und vergeßt diesen Ort! Gott gebe, daß wir unsere Fehler erkennen, bevor die anderen es tun!"

An dieses allnächtliche Gejammer gewöhnt, hattet ihr nicht reagiert. Es würde euch nicht daran hindern zurückzukommen. Und wo solltet ihr auch hingehen?

Sid El Hadsch El Barakat sah auf seine goldene Armbanduhr und erhob sich. Es war fast Mitternacht.

„Es ist spät, Buschaib. Ich muß heimgehen, wenn ich nicht will, daß die Einbrecher alles mitnehmen, was nicht niet- und nagelfest ist! Ich habe einen faulen Wächter. Die Frau und die Kinder sind in Fes. Ich habe sie dorthin geschickt, damit sie das Grab des Heiligen Moulay Driss besuchen und einige Tage bei meinen Schwiegereltern verbringen. Auf diese Weise kann ich sparen. Und abends habe ich weniger Kopfschmerzen. Amina! Bring mir die Babuschen! Gott segne dich!"

Als Amina im Türrahmen erschien, erhellte sich Sid El Hadschs Gesicht, und sein Blick wanderte lange über den gerade geschlechtsreifen Körper deiner Schwester. Sie hatte große Augen und einen sinnlichen Mund. Die schwarzen Haare fielen wie eine Kaskade über ihren Rücken. In Höhe des Brustkorbs erahnte Sid El Hadsch zwei feste, herausfordernde Brüste.

Amina bückte sich und stellte die Babuschen vor Sid El Hadsch. Als sie sich wieder aufrichtete, spürte sie die feuchte Hand des Mannes in ihren Haaren.

„Allah segne dich, meine Tochter! Wenn du groß bist, verhelfe ich dir zu einem Platz im *Makhzen*. Ich bin sehr einflußreich und habe überall Beziehungen. Auf deinen Onkel Sid El Hadsch kannst du dich verlassen. Wenn du in der Schule fleißig bist, verspreche ich dir eine gute Stelle in der öffentlichen Verwaltung. Sicher vor Not und den Kindern des Ehebruchs..."

Die feuchte Hand strich nicht länger über die Haare, sondern streichelte den Nacken des Kindes. Der äußerst zufrieden dreinblickende Vater stürzte sich auf die freie Hand und bedeckte sie mit Küssen. Sid El Hadsch legte seine schwere Hand auf die nackte Schulter des jungen Mädchens und schob es bis zum Ausgang. Bevor er verschwand, wandte er sich zu Buschaib um:

„In drei Tagen... Vergiß nicht, mir das Geld zu bringen! Wenn ich bis dahin nichts habe, schließe ich daraus, daß du auf den Reichtum und das schöne Leben, das dich dort erwartet, verzichtest. Hör zu! Ich habe eine Idee. Gib das Geld Amina. Sie wird es zu mir nach Hause bringen und kann dann gleich bei mir etwas putzen. Ich werde ihr erklären, was für deinen Paß noch alles zu tun ist. Sie geht zur Schule, sie wird es leichter verstehen..."

Sid El Hadsch öffnete die Tür seines Wagens und ließ sich in den Sitz sinken. Er drehte den Zündschlüssel, und der metallicfarbene Mercedes 240 D tauchte, eine dichte Staubwolke hinter sich herziehend, langsam in die Nacht. Einige kleine Jungen rannten hinter dem Wagen her. Zwei von ihnen hielten sich an den Kotflügeln fest und versuchten, sich auf die Stoßstange zu setzen. Sid El Hadsch warf einen Blick in den Rückspiegel, gab Gas und trat dann scharf auf die Bremse. Die beiden Kinder stießen mit dem Kopf gegen das Blech des Wagens und fielen in den Staub.

Buschaib sah dem schönen Wagen nach, der sich in der tiefschwarzen Nacht entfernte. Sein Geist führte ihn über das Mittelmeer. In seinem Blick war die Straße nur ein großer metallicfarbener Mercedes.

Eine ganze Weile verharrte er in diesem Traum, ehe er zu seinem Elend zurückkehrte.

Dein Vater schwor bei allen Heiligen, daß er den Tod seiner Tochter rächen werde. Er bewaffnete sich mit einem schlecht geschliffenen Küchenmesser und begab sich eilig auf die Suche nach diesem ehrenwerten Herrn. Bevor er jedoch bis zu ihm gelangte, fingen ihn vier hagere, finster blickende *Mokhaznis* im Gang des Gebäudes der Stadtverwaltung ab, machten ihn dingfest und schleppten ihn bis zur Polizeiwache. Dort verbrachte er eine Woche, in der er die Gastlichkeit dieses Ortes zu würdigen lernte. Dann wurde er dem Untersuchungsrichter vorgeführt, der an seiner Akte letzte Korrekturen vornahm.

Nach Anhörung der Zeugen verurteilte das Gericht Buschaib zu zwanzig Jahren Zuchthaus wegen Mordversuchs an einem geachteten Beamten der öffentlichen Verwaltung und wegen beleidigender Äußerungen gegenüber hohen Staatsbeamten.

Ihr lehrtet Sprache mir, und mein Gewinn
ist, daß ich weiß zu fluchen. Hol die Pest Euch
Für's Lehren Eurer Sprache!

           Shakespeare

An dem Tag, an dem wir von Azru weggingen, waren deine Mutter und du gekommen, um uns Lebewohl zu sagen. Meine Mutter Mi hatte für euch Pfefferminztee gekocht, dann hatten die beiden Frauen geweint. Ich war gereizt. Du auch, und ich sah in deinen Augen das wunderbare Leuchten, das allein den Verzweifelten gehört.

Am Tag zuvor hatte Mi die Koffer samt all unseren zerknüllten Erinnerungen verschnürt, die unser Leben waren. Darauf war sie zum Friedhof gegangen, um ein letztes Mal das Grab derer zu besuchen, die ihr in ihrem Leben etwas bedeutet hatten. In einem kleinen Beutel hatte sie einige Brotstücke und getrocknete Feigen für die Bettler auf dem Friedhof und für die Koranleser mitgenommen.

Die Nachbarstochter hatte sie begleitet. Sie war sieben Jahre alt und nach zweijähriger Abwesenheit zu ihrer Familie zurückgekehrt. Bei einer bürgerlichen Familie in Fes war sie Hausangestellte. Für fünfundzwanzig Dirham im Monat erledigte sie die kleinen Arbeiten in dem großen Haus ihrer Herrschaften. Sie mußte die Fensterscheiben auf Hochglanz bringen, das Geschirr spülen, den Boden wischen, das Gemüse putzen... Sie machte die Betten, wusch die Wäsche der Kinder, die Slips ihres Herrn und machte die Einkäufe beim Lebensmittelhändler. Ihre Herrin hatte ihr beigebracht, wie man den Brotteig knetet und den Kuskus zubereitet. Sie schlief in der Küche zwischen Töpfen und Tellern. Ihre Eltern waren stolz auf sie. Ihre Tochter lernte ihre Rolle als Frau. Am Tag ihrer Ankunft hatten sich alle Kinder des Viertels über sie lustig gemacht. Wegen der Läuse hatte man ihr den Kopf geschoren. Sie trug Plastiksandalen und alte verwaschene Männerjeans. Ein Wollpullover reichte ihr bis über die Knie.

Deine und meine Mutter weinten noch heftiger. Du schautest mich forschend an, und ich begriff, daß du mit mir hinausgehen wolltest. Ich stand auf. Die beiden Frauen hörten auf zu weinen. Mit dem Schleier trocknete sich Mi die Augen, drehte sich zu mir um und rief:

„Geh nicht weit weg! Der Lastwagen kann jede Minute kommen. Beim Beladen mußt du dabei sein. Du weißt, wie die Möbelpacker sind; Diebe und Faulpelze."

Dann wandte sie sich an deine Mutter:

„Ahmed Buhilat (der Listige) hat uns einen guten Preis gemacht, Gott möge seine Kinder schützen! Fünfhundert Dirham von hier bis Essaouira. Er hat mir geschworen, das sei gerade der Preis für das Benzin. Ein Mann, der gern Wohltaten erweist. Gott schenke ihm Gesundheit!"

Meine Schwestern legten die letzten Decken zusammen. Unsere Mütter begannen wieder zu weinen. Stille, aber ehrliche Tränen. Wir beide gingen hinaus. Die Straße war menschenleer. Ohne zu sprechen machten wir ein paar Schritte. Du nahmst mich bei der Hand. Ich war verlegen. Mit deiner näselnden Stimme eröffnetest du das Gespräch:

„Weißt du, ich bin arg traurig über eure Abfahrt. Ganz arg..."

Ich hatte keine Lust zu reden. Ich wußte, daß du ehrlich warst. Du warst ein Freund. Schon immer. Auf der muslimischen Schule hatten wir uns kennengelernt. Wir waren in derselben Stunde bei Schakabi Daif (dem Gerippe).

„So ist das Leben, was soll man da machen?"
„Wie blöd es einem manchmal mitspielen kann!"

Für die arabische Sprache war ich nicht begabt. Bei all diesen Grammatikfragen, wie Konjugation und Vokalisation...kam ich nicht mit. Ich interessierte mich mehr für Französisch. Ich brauchte es in meinem täglichen Umgang mit Nicole. Ich liebte sie. Für all das, was sie in meinen Augen an Schönem und Anständigem darstellte. Sie aber zeigte keinerlei Interesse für die Fortschritte, die ich erzielte.

„Wir sind blöd!..."

Eines Tages hattest du deinen Teller Suppe mit mir geteilt. So waren wir Freunde geworden. Seither hatte das Schicksal uns nicht mehr zu trennen gewagt.

Mittags aßen wir gewöhnlich in der Schule. Schon gegen elf Uhr verschloß sich unser Geist den Buchstaben und Wörtern. Halb im Unbewußten jagten wir dem Geruch von Saubohnen und Kichererbsen nach. Ein wenig vor Mittag stand der große Topf in der Mitte des Pausenhofes. Ba Muhamad rührte unablässig mit seinem langen, hölzernen Schöpflöffel die Suppe um. Sobald die Glocke ertönte, stürzten wir aus den Klassenräumen und streckten die Arme nach dem Essen aus. Wir stellten uns nur dann in eine Reihe, wenn Monsieur Noble mit einem Stock einschritt. Einer nach dem anderen gingen wir vor Ba Muhamad vorbei, der an jeden von uns ein Stück Brot und einen Schöpflöffel Suppe austeilte. Dann ließen wir uns stets auf einem Felsblock in einer Ecke nieder.

„Ich würde gern mit dir kommen!"

Du drücktest mir sehr fest die Hand. Ich tat so, als hätte ich nicht gehört. In deinen Augen leuchtete Verzweiflung auf. Du sagtest erneut:

„Ich möchte mit dir kommen!"

Ich gab dir keine Antwort. Was hätte ich dir sagen sollen? Daß du unser Elend nicht teilen solltest oder daß wir dich unter uns nicht aufnehmen konnten. Das war nicht einfach. Weder für dich noch für mich. Das war sogar unmöglich.

Ba Muhamad goß einen Schöpflöffel dampfender Suppe in meine leere 'Guigoz'-Dose. An jenem Tag schüttete er sogar noch etwas nach. Das entsprach nicht seiner Gewohnheit.

„Nimm diese Dose!" hatte Mi zu mir gesagt. „Sie wird nicht rostig und ist leicht; sie ist aus Aluminium."

Das Metall verbrannte mir die Hände. Mit den Augen suchte ich einen freien Stein und ging vorsichtig vorwärts. In dem Durcheinander von Schülern schob jemand den Fuß vor, und ich stolperte. Ich fiel der Länge nach hin, das Gesicht klatschte in die Suppe. Alle brachen in schallendes Gelächter aus. Die Tränen stiegen mir in die Augen, und meine Hände verkrampften sich auf dem Kies. Du hattest meine Reaktion vorausgesehen und kamst herbei, um mir beim Aufstehen zu helfen. Den Stein, den ich aufgehoben hatte, entwandst du mir und begleitetest mich zur Toilette, wo ich mich wusch. Dann botest du mir den Rest aus deiner Tonschale an.

„Mach dir nichts draus!" sagtest du zu mir. „Nimm meine Suppe! Ich habe heute keinen Hunger. Für seinen schlechten Scherz wird Hida heute abend teuer bezahlen müssen. Mein Wort, Rahu!"

Nach der letzten Stunde hattest du, wie versprochen, Hida verprügelt. Seit diesem Tag waren wir unzertrennlich gewesen.

Wir beide sollten angenehme Zeiten, aber auch sehr viele Unannehmlichkeiten zusammen erleben.

„Werden wir uns eines Tages wiedersehen?"

Dir etwas zu versprechen, wagte ich nicht. Man hatte mir gesagt, daß die Stadt Essaouira fast sechshundert Kilometer von Azru entfernt sei. Du ließest meine Hand los. Wie lange mußte ich diese Qualen noch ertragen? Mit einem gewissen Schuldgefühl verfiel ich in deine Traurigkeit. Es war, als ließe ich dich im Stich. Als empfände ich keine Bitterkeit über die Trennung. Du wenigstens würdest weder Fremdheit noch Exil kennenlernen.

Du wußtest, daß ich in Arabisch schwach war. Seitdem wir Freunde geworden waren, tatest du alles, um mir die Demütigungen des Lehrers und den Spott der anderen zu ersparen. Deine Nachhilfe nützte nicht viel. Meine Fortschritte waren gleich null. Ich interessierte mich nicht für Arabisch, weil Nicole Französisch sprach und weil die marokkanischen Lehrer so grausam, so bösartig waren, daß ich diese Sprache noch mehr hassen lernte, die ich jedoch ebenso brauchte wie die Sprache all ihre Kinder. Die Aggressivität der arabischen Lehrer war bestialisch. Bei den französischen Lehrern zeigte sie sich in fein ausgeklügelter Grausamkeit. Zwischen den beiden wußten wir nicht, welchen Weg wir einschlagen sollten. Wir wußten nicht einmal, wer wir waren. Alle anderen mußten sich dieser Zerrissenheit bis zur Selbstaufgabe beugen. Mir half, daß Nicole Französin war. Ihr Bild hatte meinen Weg vorgezeichnet. Als du sahst, daß ich trotz der wiederholten Schikanen und Strafen Schakabi Daifs Arabisch vernachlässigte, griffst du zu einer List.

Jeden Morgen standst du früh auf und schobst, wenn du am Haus des Lehrers vorbeikamst, den Riegel vor. Du machtest nur eine Handbewegung, und Schakabi Daif war im Haus eingeschlossen. Oft öffnete ihm niemand, und wir waren seine Gehässigkeit los. Wenn ihm jemand öffnete, kam er zu spät und hatte keine Zeit, uns alle zu schlagen.

„Verschleudere nicht eine so wertvolle Freundschaft!"
Du senktest den Blick. Ich ging neben dir weiter. Verstohlen führtest du die Hand zum Gesicht und wischtest dir eine Träne ab, die dir über die Wange gelaufen war. Ich tat so, als hätte ich nichts gemerkt. Ich schämte mich, daß ich keine Tränen hatte.
„Wenn Gott will, daß wir uns wiedersehen, wird niemand auf der Welt etwas gegen seinen Willen tun können. Mach dir nicht zu viele Gedanken."
Schon zweimal hattest du dich über unsere Freundschaft gegrämt.

„Wenn ich dich jemals wieder mit dieser Bande von Schwulen und Knabenfickern sehe, schlitze ich dir mit dem Messer den Bauch auf!"

Der Vater schwang ein Küchenmesser vor mir. Ich zitterte. Mi weinte und erflehte die Hilfe des Herrn. Meine Hose war naß.

Ich erinnerte mich an Mis Ermahnungen:

„Geh nicht weit weg! Der Lastwagen kann jeden Augenblick kommen!"

Ich blieb stehen. Aus deiner Tasche zogst du eine Zigarette und zündetest sie an. Eine Prostituierte öffnete die Tür und lud uns ein, ihre Reize zu betrachten. Du warfst deine Zigarette weg und zertratst sie mit der Spitze deiner Gummisandalen.

„Kommt! Oh Kinder des Segens! Braucht ihr eine saubere und sehr heiße Muschel? Dann könntet ihr nirgends etwas Besseres finden. Ich komme gerade aus dem Bad. Das ist ein Glück für euch. Ich habe sie gut gewaschen, gut rasiert, gut parfümiert. Tretet ein, meine Kinder! Ihr bestimmt den Preis! Kommt!"

Ich betrachtete sie, ohne mich zu rühren. Sie hatte ungefähr das Alter meiner Mutter. Als sie sah, daß ihre Ausdrucksweise uns nicht erregte, hob sie ihr Kleid und zeigte sich uns in ihrer Nacktheit.

„Schaut sie an. Ist sie nicht süß? Fürchtet euch nicht vor mir! Ich fresse euch schon nicht. Schaut genau hin, bevor ihr euch entscheidet! Da ist die Ware, frisch und sauber. Ihr tut recht daran, mißtrauisch zu sein. Manche Huren machen unserem Beruf Schande. Ich verkaufe euch die Katze nicht im Sack. Schaut genau hin! Sie ist sauber und glatt. Fünfzig Reals, das ist nicht teuer! Los, kommt, meine Kinder!..."

Du gingst auf die Frau zu und versetztest ihr einen Fausthieb ins Gesicht. Sie ließ ihr Kleid herunter, schloß wieder die Türe und begann, uns zu beschimpfen:

„Kinder des Ehebruchs! Gott verfluche die Religion eurer Mütter! Das sollt ihr mir büßen! Ihr werdet schon sehen! Zuhältern von eurer Sorte, denen stecke ich eine Kerze in den Arsch. Euch kenne ich! Der beste von euch läßt sich für eine Kippe von hinten nehmen. Ihr Hurensöhne! Gott möge ein Übel wie euch mit der Wurzel ausreißen!"

Verständnislos sah ich dich an. Ich packte dich am Arm, und wir kehrten um.

„Laß mich! Du bist nur ein Bastard!..."

Ich hielt an. Du schütteltest meinen Arm ab und gingst deinen Weg allein weiter. Ich sah dich vor mir gehen. Ich hörte nur das dumpfe Geräusch deiner Schritte in der engen Gasse. Ich rief dich. Du bliebst nicht stehen.

Nach unserem ersten Mißgeschick hattest du zu mir gesagt:

„Hör zu! Nichts kann uns trennen. Niemand kann uns daran hindern, uns heimlich zu sehen, falls du Angst vor deinem Vater hast. Wir fürchten alle irgendjemanden: einen monströsen Vater, einen tyrannischen Onkel oder einen schurkischen Bruder. Wir jedoch sind Freunde. Das verstehen die nicht. Für sie ist Freundschaft nur Scheiße. Es ist ihnen gelungen, den Direktor des Gymnasiums zu überzeugen, und er hat uns getrennt. Das macht nichts. Wenn man wie wir befreundet ist, kann nichts und niemand einer solchen Freundschaft etwas anhaben. Vorausgesetzt natürlich, wir wollen es so. Wenn sie uns weiterhin hart zusetzen, fliehen wir. Wir gehen weg und leben woanders!"

Du sprachst, ohne zu überlegen. Du wußtest nicht, was du sagtest. Woanders leben? Wo? Wie? Ich ließ dich reden und machte dich glauben, ich wäre deiner Ansicht. Vermutlich hatte ich ein wenig Angst vor dir.

In dem Jeep, der uns in das Polizeirevier brachte, sagtest du zu mir:

„Hab keine Angst! Sie werden es nicht wagen, uns etwas anzutun. Wir sind noch minderjährig. Wenn diese üble Angelegenheit erledigt ist, werde ich diesen Hurensohn erwürgen!"

Es war das erste Mal, daß wir es mit der Polizei zu tun hatten. Ich zitterte auf dem kalten Sitz. In einem kleinen quadratischen Raum sahen wir Salah und Brahim wieder. Sie hockten auf dem Boden. Die ganze Nacht hatten sie dort zugebracht. Wir beide hatten der Polizei entwischen können. Ich bemerkte, daß Salah und Brahim weder Gürtel noch Schnürsenkel trugen. Hinter uns wurde die schwere Eisentür verriegelt. Du setztest dich neben Brahim und fordertest mich auf, dasselbe zu tun.

Damals waren wir vier alle zwischen dreizehn und vierzehn Jahre alt. Ich war der jüngste. Ständig sagte mein Vater zu mir, ich sähe wie ein Häftling aus. Hatte er denn nicht recht, fragte ich mich. War ich verflucht, daß es so weit gekommen war? Sicherlich, da ja alle Häftlinge Verbrecher sind, verflucht von Gott und den Menschen.

„Hört zu!" begann Salah. „Wir dürfen der Polizei nichts sagen. Auf jeden Fall müssen wir alles abstreiten. Wir haben nichts getan. Er ist ein Lügner. Er hat geschworen, uns alle ins Verderben zu stürzen. Und das alles wegen dieses Hurensohns!"

Er zog eine Zigarette aus seiner Tasche und zündete sie an. Wortlos schauten wir ihm zu. Brahim weinte in seiner Ecke. Bei der Vorstellung, daß wir den Rest unseres Lebens in dieser Zelle verbringen könnten, vermochte auch ich die Tränen nicht zurückzuhalten. Mir war übel.

Ohne dich umzuschauen, gingst du immer noch weiter. Ich holte dich ein und packte dich erneut am Arm. Du sträubtest dich:

„Laß mich los, sage ich dir; du bist nur ein Bastard!"

Ich zog dich gewaltsam am Arm und zwang dich dadurch, dich umzudrehen. Von Angesicht zu Angesicht standen wir uns gegenüber. Ich schaute dir fest in die Augen, aber du wichst meinem Blick aus.

„Laß mich, ich bitte dich!"

„Zuerst will ich eine Antwort. Warum hast du mich einen Bastard genannt?"

„Ich weiß nicht. Vielleicht deswegen, weil du mich weniger magst als ich dich mag!"

Ich ließ deinen Arm los. Mit feuchten Augen schautest du auf.

Ich dachte: 'Ich bin seiner Freundschaft nicht würdig.' Ich wollte dir vieles erzählen, aber ich fand die richtigen Worte nicht. Dennoch murmelte ich schließlich:

„Du bist ein guter Freund."

Salah drückte seine Kippe an der Wand aus. Brahim stand auf, um sich die Beine zu vertreten. Mit seinen schnürsenkellosen Schuhen schlurfte er durch den feuchten Raum. Wir folgten ihm mit den Blicken. Salah seufzte, bevor er weitersprach:

„Seid Männer! Ihr dürft nichts zugeben. Im übrigen haben wir nichts getan. Unsere Eltern werden uns hier nicht verschimmeln lassen. Sie werden sich für uns einsetzen. Wir dürfen nichts sagen. Sonst beginnt die wahre Hölle. Unsere Eltern werden uns die Kehle durchschneiden. Seien wir Männer!"

Wir entwarfen einen Plan zu unserer Verteidigung. Wir wiederholten uns, was wir der Polizei sagen würden. Unsere Sätze waren fertig. Ein wenig waren wir erleichtert. Wir fühlten uns verantwortlich. Einmal für unser Schicksal verantwortlich. Das war nur eine Illusion.

Schweigend gingen wir nebeneinander her. Vielleicht würden wir uns nie wiedersehen. Das Schicksal hatte es so bestimmt. Zwei-oder dreimal zogst du die Nase hoch und sagtest unter Aufschluchzen zu mir:

„Wenn ich deinen Vater einmal wiedersehe, bringe ich ihn um! Er ist an allem schuld!"

„Wenn du ihn wiedersiehst", sagte ich, „töte ihn doppelt! Einmal für dich und einmal für mich."

Du lächeltest. Ich nahm deine Hand und drückte sie ganz fest.

Wie ein Schatten kam in diesem Augenblick der Fakir inmitten eines Mückenschwarms vorbei. Er ging, seine Decke über der rechten Schulter, barfuß und schnell, wohl um der Feigheit der Menschen zu entfliehen, wie er oft behauptete. In seinem eiligen Lauf wiederholte er die Verse von Sidi Abderrahman Al Madschub:

> Die Weisheit wurde den Weisen entrissen
> Und verteilt an die Kinder des Zufalls
> Die Pferde von Rasse warten ab
> Und die Esel schlagen die Schlacht!

Er blieb nicht stehen. Seine fiebrige Rede stieß an die schmutzigen Mauern und zersplitterte in unserem Gedächtnis. Alle seine Worte hielten meinen Geist besetzt. Sie waren derart schonungslos, daß ich sie in mir bewahrte wie Splitter der Angst. Mit meinen Erinnerungen würden sie hervorkommen und meiner Zerrissenheit neue Nahrung geben.

Brahim blieb stehen. Wir starrten auf seine Schuhe. Er streckte sich wie jemand, der gerade aufwacht, und setzte sich neben mich. Einen Augenblick schaute er mir in die Augen, und das Bild seines Vaters tauchte vor mir auf.

Wir machten die Aufnahmeprüfung für die sechste Klasse. Es war sehr heiß. Ein Juni, der anders als sonst war. Angst und Verzweiflung peinigten uns. Auf dem Gang der Schule wartete in Hemdsärmeln und mit einem Messer in der Hand Brahims Vater. Im Prüfungssaal zitterte Brahim. Am Morgen hatte ich ihm meine Konzepte für Rechnen und französischen Aufsatz gegeben. Als ich den Saal verließ, sah ich seinen Vater auf mich zukommen. Er packte mich brutal am Arm:

„Sag, ist er durchgefallen?"

Ich tat so, als verstünde ich nicht:

„Wer denn?"

„Mein Sohn, dieser Schweinehund!"

Sein Messer glänzte. Ich hatte Angst um Brahim. Dieser Mann war gefährlich. Er würde seinen Sohn umbringen, und niemand könnte ihn daran hindern. Die Erwachsenen waren wirklich sonderbar. Ich versuchte es auf die sanfte Tour:

„Hör zu, mein Onkel! Wir sind noch nicht fertig. Du weißt, daß die mündliche Prüfung erst morgen stattfindet. Erst in zwei oder drei Tagen bekommen wir die Ergebnisse. Du hast noch genug Zeit, um..."

Er ließ mich meinen Satz nicht bis zu Ende reden. Grob schüttelte er mich und geiferte:

„Also gut, ich werde warten. Morgen und übermorgen. Wenn es sein muß, werde ich das ganze Leben lang warten, für das Vergnügen, ihm mit meinen eigenen Händen die Kehle durchzuschneiden. Er ist verflucht! Er ist ein Scheißkerl! Ich sag dir, er wird durchfallen. Er wird es im Leben nie zu etwas bringen. Ich kenne ihn. Mir reicht es, ihn wie eine Bürde mit mir herumzuschleppen. Er wird durchfallen! Er wird durchfallen!"

Mir tat der Arm weh. Mein Gesicht war naß von seinem Geifer. Am liebsten hätte ich ihm das Messer aus den Händen gerissen und es ihm in den Bauch gestoßen oder ihm die Augen damit ausgestoßen. Ich sagte mir, daß der arme Junge bei diesem tobsüchtigen Menschen ein wahres Martyrium zu erleiden hatte. Verglichen mit seinem Leidensweg war unser Unglück nichts. Ich vermochte mich aus der Umklammerung des Ungeheuers zu befreien und floh nach Hause. Auf dem Heimweg weinte ich bei dem Gedanken daran, was Brahim von diesem Wilden alles erdulden mußte. Und ich verstand, warum er traurige Augen hatte.

Als wir bei mir zu Hause (bei dem, was mein Zuhause gewesen war) ankamen, ließest du meine Hand los. Der Lastwagen war bereits da. Mi hatte Hafid losgeschickt, um mich zu suchen. Er war mir nicht begegnet. Wahrscheinlich sammelte er gerade in Azru die letzten Bruchstücke seiner Kindheit auf.

„Wenn er nur da ist, bis wir mit dem Beladen fertig sind!"

Deine Mutter ging uns zur Hand. Als du einen Karton hinaustrugst, stolpertest du über einen Stein, fielst hin, und der ganze Inhalt breitete sich vor dir aus. Mi eilte herbei. Angesichts der Katastrophe brachte sie kein Wort heraus. Ich wollte dich vor Mis Gewalttätigkeit schützen, die dir ins Gesicht schlug, erhielt jedoch selbst einige Ohrfeigen.

„Entschuldigung, Mi! Ich habe es nicht absichtlich getan!"

„Geh, *Ulidi*! Geh, mein Sohn! Gott soll dir alle vier Gliedmaße auf einmal zerbrechen, so wie du diese Vase und diese Gläser zerbrochen hast!"

Du schautest mir in die Augen. Salah bot uns eine Zigarette an. Ich lehnte ab. Du ebenfalls. Ich hatte keine Lust zu rauchen. Ich hatte auch keine Lust zu sprechen. Die Welt, in der wir lebten, war die Gewalt. Wir waren Kinder des Hasses und des Elends. Alles hatten wir vom Leben kennengelernt, nur das nicht, was notwendig gewesen wäre. Lüge und Widersprüche, Not und Enttäuschung hatten wir kennengelernt. Jetzt war es die Gewalt der Zelle und der Verhöre.

Wir hörten Schritte hinter der Tür, die unmittelbar darauf mit dem gleichen Lärm aufging, mit dem sie sich vorhin hinter uns geschlossen hatte. Ein Polizist erschien. Ich zitterte wie Espenlaub und befürchtete das Schlimmste. Unter dem Arm trug der Mann ein nach Fleisch riechendes Päckchen. Ich hatte solche Angst, daß mein Glied den Urin nicht mehr halten konnte. Ich hatte keinerlei Gewalt mehr darüber. Ich fühlte, wie die warme Flüssigkeit an meinem Bein hinunterlief und sich in meinem Schuh staute. Der Polizist fragte uns:

„Wer ist Salah?"

„Das bin ich, *Asidi!*"

„Dein Vater hat mich beauftragt, dir das zu übergeben. Er läßt dir ausrichten, daß er versuchen wird, dich hier herauszuholen, falls du ihm versprichst, dich um seine Arbeiter zu kümmern, wenn du freigelassen bist. Der Familie Meknassi hat er Kleider und Zuckerbrote geschickt, damit sie ihre Anzeige zurückzieht. Dem Gendarmerie-Brigadier Haddu hat er ebenfalls ein kleines Geschenk zukommen lassen. Dieser befaßt sich mit eurem Fall. Auch ich werde euch so gut ich kann helfen. Ihr müßt alles abstreiten. Habt keine Angst! Eure Eltern bereiten für *Sid L'qaid* heute abend ein *Meschwi* zu. Die Angelegenheit wird keine Folgen haben. Mit Gottes Hilfe und der Großzügigkeit eurer Eltern werden wir das Küken am Schlüpfen hindern. Geld erschließt die unzugänglichsten Orte."

Der Mann übergab Salah das Päckchen, dann schloß sich die schwere Tür wieder krachend hinter ihm.

Vor der Abfahrt des Lastwagens warf sich deine Mutter Mi in die Arme, und beide Frauen vergossen heiße Tränen. Du warst verschwunden. Ich war untröstlich darüber, daß ich dir nicht Lebewohl sagen konnte. Weinend klagten sich die beiden Frauen ihr Leid:

Mi: „Ich gehe ins Exil und lasse dich mit deinem schweren Leid allein!"

Lalla Rabha: „Nach deiner Abfahrt werde ich eine Waise sein. Ohne dich werden meine Tage grau sein. Du bist mir Freundin, Schwester und die ganze Familie."

Mi: „Wer wird mein Leid beweinen? Welche freundlichen Schultern tragen das Gewicht meiner Tränen? Wer wird mir zur Seite stehen?"

Lalla Rabha: „Wer klopft nach deiner Abfahrt an meiner Tür? Wer begleitet mich auf meinen Besuchen zu Buschaib? Wer teilt nun meine Ängste und meine Einsamkeit?"

Mi: „Wer hilft mir jetzt, mein schweres Leben zu ertragen? Du warst mir Nachbarin, Freundin, Schwester und Mutter zugleich. Wer wird dich ersetzen können?"

Lalla Rabha: „Die ganze *Baraka* sei mit dir, *Lalla*. Gott möge mich noch erleben lassen, daß Er uns an den Undankbaren rächt."

Mi: „Gott ist groß! Setzen wir in Ihn unser ganzes Vertrauen. Er wird uns für die Torheit der Menschen rächen!"

Einen Augenblick lang betrachtete ich die beiden Frauen. Ihr Schicksal wies eine seltsame Ähnlichkeit auf: zwei Mütter ohne Ehemann. Zwei Frauen also, die den Schmähungen der anderen ausgesetzt waren. Sie genossen keinen männlichen Schutz mehr. Zwei alleinstehende Frauen, die der möglichen Schande preisgegeben waren. Verstoßung, Gefängnis, Tod, das kommt auf dasselbe heraus. Ihr ganzes Leben lang hatte Mi Vaters Tod erhofft. Wie ich auch. Auf den körperlichen Tod des Vaters folgte unser gesellschaftlicher Tod, nur war uns dies nicht bewußt. Mi hatte als Verstoßene dieselbe rechtliche Stellung wie eine unfruchtbare Frau oder eine alte Jungfer. Glücklicherweise hatte die Zeit dafür gesorgt, daß die Schönheit ihres Gesichts verwelkte, ihre Falten sich tiefer eingruben und ihre Augen umschattet wurden. In den Augen der Männer brachte unsere Anwesenheit und unser Alter sie um ihren Wert. Das war ihr Glück. Und Mi war eine zurückhaltende Frau.

Buhilat trat mehrere Male auf das Gaspedal und drückte auf die Hupe. Schließlich lösten sich die beiden Freundinnen voneinander. Mis Schleier war naß. Sie kletterte in das Führerhaus und setzte sich neben den Fahrer. Lalla Rabha schloß mich in die Arme und sagte:

„Paß gut auf deine Mutter auf! Und auch auf deine Schwestern. Du bist nun ihr Vater. Gib deiner Mutter ein Millionstel von dem zurück, was sie für dich getan hat! Vergiß nicht, daß sie dich neun Monate in ihrem Leib getragen, dir die Brust gegeben und dich auf ihrem Rücken getragen hat! Du wirst im Leben Erfolg haben, denn du hast den Segen Gottes und den deiner Mutter. Vergelte Gutes mit Gutem! Nur die wahren Gläubigen erfahren das Leid. Geh, *Ulidi,* Gott stehe dir bei!"

Ich wagte nicht, sie zu bitten, dir von mir Lebewohl zu sagen. Bei meiner Ankunft dort würde ich dir all das schreiben, was ich dir nie hatte sagen können. Schreiben ist weniger schmerzhaft als reden.

Der Lastwagen fuhr mit höllischem Lärm ab, und wir ließen unser Leben in einer Staubwolke hinter uns.

Salah kniete sich hin und forderte uns auf, es ihm gleichzutun. Er biß den Bindfaden durch und faltete das Zeitungspapier auseinander, in das das Päckchen eingewickelt war. Wir starrten auf das Essen. Er teilte es in vier Teile, und jeder griff gierig nach dem seinen. Wir aßen schweigend und mit Appetit. Ich fragte mich: 'Warum haben meine Eltern mir nichts geschickt?'

Mi hatte keine Macht. Und der Vater hätte mir eher eine Dosis Gift geschickt!

Plötzlich verspürte ich den starken Drang, auf die Toilette zu gehen. Salah klopfte an die Tür, und ein Aufseher öffnete sie.

„Was gibt's denn jetzt noch?" fragte er mit einer Stimme, die Sanftheit nie gekannt haben durfte.

„Er will auf die Toilette gehen, Gott beschütze dich!" antwortete Salah, mit dem Finger auf mich zeigend.

„Was für eine Bande von Idioten! Könnt ihr uns nicht ein wenig in Ruhe lassen? Glaubt ihr vielleicht, wir sind da, um euch zu bedienen? Ihr schlecht erzogenen Gören! Scheißt doch in die Hose, wenn ihr Drang dazu verspürt!"

Dann schloß er die schwere Tür wieder. Ich preßte die Beine zusammen, um mich zu beherrschen. Allmählich bekam ich Schmerzen. Salah klopfte ein zweites Mal an die Tür, und der Aufseher r öffnete. Noch ehe er ein Wort sagte, bot Salah ihm eine Zigarette an. Der Aufseher lächelte. Er nahm die Zigarette, dann fragte er:

„Ja, was möchtet ihr?"

„Er will scheißen gehen!" rief Salah, mit dem Finger auf mich deutend.

„Aber das ist etwas völlig Normales!" sagte der Aufseher.

Die Worte des Polizisten fielen mir wieder ein: „Geld erschließt die unzugänglichsten Orte!" Eine einzige Zigarette hatte genügt.

Ich ging auf die Toilette. Ich benutzte die Gelegenheit auch, um zu trinken und mir die Hände zu waschen. Als ich zurückkam, rauchte Salah in aller Seelenruhe eine weitere Zigarette. Du auch. Salah bot mir seine brennende an. Ich nahm sie. Wir hatten nicht mehr solche Angst. Die Gewohnheit. Die Zigarette hatte eine beruhigende Wirkung auf uns. Brahim konnte, nachdem er gegessen hatte, sogar schon wieder lachen. Er rief uns eine komische Einzelheit des Vorfalls, dessentwegen wir eingesperrt waren, ins Gedächtnis.

Während der ganzen Fahrt weinte Mi still in sich hinein. Bei der Ankunft in Essaouira verbot sie mir, die Kartons mit dem zerbrechlichen Inhalt auch nur anzurühren. Ich beschränkte mich aufs Tragen der Holzbänke und des zerlegbaren Schranks.

Bevor wir unser neues Haus einrichteten, fachte Mi das Feuer an und verbrannte in dem irdenen Kohlebecken, das sie in die

Mitte des großen Zimmers gestellt hatte, einige Kräuter. Dann streute sie eine Handvoll Salz auf die Türschwelle und nagelte, gegen den bösen Blick, ein Hufeisen an die Wand.

Es war Nacht in der schlafenden Stadt. Die brüchigen Mauern öffneten sich wie Särge, und ein bedrohlicher Schatten fiel auf den Lastwagen. Der Mond schien uns so gleichgültig wie gewöhnlich zu beobachten. Ich betrachtete ihn ebenfalls und hatte den Eindruck, er schaue mir nach. Was bedeutete ich ihm? Was bedeutete er mir? Wir kannten einander nicht. Und irgendwo zwischen Himmel und Erde hing der Haß an einem Faden, der nur zerschnitten werden mußte. Voller Bitterkeit richtete sich mein Blick auf dieses fahle Gesicht. Ich hatte Angst, den Weg zurückzulegen, der mich vom Leben trennte. Ich hatte Angst vor dem Morgen, und über die fernen Tage empfand ich nur Bitterkeit. Gespenstig kreiste ein schwarzer Traum vor meinen trüben Augen. Ich dachte an meine Mutter: Wie war es ihr gelungen, ihr Schicksal so viele Jahre widerstandslos hinzunehmen?

Wir amüsierten uns. Das Essen hatte uns aufgemuntert. Salah stand auf und ahmte Meknassi nach, wie er sich gegen unsere Hände wehrte.

„Ihr Kinder des Ehebruchs! Nennt ihr das Angeln? War das bloß eine Falle? Ich werde mich bei meinen Eltern beschweren! Ich werde ihnen erzählen, was ihr mir gerade antut. Man wird euch streng bestrafen! Ihr werdet schon sehen!"

Wir hatten ihm nicht geglaubt. Salah sagte uns immer wieder:

„Er wird nichts sagen. Er wird es nicht wagen. Angst will er uns machen, das ist alles. Wenn er es seinen Eltern sagt, werden sie es alle wissen. Die ganze Stadt wird erfahren, daß er sich hat ficken lassen. Wem kann er dann noch gerade ins Gesicht sehen? Wißt ihr was, ich glaube sogar, es hat ihm Spaß gemacht, sich nehmen zu lassen. Er wird unsere Puppe werden. Wir werden uns mit ihm vergnügen, wann wir wollen. Uns zu verraten, wird er nicht wagen!"

Der Dreckskerl! Er hatte seinen Eltern davon berichtet. Sein Vater brachte ihn zum Arzt, der ihnen ein Attest ausstellte, in dem die Vergewaltigung bescheinigt wurde. Dieses Papier bedeutete unser Verderben. Dabei war er es doch gewesen, der uns provoziert hatte:

„Faßt mich an, wenn ihr Männer seid! Ihr seid nur Zuhälter, ihr Hurensöhne. Ihr seid das Allerletzte! Für wen haltet ihr euch eigentlich? Ich kann euch alle vier auf einmal vergewaltigen! Ich kenne euch, und ich kenne alle aus Azru. Alles Feiglinge! Kommt her, wenn ihr Männer seid! Gott verfluche eure Religion!"

Wir hatten ihn vergewaltigt, um ihm zu beweisen, daß wir Männer waren. Das stand nicht auf dem Papier des Arztes.

Wir amüsierten uns köstlich. Salah ahmte Meknassi gut nach. Die Hände vor den Hintern haltend, drehte er sich im Kreis:

„Ihr werdet schon sehen! Ihr Hurensöhne! Mein Vater wird euch die Augen ausstechen! Laßt mich in Ruhe. Laßt mich los, wenn ihr nicht wollt, daß euch ein Unglück geschieht! Tut mir das nicht an! Ich flehe euch an! Hört auf! Ich habe Lust, euch zu beißen, euch umzubringen! Tut mir nicht weh! Ich bitte euch! Ich ersticke! Langsam, Rahu! Du wirst mir den Arsch einreißen! Ich bitte dich, nimm ein wenig Spucke!..."

Salah legte sich auf den Bauch und tat so, als versuche er sich aus unserer Umklammerung zu befreien. Wir brachen in großes Gelächter aus.

Ein Polizist schlug mit der flachen Hand mehrmals gegen die Tür und begann zu brüllen:

„Seid ihr nun bald fertig, ihr Kinderschänder! Fehlt es euch an Huren, mit denen ihr solche Schweinereien machen könnt? Haltet eure dreckige Fresse, sonst zerreiße ich euch den Arsch, wie ihr es mit diesem armen Jungen getan habt. Ihr seid eine Ausgeburt der Hölle, verflucht von Gott und den Menschen!"

Wir verstummten. Salah sprang auf. Wir rechneten damit, daß der Polizist plötzlich mit einem Knüppel auftauchen würde. Wir schämten uns etwas. Hinter dieser Tür, in diesen vier Wänden eingesperrt, hatten wir nicht das Recht zu lachen, so verbrecherisch wir auch waren. Wir mußten zeigen, daß wir unsere Untat bereuten, war es doch die Absicht der Erwachsenen, uns zu bestrafen, damit wir Scham über unser Handeln empfinden und unsere Schuld eingestehen sollten. Erneut umringten wir Salah. Von uns vieren war er der gelassenste, denn sein Vater stand ihm bei. Wir anderen waren unserem traurigen Los überlassen.

Ich sagte mir: 'Falls mein Vater etwas unternimmt, um mich hier herauszuholen, so einzig uns allein deshalb, um zu Hause über mich verfügen zu können.' Nie hatte er seine Freude zu verbergen vermocht, wenn er mich bei einem Fehler ertappte. Oft führte er sogar eine verworrene Situation herbei, in der ich mich schuldig machte. Dann schlug er mich, wie es ihm beliebte, zu meinem Besten. Seiner Meinung nach gewährleisteten die Schläge meine Erziehung und meine Folgsamkeit. 'Der Stock schafft keinen Widerspruchsgeist', besagte der Sinnspruch. Bei der Vorstellung, ihn wiederzusehen, ergriff mich Entsetzen. In Gedanken sah ich mich bereits blutend zu seinen Füßen liegen. Ich dachte an Flucht und Selbstmord.

In neun von zehn Monaten vergaß Schakabi Daif die Konjugations- und Grammatikregeln und erteilte uns einen rudimentären Unterricht in zwei Akten.

Erster Akt: Schweigend und in Reih und Glied betraten wir das Klassenzimmer. Wir gingen zu unseren jeweiligen Plätzen und blieben dort stehen. Sobald alle eingetreten waren, riefen wir im Chor den üblichen Satz: „Wir wünschen unserem Lehrer einen schönen Tag!" Erst nach diesem morgendlichen Gesang forderte uns Schakabi durch eine Handbewegung zum Sitzen auf. Dann schrieb er das Datum an die Tafel und ließ sich hinter seinem Schreibtisch nieder. Mit vor Angst tonloser Stimme lasen wir dann reihum langsam den Tag, den Monat und das Jahr vor. Wenn der letzte gelesen hatte, fing alles wieder von vorne an. So kam es vor, daß wir ein paar dutzendmal dasselbe lasen. Unser Rekord lag bei siebenunddreißig Wiederholungen.

Zweiter Akt: Eine Viertelstunde vor Schulschluß erhob sich Schakabi Daif und erteilte uns Befehl, die Kleider auszuziehen. Die Oberkleidung. Für diejenigen, die nur eine *Dschellaba* trugen, bedeutete das, sich ganz zu entkleiden. Wir beugten uns über die

Pulte, den Kopf in die Arme vergraben. Schakabi Daif ging dann zwischen den Reihen hindurch und teilte mit seinem Gürtel Schläge auf die nackten Rücken aus. Die Zahl der Schläge hing von seiner Tageslaune ab. Rahus List ersparte uns viele Vormittage die Frustration des mechanischen Ablesens von der Tafel und das Brennen des Ledergürtels auf unserem Rücken.

Nach der bestialischen Rohheit Schakabi Daifs kamen wir zu der feiner ausgeklügelten von Monsieur Marin.

In aller Ruhe rauchte Salah die nächste Zigarette, dann sagte er zu uns:

„Nur keine Angst! Mein Vater holt uns alle hier heraus. Wißt ihr! Gefängnisse sind für Männer wie uns gemacht. Sie wissen jetzt, daß wir keine Kinder mehr sind. Sie wissen, daß wir von nun an alles von ihnen aushalten können. Selbst ihr Gefängnis. Und das stört sie. Wird es mein Vater in Zukunft noch wagen, mich mit seinem Gürtel zu schlagen? Bestimmt nicht! Zweimal wird er es sich überlegen, bevor er sich an mir vergreift. Er wird sich sagen: 'Wenn ich ihn schlage, ist er fähig, mir die erteilten Schläge zurückzugeben oder mich umzubringen. Das Gefängnis? Das kennt er jetzt. Es wird besser sein, ihm aus dem Weg zu gehen.' Genau das werden sie uns nicht vergeben. Wir sind zu Männern geworden, fähig, zu vergewaltigen, zu stehlen, zu töten und ins Gefängnis zu gehen."

Salah verstummte. Wir versuchten, auf dem kalten Boden einzuschlafen. Brahim stand auf und machte in der kleinen Zelle ein paar Schritte. Ich war erschöpft. Ständig dachte ich: 'Buzakri, der *Fqih* des *Msid,* hat uns doch alle in Allahs Haus vergewaltigt. Jedermann wußte um Sidi L'yazids Absichten. Er wurde nicht ins Gefängnis gesperrt. Nur entlassen hatte man ihn, damit er anderswo anderer Kinder Jugend schänden konnte. Sehr wohl hatte ich gesehen, wie der Einäugige hinter dem zierlichen Körper des kleinen Saids bebte. Die junge Amina ertrug doch auch die Mißhandlungen von Sid El Hadsch El Barakat, erfuhr den schmerzenden Riß und den Tod. Nie wurde irgendjemand eingesperrt oder verurteilt (oft schienen sogar die Opfer die Schuldigen zu sein). Warum dann wir? Warum mußten wir mit unserer Jugend für etwas bezahlen, was allgemein als normal galt? Selbst wenn ein moralisches Verbot uns davon abbringen soll, es ist weder ein Verbrechen noch ein Vergehen! Die europäischen Touristen finden in diesem Sonnenland genug ausgewachsene Penisse, die ihren vielgestaltigen Träumen zur Verfügung stehen. Warum machen sie jetzt aus einer Mücke einen Elefanten? Sind wir vielleicht die Sündenböcke?'

In jener Nacht träumte mir, mein Kopf läge in den Händen eines Henkers und mein Hals auf einem Amboß. Das Gefühl des kalten Metalls an meiner Haut war entsetzlich. Der Mann, der neben mir stand, verfügte über mein Leben, er konnte mir den Tod geben. Ich war allein. Jener Augenblick war ernst! Die Stille beklemmte mich. Ich suchte zu verstehen. Es gab nichts zu verstehen. Wie eine Viper, die ihr Gift verloren hat, zog ich mich zurück. War selbst von den Wörtern verlassen. Meinen Wörtern. Die der anderen lagen noch immer auf der Lauer und warteten auf den geeigneten Augenblick, um plötzlich aus der Dunkelheit aufzutauchen. Deutliche Worte. Schonungslose Worte. Der Mann hob sein Beil hoch. In dieser äußersten Bedrängnis brodelte eine geheime Auflehnung unter meiner Schädeldecke. Alle Wörter, die ich in meinem Gedächtnis eingeschlossen hatte, stiegen an die Oberfläche meines Körpers, so zahlreich, daß sie die Poren meiner Haut verstopften. Ich bestand ausschließlich aus Wörtern. Ich war nur noch ein Wort. Ein einziges. An der Grenze des Wahnsinns verwandelte sich mein Körper in eine Schrift, die alle Kinder der engen Gassen lesen sollten. Das Gesicht des Mannes wurde von Gewissensbissen gepeinigt. In diesem Augenblick wußte ich, warum ich sterben sollte. Auch er wußte, warum er mich richtete. Nicht meinen Körper beseitigte er, sondern das, was mein Körper enthüllte, das, was auf meiner Haut geschrieben stand. Das Wort!

Der Mann ließ sein Beil herabfallen, und mein Kopf rollte in einen strohgeflochtenen Korb. Sogleich eilten die Kinder herbei, hoben ihn auf und begannen, mit ihm zu spielen. Rot strömten die Wörter aus ihm heraus und befleckten deren Kleidung. Ich lief von einem zum anderen und flehte sie an, mir meinen armen Kopf wiederzugeben, der rollte und aufsprang wie ein richtiger Ball. Schreiend erwachte ich, meinen abscheulichen Schädel zwischen den Schultern.

Die schwere Tür öffnete sich, und ein Polizist holte uns ab. Es war Morgen.

Man ließ uns Papiere unterschreiben. Salah und Brahim gab man Gürtel und Schnürsenkel zurück, dann setzte man uns auf freien Fuß. Weder verstanden wir, noch wollten wir verstehen. Es war besser so.

Einige Tage später wurden wir vor Gericht geladen. Der Richter verurteilte uns zu drei Monaten Gefängnis mit Bewährung.

Schakabi Daif vermutete am Ende doch, daß jemand ihn absichtlich jeden Morgen einschloß. Er hatte genug davon, allmorgendlich durch die Tür hindurch zu brüllen, man solle ihm aufmachen. Einmal begleitete ich dich, und wir belauschten sein Gejammer:

„Ist jemand da draußen? Macht bitte die Tür auf! Man hat mich hier eingesperrt, obwohl ich Unterricht habe und meine Schüler bestimmt ungeduldig und sogar unruhig werden, wenn sie mich nicht kommen sehen. Hier hat der Satan der *N'saras* seine Hand im Spiel! Er will nicht, daß ich den Kindern die Sprache ihres Landes beibringe. Macht mir auf! Ich habe ein schlechtes Gewissen wegen dieser Kinder! Holt mich hier heraus! Ich muß unbedingt zu ihnen gehen, sie brauchen mein Wissen und meine Einsicht. Macht mir auf! Macht die Tür auf!"

Aus dem Mund dieses nichtswürdigen Menschen drang eine dicke Lüge. Wir ließen ihn lamentieren und gingen in die Schule zurück. Als die Klingel ertönte, nahmen wir geordnet und schweigend wieder unsere Plätze ein.

Hinter geschlossener Tür warteten wir gemäß den Anweisungen unseres Lehrers:

„Wenn ihr mich nicht kommen seht, geht hinein und wartet leise auf mich. T'hami wird die Aufsicht führen und mir die Namen der Schwätzer nennen. Sie werden die Strafe erhalten, die sie verdienen. Macht die Tür zu. Und sollte zufällig jemand kommen, sagt, ich sei auf der Toilette!"

Wir hatten keinerlei Interesse daran, daß Schakabis häufiges Zuspätkommen bekannt würde. Vielmehr kam es allen gelegen. Da wir seine Anweisungen befolgten, hätte man, wenn er nicht da war, im Klassenzimmer eine Mücke fliegen hören können.

Eines Morgens stand Schakabi Daif in der Dämmerung auf und hielt an der Straßenecke Wache. Wie gewöhnlich schobst du den Riegel vor, und wir trafen uns in der Schule wieder.

„Heute morgen wird er nicht kommen!"

Wie eine Erlösung hallte der Satz in meinen Ohren wider. Wir waren überrascht und enttäuscht zugleich, als wir Schakabi vorzeitig kommen sahen.

An jenem Morgen erhieltest du die gehörigste *Falaqa* deines Lebens.

In dem Lastwagen, der uns neuen Horizonten entgegenbrachte, mußte ich ständig an dich denken. Zwei Jahre nach unserer Freilassung hatte man uns mit mehreren anderen Freunden aus dem Gymnasium wieder in genau derselben Zelle eingesperrt. Um unserer Unzufriedenheit Ausdruck zu verleihen, waren wir in Streik getreten.

„Name?"

„Von wem, von mir?"

„Von wem denn sonst, du Arsch."

Ali L'bulizi (der Polizist) verhörte mich. Er kannte den Vater. Aber er hatte den strengen Befehl erhalten, alle gleich zu behandeln.

Zwei Tage und zwei Nächte lang hatten wir die Greuel dieses Ortes kennengelernt. Sie hatten uns keine Stromstöße versetzt. Sie hatten uns den Kopf nicht in eine mit Urin gefüllte Schüssel getaucht... Wir waren sogar überrascht, daß sie sich damit begnügten, einige Ohrfeigen und Fußtritte an uns auszuteilen. Sie ließen uns in die Folterkammer hinabsteigen, und das reichte, um uns eine Vorstellung von der Hölle zu geben, der wir entgangen waren.

Ein etwa dreißigjähriger Mann baumelte, an den Füßen aufgehängt, in der Luft, halbnackt, Spuren von Mißhandlungen auf dem Körper.

„So hängt er seit drei Tagen!" sagte ein Polizist zu uns.
„Aber wieso?"
„Damit er gesteht!"
„Damit er was gesteht?"
„Daß er etwas getan hat. Egal was! Diebstahl, Vergewaltigung, Mord... Ganz egal! Wichtig ist, daß wir etwas in seinen Bericht schreiben können, bevor wir ihn dem Untersuchungsrichter vorführen. Er ist ein Verbrecher! Folglich muß er gestehen. Wir Polizisten, wir haben einen guten Riecher dafür. Ihr werdet sehen, am Ende wird er doch noch reden. Verlaßt euch auf uns!"

Der Mann stöhnte. Er besaß keine Kraft mehr. An seiner Stelle hätte ich mir alle Verbrechen der Welt angelastet. Die Knie wurden uns weich. Die Polizisten, die hämisch grinsten, schien sein Anblick nicht zu beeindrucken. Sie waren an ein Leben mit der Brutalität gewöhnt. Gewalt gehörte zu ihrem Beruf.

„Wie alt bist du?"
„Ich schwöre euch, ich habe nichts getan!"
„Niemand hat dich etwas gefragt! Antworte nur dann, wenn man dir eine Frage stellt!"

In Anbetracht solcher Angst und Greuel war ich bereit, irgendetwas zu schwören, ganz gleich was.

Ich fragte mich, warum man uns aus so vielen anderen herausgegriffen hatte. Alle befanden sich im Streik. Warum ausgerechnet uns?

Fadili, der Direktor, hatte einige Namen angegeben. Die Stunde der Abrechnung hatte geschlagen.

Trotz deiner stattlichen Körpergröße, die dich deinen Rücken beugen ließ, warst du nur ein mickriger Mann, Fadili. Ein durch und durch schlechter Mensch. Dein Sadismus dröhnte uns oft in den Ohren, wenn die Schläge deiner breiten Hände auf unsere geschundenen Gesichter niedergingen. Dein Sarkasmus und deine kränkenden Bermerkungen hatten zunächst das Ziel, uns zu demütigen, und dann, die Aufsässigen ausfindig zu machen, die sich gegen deine Beschimpfungen wehren würden. Jeden Morgen belauertest du, hinter einem Balken verschanzt, die Reaktionen der Schüler beim Fahnenappell und ließest deine Wut über sie hineinbrechen. Du hast um dich herum soviel Leid angerichtet, weil in deinem Herzen soviel Haß war. Glaub bloß nicht, du seist einzig in deiner Art. Viele, zu viele auf dieser verratenen, enthäuteten Erde gleichen dir. Weißt du, nur weil du deinen Namen geändert hast, werden die Leute dich nicht für jemand anderen halten und das Leid vergessen, daß du ihnen zugefügt hast. Mehr und mehr beugt sich dein Rücken, und deine Falten werden von Tag zu Tag tiefer. Morgen, in deinem Grab, wirst du nur Haß und Korruption finden, die zu Lebzeiten deine Devise waren. Auf dem Gymnasium hattest du uns Verderben geschworen, erinnerst du dich? Erinnerst du dich an den Haß und deine Verachtung gegenüber den Kindern der engen Gassen?

„Wieso veranstaltet ihr dieses Chaos im Gymnasium?"
Ali L'bulizi maß mich mit inquisitorischem Blick. Um nicht in Panik zu geraten, sagte ich mir immer wieder, daß dieser Mann den Vater kannte.
„Ich weiß nicht!" antwortete ich in einem Atemzug. „Ich schwöre Ihnen, daß ich nichts darüber weiß! Das ist die Wahrheit! Die Großen haben uns gezwungen, im Schulhof zu bleiben!"
„Wer ist das, die 'Großen'?"
„Ich weiß nicht! Ich schwöre es Ihnen auf das Heilige Buch! Ich kenne sie nicht! Ich habe nichts anderes gemacht als alle anderen auch! Ich schwöre Ihnen, ich werde es nie wieder tun!"
Das stimmte. Wir, die Kleinen, wußten nicht einmal, warum wir streikten. Es war das erste Mal. Für uns bedeutete dieses Wort Schulausfall. Keine Stunden mehr, keine Hausaufgaben, keine Übungen, keine Strafen.

„Du gehörst zu den Anführern dieses Streiks!"
Dieser Satz tat mir in den Ohren weh. Fadili wollte mich loswerden. Nun bot sich ihm eine unverhoffte Gelegenheit, 'sein Gymnasium' von dem ganzen Ungeziefer 'zu reinigen'. Das Wort 'Anführer' traf auf mich nicht zu. Der Name des aktivsten Schülers bei diesem Streik stand bestimmt nicht auf der langen Liste, die Fadili der Polizei übergeben hatte, sein Vater war nämlich Polizeikommissar. So aufrichtig wie möglich antwortete ich:
„Ich? Ich schwöre Ihnen, das ist nicht wahr!"
„Euer Direktor hat uns eine Liste gegeben. Dein Name steht darauf!"
„Er kann euch Namen nennen, soviel er will! Ich schwöre Ihnen, ich bin unschuldig!"
In diesem Augenblick betrat Lalla Laziza Al Hamqa (die Verrückte) das Kommissariat. Den Beinamen 'die Verrückte' hatten wir ihr gegeben, da sie Hunde abgöttisch liebte. Außer ihr mochte hier niemand Tiere. Sie zog junge Hunde groß, sprach mit ihnen wie mit Kindern; ja mehr noch, sie sprach mit ihnen wie mit Erwachsenen. Wohin sie auch ging, ihre Hundekinder folgten ihr. Wie alle Verrückten bei uns genoß Lalla Laziza die falsche Nachsicht der Leute. Sie konnten überall ein und ausgehen, wie *Messauda*.
Ali L'bulizi kniff sie in den Hintern. Ich schlug die Augen nieder. Sie beschimpfte ihn:
„Pfoten weg, Sohn des Ehebruchs! Laß deine dreckigen Finger von meinem Hintern. Heirate mich, wenn du mich haben willst!"
Dann ging sie auf mich zu und sprach weiter:
„Jetzt bleiben euch nur noch kleine Jungen! Was für eine Welt! Laßt sie in Ruhe! Was können sie denn schon anstellen? Es sind doch nur Kinder! Besteht eure Arbeit darin, Leute zu erledigen?"
Ali L'bulizi brach in schallendes Gelächter aus, und ich konnte seine schwarzen Zähne sehen. Dieser Frau, die die Kühnheit besaß, einen Polizisten, einen Vertreter der öffentlichen Ordnung zu beschimpfen, zollte ich Bewunderung. Wenn der Wahnsinn so etwas gestattete... dann war er eine gute Sache.

In ihrer Jugend war sie sehr schön gewesen. Sie war fast noch ein Kind, als ihr Vater sie zur Heirat mit einem völlig saftlosen Greis gezwungen hatte. Dieser war reich, und Lalla Laziza haßte ihn. Der Bedauernswerte starb bereits einige Monate nach der Hochzeit. Vor seinem Tod hatte er seine junge Frau verhext, und der Himmel hatte ihn erhört. Er war Scharif, ein Nachkomme des Propheten.

„Die Gebärmutter", sagte er zu ihr, „soll dir vertrocknen! Nie sollst du Mutterfreuden genießen, als Strafe für das, was du mir zuleide tust! Geh! Ich überlasse dich Gott! Er allein wird dich dafür büßen lassen!"

Nach dem Tod ihres ersten Mannes heiratete Lalla Laziza noch mehrere Male, aber nie konnte sie Kinder bekommen. Wenn sie nicht verstoßen wurde, starb unerwartet ihr Mann, und sie stand wieder allein da. Schließlich verfiel sie in Wahnsinn und begann, Hunde aufzuziehen, die ihr Haus bevölkerten.

Die Frau ging in ein anderes Büro, und ich hörte schallendes Gelächter. Ali L'bulizi fuhr in seinem Verhör fort:

„Im Schulhof haben wir Flugblätter gefunden. Wer hat sie verteilt?"

„Ich nicht! Ich schwöre es Ihnen!"

„Ich weiß, daß du es nicht warst; ich verlange von dir aber, daß du mir sagst, wer sie verteilt hat!"

Abdelmumen war ein sehr sympathischer Junge. Ich konnte ihn doch nicht diesem aufgeblasenen und gewalttätigen Menschen ausliefern. Alles, nur das nicht! Das wäre Verrat!

Ich fragte mich, was Lalla Laziza ihrem ersten Ehemann zuleide getan hatte, daß er sie derart verhexte. Es stimmt, daß sie ihm jeden Morgen beim Frühstück einen Traum dieser Art erzählte:

„Gestern träumte ich von einem schönen jungen Burschen. Nackt lag ich in seinen Armen, und er streichelte unaufhörlich meine Brüste und mein Geschlecht. Dich hatten wir in einen Käfig gesteckt, und du sahst uns zu. Welch eine Wonne war das! Wir wälzten uns auf einem großen grünen Teppich aus Gras. Die Vögel sangen. Du beklagtest deine Schande! Ein schöner junger Mann. Stark und schön. Und ich ganz nackt in seinen Armen. Er nahm mich mit Gewalt, und wir ließen dich das Blut meiner Jungfräulichkeit trinken. Dann hob er mich auf den Rücken seines Schimmels, und wir flohen gemeinsam..."

Der alte Mann konnte kaum noch gehen. Lalla Laziza war jung und schön. Als er starb, war sie noch immer unberührt.

Fast eine Stunde dauerte das Verhör. Man ließ mich ein Papier unterschreiben und setzte mich auf freien Fuß.

Am Ende des Jahres wurden mehrere Schüler des Gymnasiums verwiesen. Wir beide waren 'zur Wiederholung der Klasse zugelassen'.

Dann verschloß sich die Totenstadt wieder völlig meinen eisigen Erinnerungen.

Mehrere Jahre waren seit meinem Wegzug aus Azru verstrichen.

Neue Erinnerungen waren an die Stelle der alten getreten, aber keine Freundschaft konnte mir diejenige ersetzen, die ich hinter mir gelassen hatte. Ich sammelte Gesichter, als wären es Briefmarken. Gegen meinen Willen, trotz alledem, blieb ich an diese Gesichter gebunden, die, gemeißelt wie in Stein, in meine Kindheit eingeprägt waren.

Die Sehnsucht nach deinen hohen Bergen, Azru, deinen im Sommer staubigen, im Winter schlammigen engen Gassen, nach deinem Duft von Heu und Gras, nach deinen Menschen, Opfern nächtlichen Schweigens... rief mich zu dir zurück. In Augenblicken der Einsamkeit stellte ich dich mir vor, aber ich besaß nicht die Kraft, bis zu dir zu kommen; denn die Wunde war noch nicht ganz vernarbt. Ich hatte Angst, in dir nicht mehr die düstere kleine Stadt meiner Kindheit wiederzuerkennen. Angst, uns beide verändert zu sehen.

Die Zeit ist ein Verräter, heißt es. Ich wußte, daß ungeachtet der Liebe, die ich dir, Azru, entgegenbrachte, nichts wie früher wäre. Mein Blick war nicht mehr derselbe. Du wußtest das auch. Würdest du mir verzeihen, daß ich dich beurteilt, dich verraten und nackt den Fremden ausgeliefert hatte?

Ich mußte es tun, um weiterleben zu können. Aber ich bin noch immer dein Sohn. Du hast meine Tränen getrocknet, meine Wunden verbunden, mich getröstet, du hast mir erlaubt, groß zu werden und die Unverschämtheit der Wörter zu akzeptieren, trotz all des Hasses und der Gewalt.

Ich habe das Versprechen, das ich dir, Azru, gegeben hatte, nicht vergessen. In meinen nächsten Ferien werde ich einige Tage in deinem Schoß verbringen. Ich habe das Bedürfnis, deine Leidenschaften und deine starken Gerüche wiederzufinden.

Höre Kannibale
Hör mir gut zu
Meine Stimme zwanzig Millionen Sklaven
Zwanzig Jahre und mehr im Zeichen der Fälscher
Und wir
Den Tod aus allen Poren schwitzend
Entkräftet durch verrückte Träume und das Warten
Abdellatif Laabi

Vor dem einzigen Schalter des 'großen Bahnhofs' von Kenitra warteten Myriaden von Männern, Frauen und Kindern. Der Zug in Richtung Oujda sollte um 14.30 Uhr abfahren. Es war 15.00 Uhr, und der Schalterbeamte gab gleichgültig die Fahrkarten aus. Vor ihm drängten, stießen und beschimpften sich die Leute. Ein Halbwüchsiger kletterte einem Freund auf die Schultern, schob seinen Kopf blitzschnell zu der kleinen Öffnung und verlangte zwei Fahrkarten nach Sidi Yahya. Ein Schrei ertönte. Entrüstet protestierten einige Reisende gegen dieses unangebrachte Verhalten. Der kleine Beamte der staatlichen Eisenbahngesellschaft ONCF schloß seinen Schalter und forderte die Reisenden auf, sich etwas zu beruhigen. Er setzte sich auf einen Stuhl und zündete sich eine Zigarette an. Niemand wagte zu protestieren. Der Mann sah aus wie ein Tier in einem Käfig. Man wartete. Vorübergehend kehrte Ruhe ein. Eine etwas ältere Frau bat flehentlich:

„Gib mir eine Fahrkarte 4. Klasse nach Sidi Slimane, *Ulidi*, mein Sohn. Gott schenke dir Reichtum und Gesundheit. Seit Mittag bin ich da, und meine müden Beine tragen mich nicht mehr."

„Nein, *Lalla*! Steh an wie alle anderen! Hier wird niemand bevorzugt. Ich bin ein gewissenhafter Beamter! Stell dich am Ende an!"

Es gab jedoch weder Anfang noch Ende. In diesem Teil der Welt verstanden die Leute nicht, sich in Reih und Glied aufzustellen. Ohne Tumult und Geschrei konnten sie nicht leben.

Die Wanduhr mit dem zerbrochenen Glas zeigte 15.15 Uhr.

Der kleine Beamte der ONCF drückte seine Kippe mit meisterhafter Geste an der Sohle seines durchlöcherten Schuhs aus. Man meinte, in einem Western zu sein. Der Mann verließ seinen Platz und näherte sich den Leuten mit leisen Schritten. Auf den Lärm folgte die Stille. Die Blicke waren auf die rechte Hand des Helden geheftet. Mit angehaltenem Atem wartete man auf den Moment, da er seinen Revolver ziehen würde, um Feuer zu geben. Hochmütig ging er noch immer vorwärts. In seinen Augen blitzte eine Art Haß oder Verachtung auf. Die Stunde der Rache war gekommen. Der Mann öffnete den letzten Knopf seiner Jacke und ließ seine Finger spielen. Der Menge stockte der Atem. Die Stunde der Entscheidung. Plötzlich blieb der Mann stehen. Seine flinken Finger ließen den Hahn knacken, und der Schalter öffnete sich.

„Eine Fahrkarte 2. Klasse nach Meknes!" brüllte eine Stimme.

Der Mann in seinem eisernen Käfig drehte sich um, zog eine Karte von der Schnur, legte sie vor sich auf den Tisch, machte gemächlich einen Strich unter den angegebenen Preis und schrieb eine Reihe weiterer Zahlen darauf. Der Reisende nahm den Fahrtausweis und hielt einen Fünfzigdirhamschein hin. Sogleich riß der Schalterbeamte dem Reisenden die Fahrkarte aus der Hand und schleuderte ihm das Geld ins Gesicht.

„Ich hab kein Wechselgeld. Alle kommt ihr mit Scheinen an, als sei ich eine Bank. Ich weiß nicht mehr, was ich machen soll! Wer kein Kleingeld hat, hat hier nichts zu suchen! Der braucht seine Zeit nicht für nichts und wieder nichts zu vertun. Stellt euch bitte in einer Reihe an! Sonst schließe ich den Schalter wieder!"

Die Wanduhr zeigte 15.30 Uhr. Man hörte das Pfeifen der Lokomotive. Die Menge rannte auf den Bahnsteig und stürzte sich auf den mit unbeschreiblichem Lärm einfahrenden Zug. Die Körper zwängten sich, über die Türen kletternd und über die herabgelassenen Scheiben steigend, in die Waggons. Als der Zug zum Stillstand kam, saßen bereits drei Viertel der Menschen auf ihren Plätzen. Die Fahrgäste, die aussteigen wollten, hatten Mühe, sich einen Weg bis zu den Türen zu bahnen.

Der Kontrolleur und der Zugführer schrien Befehle, die niemand beachtete. Zuletzt schlugen und beschimpften sie die, die sich das Gepäck durch das Fenster reichen ließen.

In den Gängen waren doppelt so viele Fahrgäste wie in den Abteilen. Die kunterbunt aufeinandergetürmten Taschen versperrten den Durchgang, und ihre Besitzer konnten sich kaum rühren. Der Zugführer pfiff, schwenkte seine Fahne, und die Lokomotive setzte sich in Bewegung. Diejenigen, die noch auf dem Bahnsteig standen, rannten schreiend los, klammerten sich an die Türgriffe und versuchten mit äußerster Kraft, sich bis zu den Gängen emporzuziehen.

Alte und kranke Leute würden auf den nächsten Zug warten müssen.

Im Abteil 22 beanspruchten zwei Soldaten den ganzen Platz für sich, lagen ausgestreckt auf den Bänken und hatten eine Zweiliterflasche mit billigem Rotwein zwischen sich auf dem Boden. Niemand wagte, sie zu stören.

Im Abteil 21 saßen zehn Personen auf acht Plätzen, das Gepäck auf den Knien. Die Stäbe der Gepäcknetze, die Spiegel und die Vorhänge waren abgerissen. An Stelle der Aschenbecher gab es nur noch Löcher für die Schrauben. Mit Rasierklingen war das Skai der Sitze aufgeschlitzt worden: ein Tribut an die Unwissenheit, die Unreife und das Elend.

Die Fahrgäste im Abteil 21 musterten sich schweigend. Ein alter Mann betete mühsam die Gebetsschnur. Seine Lippen bewegten sich. Ein Hahn steckte seinen Kamm aus einem Korb und stieß ein müdes Krähen aus. Schallendes Gelächter ertönte.

„Er geht nicht richtig!" meinte jemand ironisch.

Der Besitzer beeilte sich, den Kopf des Federviehs im Korb verschwinden zu lassen.

„Das ist Betrug!" kommentierte ein anderer. „Der kann umsonst und bequem in seinem kleinen Korb reisen! Niemand hier hat es besser als er!"

Der Mann mit dem Hahn nahm den strohgeflochtenen Tragkorb und stellte ihn auf seine Knie. Die Spötteleien beantwortete er mit einem gezwungenen Lachen; dann drückte er seine Nase an die Fensterscheibe und betrachtete die Landschaft, die mit hohem Tempo an ihm vorbeiflog.

Die Frau, die ihm gegenübersaß, hatte einen Säugling im Arm und einen anderen auf dem Rücken. Der erste schlief, der zweite hingegen strampelte aufgeregt auf dem Rücken seiner Mutter. Schließlich brach er in Geschrei aus. Der andere schreckte aus dem Schlaf auf und begleitete den Bruder bei seinem dessen Konzert. Die Mutter zog aus ihrer Bluse eine welke Brust und gab sie dem einen Kind, das fast gleichzeitig verstummte, während das andere weiterhin das Abteil mit seinem Jammern erfüllte.

Der Zug fuhr in Sidi Yahya ein.

Ein fliegender Händler drängte mit einem großen Essenskorb und einem Eimer voll Limonadeflaschen die Reisenden zur Seite.

„*Asmaa balak*! Hört her und laßt mich durch!" wiederholte er unablässig. „Sandwiches und kühle Limonade! Wer möchte was? Sandwiches mit Eiern, mit Streichkäse mit Thunfisch, mit Oliven... Ich habe auch Cola, Pepsi, Fanta!... Wer möchte was?"

Hinter ihm bot ein Junge Schlüsselbunde und Kaugummi feil.

„Ein Eiersandwich und eine Cola!" verlangte ein Reisender.

Der schweißbedeckte Mann stellte den Korb auf einen Koffer und den Eimer zwischen die Beine. Ein Zehndirhamschein ging von Hand zu Hand und wanderte schließlich in die Tasche des Händlers. Das Wechselgeld legte den Weg in umgekehrter Richtung zurück und landete in der Hand des Kunden, der sogleich losbrüllte:

„Aber was ist denn das? Sieben Dirham fünfzig für einen Bissen Brot, ein Ei und eine kleine Flasche Cola? Das ist ja Diebstahl!"

„Sprich: Könnte Gott jedem zu Hilfe kommen!" entgegnete der Händler. „Alles ist teuer, mein Bruder, und ich nehme ein so großes Risiko auf mich, um euch das Essen bis zum Mund zu bringen! Trink die Flasche aus, mein Bruder, denn der Zug fährt gleich ab!"

„Aber ich verstehe das nicht! Ein kleines Brot kostet dreißig Centime, ein Ei vierzig und die Flasche Cola eins zwanzig... Das macht zusammen nicht einmal zwei Dirham."

„Das macht genau einen Dirham neunzig Centime", schaltete sich der Nachbar ein.

„Dich hat niemand gefragt, mein Bruder!" rief der Händler aus. „Steck deine Nase nicht in fremde Angelegenheiten. Um eurer schönen Augen willen gehe ich kein Risiko ein! Ihr vergeßt den Schweiß meines Angesichts! Schließlich muß ich meine Kinder ernähren."

Die leere Flasche ging von Hand zu Hand und erreichte genau in dem Augenblick den Eimer, als der Zug anfuhr. Niemand hatte verstanden, wie der Händler in den Zug gelangen konnte, noch, wie es ihm gelungen war, ihn zu verlassen.

Der Zug fuhr ab.

„Wenn das kein Diebstahl ist!" beschwerte sich der Reisende wieder. „Er hat mehr als fünf Dirham fünfzig Gewinn erzielt. Der Gauner! Und er war verärgert, als ich gemeckert habe."

„Die Leute sind nie zufrieden, *Salama!*" sagte der Greis, der neben ihm saß. „Habt ihr noch nie was vom vierzehnten Jahrhundert gehört? Nicht einmal im Koran ist es vorgesehen, und jetzt sind wir soweit! Der Prophet, Gebet und Heil seien mit ihm, hat es mit folgenden Worten beschrieben: 'Im vierzehnten Jahrhundert, kein Friede, kein Essen.' Die Zeichen erscheinen, meine Kinder! Wenn der Mensch seinen Bruder bestiehlt, wenn er seinen Bruder betrügt, wenn er seinen Bruder tötet, gibt es kein Leben mehr, denn es gibt kein Vertrauen mehr! Sprecht: Wir gehören Gott und zu ihm kehren wir zurück!"

„Du hast recht, mein Onkel!" schaltete sich der Soldat in der Ecke ein. „Das Leben ist reizlos und fad geworden. Gäbe es nicht die Frauen und den Alkohol, ich fragte mich, was dann aus uns würde!"

„Verfluche den Satan, mein Sohn, und bitte Gott, den Herrn der Barmherzigkeit, um Vergebung! Frauen und Alkohol sind ein Werk des Teufels. Allah hat den Wein ein für allemal verboten, und der Prophet hat gesagt: 'Wäre nicht meine Mutter eine Frau, ich würde sie alle verfluchen!'"

„Das ist wahr, mein Onkel, alle Frauen sind Huren!"

Die Frau mit den beiden Knirpsen warf ihm einen bösen Blick zu.

„Aber", ergriff der Soldat wieder das Wort, „ich habe nichts anderes, um das Leben zu spüren. Der Wein läßt einen vergessen, und die Frauen lassen einen träumen!"

„Das Angesicht Gottes, mein Sohn, bedeutet mehr als alle Frauen, aller Alkohol und alle irdischen Reichtümer. Vergiß das nicht! Allah belohnt jeden nach seinen Verdiensten. Verfluche den Satan, mein Sohn, und kehre zum Herrn der Welten zurück!"

„Wenn das kein Diebstahl ist!" wiederholte der übervorteilte Käufer. „Sieben Dirham fünfzig!..."

„Danke Gott!" sagte die Frau mit den Kindern. „Danke ihm für alles, was er dir gegeben hat! Du hast wenigstens etwas, womit du dein Essen bezahlen kannst. Es gibt Leute, die können nicht einmal das. Schnall deinen Gürtel enger!"

Der Mann wandte sich zu der Frau um und schaute sie mit trauriger Miene an:

„Das haben wir's! Uns beneidet ihr um einen Bissen Brot! Über die, die Wohnblocks, Autos und Villen besitzen, sagt ihr nichts. Ihr schaut nur euresgleichen auf die Finger! Bei den anderen nämlich, denen, die alles haben, gelingt euch das nicht! Sie fahren mit ihren großen Schlitten an euch vorbei und strafen euch mit völliger Verachtung! Man darf nicht einmal mehr essen, ohne gleich von neidischen Augen überwacht zu werden. Dieses Stück Brot, *Lalla,* mußte ich mir im Schweiße meines Angesichts verdienen!"

„Verflucht den Satan!" sagte der Greis, der dem sich anbahnenden Streit Einhalt gebieten wollte. „Es sind für jedermann schwere Zeiten. Alles wird immer teurer! Die Kartoffeln kosten vier Dirham das Kilo, die Tomaten zwei fünfzig, die Linsen, Kichererbsen und weißen Bohnen mehr als fünfzig Dirham das Kilo. Die Speise der Armen, sagt man immer. Die Armen haben kein Recht mehr zu leben. Ich kenne Familien, die sich nur von Brot und Tee ernähren. Wir leben im Jahrhundert der Hungersnot und der großen Armut. 'Wer keine Sous hat, dessen Wort fehlt es an Salz!'..."

Der Soldat zündete sich eine Zigarette an, machte mehrere Züge und blies den Rauch hinüber zu der Frau. Diese begann zu husten.

„Wir sind in einem Nichtraucherabteil!" machte ihn der alte Mann aufmerksam. „Ihr stört uns mit eurer Zigarette!"

Dieses 'Ihr' war keine Höflichkeitsform. Der Greis benutzte den Plural, um sich nicht allein an den Soldaten zu wenden. Dieser würdigte den weißbärtigen Mann nicht einmal eines Blickes. In aller Ruhe rauchte er weiter. Dann sagte er:

„Was wißt ihr denn schon! Die Schraubenlöcher beweisen sehr wohl, daß es in diesem Abteil Aschenbecher gegeben hat. Also durften die Leute hier rauchen! Warum dann nicht ich? Ihr Zivilisten seid nie zufrieden! Ständig meckert ihr herum! Nun wird mir klar, warum die Polizei und die *Mardas* euch von Zeit zu Zeit einen Tritt in den Hintern geben! Ihr seid wirklich unerträglich! Alles stört euch! Der Rauch meiner Zigarette, der Preis des Gemüses und anderer Nahrungsmittel. Im Grunde ist es ganz einfach! Wen die Zigarette stört, der soll in ein anderes Abteil gehen, wer meint, daß der Preis der Waren hoch ist, der soll sie nicht kaufen! Es zwingt euch niemand dazu! Man muß wissen, was man im Leben will! Euch wurde nie beigebracht, wie man zurechtkommt, das merkt man."

Die neun Anwesenden verfolgten dieses Rede mit mißbilligenden Blicken, wagten jedoch keinen Widerspruch. Der alte Mann hob lediglich die Hände zum Himmel und sagte:

„Wir gehören Gott, und zu ihm kehren wir zurück!"

Der Soldat zog ein letztes Mal an seiner Zigarette, blies den Rauch in Ringen aus und zerdrückte die Kippe an der metallenen Wand. Die Asche fiel auf die Hose des neben ihm sitzenden jungen Mannes. Die rauhe Hand des Soldaten legte sich auf dessen Bein und versuchte mit einer barschen Bewegung, seine Ungeschicklichkeit wieder gutzumachen. Der einzige Erfolg war, daß die Asche noch mehr in den Stoff eindrang.

„Das macht nichts!" sagte der junge Mann und schob die Hand des Soldaten weg.

Beleidigt strich sich dieser mehrere Male mit der schweren Hand über sein Drillichzeug und murrte dann:

„Tu nichts Gutes, und es wird dir kein Übel geschehen!"

Der junge Mann stieß lediglich einen Seufzer aus. Dann zog er ein Buch aus seiner Jackentasche und begann zu lesen. Diese Gebärde blieb nicht unbemerkt. Der Soldat nutzte die Gelegenheit, um Streit zu suchen:

„Heul dich bei deiner Mutter aus, du Scheißzivilist! Und sie behaupten, gebildet zu sein! In der Schule lernen sie zwei Buchstaben und dann fallen sie uns auf den Wecker. Im Magen haben diese miesen Typen nichts! Sie meinen, der Kopf reicht. Solche verdienen nur Verachtung. Heutzutage zählen die Schultern. Wenn deine Eier nicht aus Stahl sind, hast du nichts zu melden! Wärst du mit mir an der Front gewesen, hätte ich dir das Leben schwer gemacht, du Jammerlappen! Das schwör ich dir. Sieht so eure Dankbarkeit aus? Während ich mich an der Front abrackere, um euch zu schützen, um euch gegen eure Feinde zu verteidigen, macht ihr euch ein schönes Leben, geht in aller Ruhe ins Kino... und wenn ich zurückkomme, ist das einzige, was euch einfällt, 'Pfff!' Ihr Grünschnäbel!..."

Der Soldat ließ seinen Haßgefühlen und Enttäuschungen freien Lauf. Der junge Mann erwiderte nichts. Er las weiter, ohne sich von dem Gesagten allzusehr außer Fassung bringen zu lassen. Er wußte, daß der Mann Streit suchte. Der Greis klapperte mit einigen Kugeln seiner Gebetsschnur, bevor er murmelte:

„Allah führe uns ins Licht!"

„Du, *Schibani*," tobte der Soldat, „wenn du mich weiterhin verhöhnst, sobald ich den Mund aufmache, werde ich dich deine Gebetsschnur essen lassen! Schau zu und halt den Mund! Wenn du willst, daß die Leute deinen weißen Bart achten, mußt du auch sie achten!"

Der Zug fuhr in Sidi Slimane ein.

Auf dem Bahnsteig waren mehr Reisende als im Zug. Es war ein Tag vor Ferienbeginn. Einige Personen stiegen mühsam aus. Andere versuchten hineinzuklettern, aber ihre Anstrengungen waren vergeblich. Sie klammerten sich an die Türen, setzten sich auf die Trittbretter und versperrten damit den Durchgang in beide Richtungen. Der Zugführer rief denen, die es hören oder glauben wollten, zu, daß ein zusätzlicher Zug in weniger als einer halben Stunde eintreffen werde. In Wirklichkeit kam der nächste Zug nicht vor vier Stunden (wenn alles gut ging). Die aufgeregte Menge mußte jedoch beruhigt werden, und dazu waren alle Mittel recht.

Der Zug ruckte plötzlich an, ohne daß der Zugführer gepfiffen oder seine Fahne geschwenkt hatte. Von allen Seiten ertönten unbestimmte Schreie und grobe Schimpfwörter. Steine prasselten gegen das Blech, aber kein Fenster wurde getroffen. Der Zug beschleunigte seine Fahrt, dann wurde er, bei einem Gefälle, durch einen heftigen Stoß erschüttert. Einige Gepäckstücke, die in einem kümmerlichen Netz lagen, fielen den Reisenden auf den Kopf. In Panik und vor Schmerz stöhnend, stürzten alle durcheinander. Dann standen sie auf und schafften in dem Abteil wieder Ordnung. Mit einem letzten Stottern blieb der Zug weitab von jeder Ortschaft stehen.

Die Fahrgäste, die auf den Trittbrettern und in den Gängen hockten, kletterten hinaus. Draußen bekam man besser Luft. Wer saß und um seinen Platz bangen mußte, streckte nur den Kopf über die hintergelassenen Fensterscheiben. Der alte Mann bahnte sich in dem Durcheinander von Körpern einen Weg und drückte seine Nase an die Fensterscheibe. Soweit das Auge reichte, erstreckte sich eine Orangenplantage. Die jüngeren unter den Reisenden, die ausgestiegen waren, sprangen über den Stacheldraht und plünderten einige Äste. Der alte Mann lachte verzückt. Er drehte sich zu denen um, die sitzengeblieben waren, und sagte mit von Stolz erfüllter Stimme:

„Allah ist groß! Allah ist großzügig! Er hat uns alles gegeben! Schaut euch doch diese Gottesgaben an! In keinem anderen Land wachsen so schöne Orangen. Wir haben alles. Es fehlen uns nur die Münder, die sagen: 'Lob sei Gott!'"

Der junge Mann schloß sein Buch und schaute zerstreut aus dem Fenster: die Früchte glänzten im Sonnenlicht. Dann bedachte er den alten Mann mit einem Blick voller Bitterkeit, ehe er sich wieder in seine Lektüre vertiefte.

„Warum siehst du mich so an?" fragte der Greis.

Der junge Mann setzte seine Lektüre fort. Da legte der Alte seine runzlige Hand auf das Buch und wiederholte:

„Willst du mir wohl sagen, warum du mich so anschaust?"

Der jüngere sah auf, und ein Lächeln spielte um seine Lippen. Daraufhin klappte er das Buch zu, ließ den Zeigefinger aber zwischen den Seiten und wandte sich, während er aus dem Fenster sah, an den älteren:

„Du hast recht, mein Onkel! Gott hat das Land mit allen Reichtümern gesegnet. Gott ist großzügig! Aber diese Reichtümer gehören uns nicht allein. Das Beste geht ins Ausland. Alle schönen oder gut verarbeiteten Dinge sind für andere bestimmt: für die, die es verdienen, denn sie haben das Geld! Dieses schöne Obst, auf das du so stolz bist, ist für die Franzosen, die Amerikaner... Für uns bleibt der Rest, der Abfall... mit dem schwarzen Etikett!"

Der junge Mann drehte sich zu dem Greis um, und ihre Blicke kreuzten sich. Mehr brauchte er darüber nicht zu sagen. Der Greis hatte verstanden. Diese Orangen hatte er nie gekostet. Die Reichtümer des Landes gingen woandershin. Die Macht des Geldes!

Der Zug fuhr genauso abrupt an, wie er gehalten hatte. Die 'Orangendiebe' stürmten los, um ihn noch zu erreichen. Bei der wilden Jagd verfingen sich manche im Stacheldraht und zerrissen ihre Kleidung. Die Schreie und Pfiffe übertönten jedes andere Geräusch. Es gelang auch den letzten, sich an die Türen zu klammern, und der Zug setzte seinen Weg fort.

Im Abteil 21 saßen die zehn Personen zusammengepreßt wie die Sardinen. Die Frau mit den zwei Kindern knotete das Bündel auf, das sie zwischen ihre Füße gestellt hatte, und holte ein halbes Brot heraus, schnitt es in drei Teile und gab jedem der beiden Kinder ein Stück. Das dritte behielt sie für sich. Der Säugling auf ihrem Rücken spielte einen Augenblick mit dem Brot und führte es dann zum Mund. Er biß ein winziges Stückchen ab, schluckte es und wäre fast daran erstickt. Seine Mutter versetzte ihm einen energischen Stoß mit der Schulter, so daß er nach vorne auf ihre

Brust kippte. Sie blies einige Male über sein Gesicht, verabreichte ihm zwei leise Klapse auf den Nacken, dann, als sie sah, daß das nichts half, steckte sie ihm den Zeigefinger in den kleinen Mund. Sofort lief das Gesicht des Säuglings hochrot an. Der Finger suchte noch immer. Da das Kind keine Luft mehr bekam, erbrach es sich ausgiebig auf den Schleier seiner Mutter. Der Soldat meinte, es sei seine Pflicht, der Frau Ratschläge zu erteilen:

„Du wirst dieses Kind noch umbringen, *Lalla*. Es ist noch zu klein, um Brot zu essen. Wenn du in deinen Brüsten nicht genug Milch hast, mußt du ihm künstliche Milch geben. Die ist so gut und so nahrhaft wie Muttermilch."

Die Frau sah ihn durch ihren von Schweiß, Schleim und Erbrochenem durchnäßten Schleier an. Aus ihren Augen sprach ihre ganze Verachtung. Mit dem Handrücken wischte sie das Gesicht des Säuglings ab, schob den Schleier zurecht und schleuderte dem Soldaten ins Gesicht:

„Deine Ratschläge kannst du dir sparen! Das Brot ist das, was deine Knochen so stark macht wie ein Kamelknie. Ich, *barakallahufik*, ich ernähre meine Kinder gewiß nicht mit Milchpulver! Weißt du überhaupt, wieviel das kostet? Lassen wir das den Leuten, die es sich leisten können! Wir wären glücklich, wenn wir jeden Tag Brot hätten! Und außerdem, was für eine Idee! Gummi anstelle der Brust! Du weißt nicht, was du sagst! Halt also den Mund!"

Der Soldat knurrte: „Tu nichts Gutes, und es wird dir kein Übel geschehen!" Dann steckte er sich eine weitere Zigarette an und blies den Rauch zu der Frau hinüber. Diese begann zu husten und wedelte dabei mit der offenen Hand vor ihrem Gesicht. Niemand sagte ein Wort.

„Nur bei Frauen ohne Begleitung oder ohne Anhang sind sie stark", ging die Frau noch weiter. „Wenn mein Mann hier wäre, hätte er dir schon gutes Benehmen beigebracht!"

„Zehn Männer wie dein Gockel von Mann würden mir nicht Angst machen. Schau dir diesen Bizeps an, damit nehme ich es mit einem ganzen Bataillon auf."

„Prahl du ruhig mit deiner Kraft! Morgen wird Gott sie dir nehmen, da du eine arme Frau beleidigt hast!"

Geführt von einem kleinen, etwa zehn Jahre alten Mädchen, kam in diesem Augenblick ein blinder Bettler vorbei und bat um Almosen.

„Jetzt verfolgt ihr uns sogar noch im Zug!" rief der Soldat. „Was für eine Schande! Euch gibt's überall, wie das Elend. Selbst in den Krankenhäusern und auf den Friedhöfen. Ehrlich, fast meint man, es gebe nur noch euch auf der Welt. Nichts kann euch aufhalten!"

„Wir bitten Allah um Schutz!" sagte der Greis. „Es gibt nur noch sie in diesem Land! Das Land der Bettler. Nirgends ist man vor ihnen sicher, *Salama!"*

„Sprecht: *Salama Yamulana!* Schutz, oh Gott!" sagte der Bettler mit sanfter Stimme. „Allah hat es so gewollt. Ich danke ihm für seine Wohltaten. Tut es mir nach und lästert nicht Gott!"

„Geh!" antwortete der Soldat. „Gott nehme unsere und deine Bereitschaft zur Buße hin. Allah allein gibt. Ich wette, daß du reicher bist als wir alle hier. Vielleicht besitzt du sagar Häuser, Geschäfte, einen *Hammam* und eine Backstube!"

„Ich habe auch ein Minarett und einen Park", fügte der Blinde ironisch hinzu. „Nun, wer möchte einem Körperbehinderten ein Almosen geben? Soviel wie ihr wollt. Einen Réal oder zwei. Allah wird es euch am Tag des Jüngsten Gerichts vergelten..."

Auf Drängen des Bettlers begann das kleine Mädchen mit klangvoller Stimme:

„Wer möchte diesem armen Behinderten ein Almosen geben? Wo sind die Kinder des Segens, die rechtmäßigen Kinder? Wer hat Erbarmen mit jemand, der vom Leben hart geprüft wurde? Mit ihm wird Gott dann auch Erbarmen haben! Ein Obulus von einem Sou für die Seelen eurer Verstorbenen! Wer hat Erbarmen mit diesem Unglücklichen! Eine kleine Gabe von ein oder zwei Réal für eure Eltern. Ein Almosen für diesen *Maskin,* diesen Armseligen, der die Sehkraft und das Licht verloren hat!"

Ein Reisender zog eine Zehncentimemünze aus seiner Tasche und gab sie dem kleinen Mädchen. Es legte das Geldstück in die

Hand des Bettlers, der es an die Lippen führte und küßte. Das Mädchen begann wieder mit seiner melodiösen Stimme:

„Das ist ein gläubiger Mann, der uns zehn Centime geschenkt hat. Gott vergelte es ihm hundertfach, tausendfach! Er hat uns von seinem Geld gegeben, Allah schenke ihm Gesundheit und Reichtum! Möge er ihm gehorsame, gute und fleißige Sprößlinge geben! Möge er sein Leben erleichtern und ihm alle Wege des Glücks öffnen!"

Das Mädchen verstummte. Rasch fuhr der Blinde fort:

„Geh! Gott erfülle alle deine Wünsche! Allah schicke dir das Gute und halte das Böse von dir fern! Möge Gott dich über deine Feinde siegen lassen! Möge dein Weg im Licht verlaufen und dich zum Erfolg führen! Gott möge dein Schicksal von aller Schuld reinwaschen. Möge jeder deiner Schritte dich zum Erfolg führen! Gott zünde dein Licht an! Er möge dich den Weg des Glücks leiten, dich, deine Kinder, deine Angehörigen!"

Außer Atem hielt der Bettler inne. Das kleine Mädchen griff ihren Refrain wieder auf. Wütend erhob sich der Soldat und zog die Tür zu.

„Du Hundesohn!" fluchte der Blinde. „Gott schließe alle Türen zum Glück vor dir, so wie du diese Tür geschlossen hast! Möge er dir das Augenlicht nehmen und dich zwingen, die Hand auszustrecken! Geh, meine Tochter! Wer nicht von dieser Welt gegangen ist, ist nicht geschützt vor ihrem Elend!"

Geführt von dem kleinen Mädchen, entfernte er sich.

Der alte Mann hob seine *Dschellaba* hoch und begann, sich den Fuß zu kratzen, der bis über den Knöchel verbunden war.

„Gott heile dich!" raunte ihm ein Mitreisender zu.

„Dir wird kein Übel widerfahren, *In scha'a Allah!*" erwiderte der Greis.

Zwischen den beiden Männern entspann sich ein Gespräch, dem die anderen zuhörten. Die Bewegung ihrer Augen zeigte den Wechsel des Dialogs von der einen Person zur anderen.

„Was ist denn passiert, mein Bruder?"

Der Greis strich mehrere Male über den Verband, bevor er eine Antwort gab:

„Eine Pustel, die sich entzündet hat. Gott bewahre euch und uns ebenfalls!"

„Was hat der Arzt gesagt?"

„Der Arzt? Der hat nichts gesagt. Er hat meinen Fuß nur oberflächlich angeschaut und eine Krankenschwester gerufen: 'Etwas Quecksilberchrom und einen Verband für diesen *Schibani*. Der Nächste, bitte!"

Beim Verlassen des Sprechzimmers hatte ihn die Krankenschwester gefragt, ob er das Nötige habe, damit sie ihm den Verband anlegen könne. Der Alte hatte nicht verstanden.

„Ich frage dich, ob du das 'rote Medikament' und Binden hast?"

„Nein, ich..."

Sie war zornig geworden.

„Du glaubst doch wohl nicht, daß ich die Medikamente hier aus dem Ärmel schüttle! Hol, was du brauchst, wenn du behandelt werden willst!"

Damit hatte sie ihn stehen lassen.

„*Salama!*" sagte der andere. „Es gibt nicht einmal Aspirin in den Krankenhäusern! Wenn man nicht einmal mehr behandelt werden kann..."

Und er fuhr fort:

„Meine Frau mußte sich den Kopf operieren lassen. Das Kopfkissen, die Leintücher und die Decken, die habe ich mitgebracht. Bei jedem Besuch gab man mir ein Rezept, mit dem ich Medikamente kaufte. Am Tag der Operation ließ man mich auf der 'Blutbank' Blut holen. Ich flehte sie an, mir ein paar Tropfen zu verkaufen. 'Die Blutgruppe, die du suchst, haben wir gerade nicht. Du mußt warten!' hat man mir gesagt. Ich verstand. Zehn Dirham für einen Krankenpfleger, der mir besorgt hat, was ich brauchte. Im Krankenhaus zählte nur das Bakschisch. Wenn du bei den diensthabenden Krankenschwestern nichts springen läßt, kannst du abkratzen, sie werden dir nicht zu Hilfe kommen. Nach der Operation war der Kopf meiner Frau zur Hälfte weg. Deshalb hat sie die Stimme verloren. Wie einen Sack hat man sie wieder zugenäht."

„Gott führe uns ins Licht!" fügte der Greis hinzu. „Auf dieser Erde kann einen nichts mehr erfreuen. Gesund gehst du in ein

Krankenhaus, und krank kommst du heraus. Wenn man Blagen vertraut, die sich noch nicht einmal die Nase selber putzen können! Sie tragen Kittel und nennen sich Doktor! Gott rotte die Medizin mit der Wurzel aus, wenn sie in die Hände gewissenloser Leute gelangt! Jeder will Arzt werden. In der Stadt selbstverständlich, nicht irgendwo! In der Stadt macht man das meiste Geld. Ärzte sind dort zahlreicher als Gewürzhändler! Bei den armen Leuten erlernen sie ihren Beruf. 'Friseure, erlernt euren Beruf auf dem Kopf der Waisen!' Für solche Leute geht der Beruf nicht über das Tragen des Kittels hinaus..."

„Wenn du zu einem niedergelassenen Arzt gehst", unterbrach ihn der andere, „ist es das gleiche. Schon im Wartezimmer hängen Schilder für die, die lesen können: 'Dreißig Dirham die ärztliche Beratung'. Oder auch: 'Kredit wird nicht gegeben'. Wenn du zur Untersuchung hineingehst, fragt dich der *Tubib*: 'Was hast du denn?' ,Wenn ich wüßte, was ich habe, wäre ich nicht zu dir gekommen! Du bist der *Tubib*!"

Die beiden brachen in schallendes Gelächter aus. Der junge Mann setzte ein höfliches Lächeln auf. Der andere fuhr fort:

„Was bei ihnen ulkig ist, ist das Röntgen. Egal wofür, du wirst geröntgt. Das macht einen seriösen Eindruck. Damit kann man in den Körper hineinsehen und zu der Krankheit vordringen. In der Regel ist das eine Metallkiste in einem dunklen Zimmer mit einer roten Glühlampe. Am Ende der Untersuchung stellt der Arzt dir ein Rezept aus und sagt dir, zu welchem Apotheker du gehen sollst. 'Wenn es in zwei Tagen nicht besser ist, komm wieder vorbei. Ich werde dir dann etwas anderes aufschreiben.' Monatelang kann das so gehen. Du wirst 'Kunde', und der Doktor beobachtet dich. Dann findet er schließlich nach mehreren Versuchen zufällig das richtige Mittel heraus..."

„Zwangsläufig", sagte der alte Mann, „falls du nicht vorher gestorben bist! Oder ruiniert... Die Welt steht Kopf. Ich erinnere mich an Zeiten, wo die Ärzte in den Häusern vorbeikamen, um sich nach dem Befinden der Leute zu erkundigen und um schwangere Frauen zu betreuen. Jetzt hoffen sie auf unseren Tod und schärfen uns ein, den Hahn zuzudrehen. Sie behaupten, wir seien zu zahlreich. Was sie auch sagen, die Kinder sind der Reichtum hier auf Erden..."

„Sicher gibt es auch bei uns gute Ärzte. Fähige Männer. Aber solche haben ihre Kunden. Zudem sind sie nur in Rabat oder Casa zu finden!"

In diesem Augenblick tauchte erneut der Bettler auf. Das kleine Mädchen zog ihn noch immer an der Hand zwischen den erschöpften Leibern und dem aufgetürmten Gepäck hindurch. Heißhungrig biß sie in einen Kanten Brot. Sie war barfuß, und ihr schmutziges, zerrissenes Kleid ließ ihre Knie unbedeckt. Darunter trug sie nichts. Der Blinde betete immer noch dieselbe Litanei her:

„Wer will einem Bettler ein Almosen geben? Eine Münze für einen Unglücklichen! Erwerbt euch euren Platz im Paradies! Wo ist einer, den seine Eltern gesegnet haben? Wer mir ein Brot bezahlt, den wird Gott belohnen! Gebt mir und Allah wird euch geben! Mitleid mit dem Blinden, der vor euch steht! Gott erhelle euren Weg! *Al Muminin*! Oh Gläubige!"

Er streckte die rechte Hand aus. Der Soldat hielt seine Zigarette darüber und ließ die Asche auf die Handfläche fallen. Der Blinde erstarrte, öffnete die Augen und begann, Schimpfworte auszustoßen:

„Sohn des Ehebruchs! Geh! *Azkar batata*, Katoffelsoldat! Gott ist Zeuge dessen, was du einem Bettler angetan hast, und von ihm wirst du die verdiente Strafe erhalten! Möge Allah dich nie dein Ziel erreichen lassen! Er raube dir den Verstand und das Augenlicht! Geh! Ich überlasse dich deinem Schicksal!"

Der Soldat trug ein verächtliches Lächeln zur Schau, bevor er sich wieder an den Bettler wandte:

„Sag, *Schibani*, wieviel zahlst du für dieses Kind, damit es dich führt? Zahlst du es pro Monat oder pro Woche?"

Der Bettler knurrte ein letztes Schimpfwort und verschwand in der Menge der Reisenden auf der Suche nach irgendeinem paradiesbegierigen Gläubigen.

„Es gibt keine Muslime mehr auf dieser Erde", sagte der ältere

Reisende. „Sogar beim Betteln wird gemogelt. *Salama Yamulana!* Schutz, oh Gott!"

Der Soldat drückte seine Zigarette an der Fensterscheibe aus. Der Greis senkte den Blick. Die Frau wiegte sich vor und zurück, damit der Säugling auf ihrem Rücken einschlief. Der Schleier klebte ihr an den Wangen. Das andere Kind saugte an einer ihrer welken Brüste. Stolz auf seine Vorstellung, sprach der Soldat ganz allein weiter:

„Das sind alles Hurensöhne! Ich kenne ihre Tricks. Das ist nicht seine Tochter. In seinem Alter kann er nicht mehr ihr Vater sein. Sie bitten Nachbarn und Freunde gegen ein gewisses Entgeld um deren Kinder. Dieses Mädchen ist ein Opfer der Unwissenheit und der Unersättlichkeit ihrer Eltern sowie der Verruchtheit dieses Mannes. Alle sind sie im Begriff, ihre Zukunft zu zerstören. Anstatt sie in die Schule zu schicken, überlassen sie sie für zwei Sous diesem Hurensohn."

Der junge Mann unterbrach seine Lektüre und hob den Blick zu dem Soldaten. Einen Augenblick lang betrachtete er ihn nachdenklich, sagte jedoch nichts. Er wußte, daß eine Diskussion mit diesem engstirnigen Menschen zu nichts führen würde. Die Frau mit den Kindern brachte ihren feuchten Schleier in Ordnung und sagte mit einem bösen Blick auf den Soldaten:

„Die Schule! Glaubst du denn daran? Ich habe acht Kinder. Ein einziges geht noch zur Schule. Vier haben sie bereits verlassen, und das fünfte hat man gar nicht aufgenommen. Und dann die ganzen Gebühren, reden wir lieber nicht davon! Die Schule, das ist nichts für uns! Da sollen die hingehen, die es sich leisten können! Die Schule!"

„Ich erinnere mich an Zeiten", schaltete sich der alte Mann ein, „wo die *Mokhaznis* bei uns vorbeikamen und uns mit Gewalt in die Schule brachten. Man zahlte keinen einzigen Centime. Das waren noch Zeiten! Könnt ihr mir sagen, wozu die Schule heutzutage gut ist? Mein Enkel hat das Diplom. Seinen zivilen Dienst hat er gemacht, und nun sucht er seit zwei Jahren eine Arbeit. Das bringt nichts mehr, das Studium!"

„Es heißt, das Niveau der Schüler sinke", sagte sein Nachbar.

„Das ist erklärlich, wenn die Lehrkräfte schlecht ausgebildet, schlecht bezahlt und schlecht betreut werden... 'Ein morscher Baum trägt keine guten Früchte!'"

„Wir machen zu viele Kinder, und jeder will eine Stelle im *Makhzen*", sagte ein anderer. „Alle streben nach Schreibtisch und Füllfederhalter. Wir schicken unsere Kinder zur Schule in der Hoffnung, daß sie alle Staatsbeamte werden. Bald gibt es keine Tischler mehr, keine Mechaniker, keine Bäcker, keine Trödler, keine Bauern... Schuld daran ist nicht die Schule, sondern unsere Denkweise, die so kurzsichtig ist wie Fledermäuse. Im Leben gibt es nicht nur die Schule! Laßt eure Kinder einen gescheiten Beruf erlernen; das ist der größte Dienst, den ihr ihnen erweisen könnt!"

„Ich habe gar nichts dagegen, daß sie einen Beruf erlernen", meinte die Frau. „Aber wo?"

„Ihr habt alle recht", sagte einer der Reisenden. „Aber das eigentliche Problem liegt woanders. Unsere Kinder müssen vor allem Schreiben und Lesen lernen. Alle sollen sie die gleichen Chancen haben. Es sind nie die Besten, die auf den Schulbänken sitzen. 'Unwissenheit ist eine Schande', sagte der Prophet. Heil und Gebet seien mit ihm. Die Schule soll unseren Kindern beim Erwachsenwerden helfen. Setzt man ein zehn- oder zwölfjähriges Kind auf die Straße, dann erlernt es sicherlich nur Unrecht. Unsere Kinder sind gefährdet, weil die Schule unfähig ist, aus ihnen die Bürger der Zukunft zu machen. In dieser neuen Welt gibt es keinen Platz mehr für sie..."

„Zuerst braucht man ein Stück Brot!" sagte eine Stimme. „Alles andere kommt danach..."

Die Unterhaltung brach an dieser Stelle ab. Etwas Neues war im Entstehen. Worte. Die Leute redeten, sagten, was sie über die aktuellen Probleme dachten. Was geschah da gerade? Hatten sie vielleicht gar die Angst besiegt?

Der Zug wurde immer langsamer und blieb schließlich mitten in einem Feld stehen. Im Nu stiegen alle Jugendlichen, die die Gänge füllten, aus, um zu erfahren, was passiert war. Der Zug hatte eine Schafherde erfaßt, die auf der Bahnlinie weidete. Der Hirte, ein Junge von etwa zehn Jahren, beweinte seine toten Tiere.

„Das wird ihm eine Lehre sein, seine Tiere besser zu hüten!" sagte jemand.

Schreie ertönten. Man sah ungefähr ein Dutzend mit Steinen und Hackenstielen bewaffnete Burschen herankommen. Der erste Stein flog durch eine Fensterscheibe, die in tausend Stücke zerbrach. Von allen Seiten erschallte Gebrüll. Während einige die Waggons mit Steinen bewarfen, schlugen andere mit Knüppeln auf die Lokomotive ein. Als der Zug anfuhr, stoben die Angreifer auseinander.

Der junge Mann mit dem Buch dachte: 'Morgen kommen die Polizisten und versammeln alle Männer des Dorfes. Sie nehmen sie für einige Tage in Gewahrsam, solange, bis sie sich von ihrer Schuld überzeugt haben. Dann führt man sie dem *Qaid* der Gemeinde vor, der sie verpflichtet, den Schaden zu ersetzen. Anschließend steckt man sie ins Gefängnis oder schenkt ihnen die Freiheit. Eine Frage der Laune und des Geldes. Weder das Geld noch das Gefängnis haben je die Menschen gebessert. Diese hier kannten weder ihre Rechte noch ihre Pflichten. Ihre Tat war das Ergebnis ihrer Unwissenheit.'

„Sidi Kacem!" kündigte eine Stimme durch Lautsprecher an.

Ohrenbetäubendes Schreien und Rufen. Alle rannten durcheinander. Ein Wasserträger bot den Reisenden in einer Konservendose Wasser an. „Frisches Wasser!" wiederholte er unablässig.

„Barrad Ya Atschan! Eine kleine Erfrischung! Eine Tasse Wasser als Opfergabe für die Seele eurer verstorbenen Eltern! Ganz frisches Wasser! *Ammiha Trya!"*

Der alte Mann verlangte nach etwas Wasser. Die volle Dose wanderte von Hand zu Hand. In einem Zug trank er sie aus, dann holte er ein Zehncentimestück aus der Tasche und legte es in die leere Dose. Diese wurde in umgekehrter Richtung bis zu dem Händler zurückgereicht, der daraufhin ein Höllenspektakel veranstaltete:

„Ya Ibad Allah! Oh Sklaven Gottes! Seht, wie dieser Mann mich beleidigt! Ein Zehncentimestück! Was für ein Jammer! Was soll ich mir denn dafür kaufen? Heutzutage bekommt man dafür

nicht einmal mehr einen Kaugummi! Was für eine Demütigung!"

Der Greis verteidigte sich:

„Schäm dich, mein Kind! Du bist doch kein Dieb, oder? Zehn Centime für einen Schluck Wasser; was willst du mehr? Danke Gott, *Ulidi*, für seine Wohltaten und akzeptiere das wenige, wenn du möchtest, daß er dir mehr gibt!"

„Ich will niemand danken", antwortete der kleine Händler frech. „Danke doch du ihm, wenn du willst! Ich will für meine Mühe angemessen bezahlt werden. Ich verlange nur mein Recht! Teufel nochmal!"

Der Soldat stand auf, nahm die Mütze ab, legte sie auf seinen Platz und verabreichte ihm eine Tracht Prügel.

„Schämst du dich nicht, du Sohn des Ehebruchs! Einen Mann zu beleidigen, der dein Großvater sein könnte! Du Hurensohn! Haben dich deine Eltern nicht erzogen, so tue ich es an ihrer Stelle. Da hast du noch ein paar Ohrfeigen! Das wird dich lehren, wie man zu älteren spricht!"

Das Geschrei des Wasserträgers erfüllte den Waggon. Die beiden Säuglinge wachten auf und begannen zu wimmern. Vor dem Abteil bildete sich ein Menschenauflauf: „Der Soldat hat nur seine Pflicht getan", sagten die einen. „Er hat sich in etwas eingemischt, was ihn nichts angeht", meinten die anderen. Währenddessen schrie der kleine Wasserverkäufer, schimpfte und wand sich, um sich aus dem Griff des Soldaten zu befreien. Schließlich gelang es ihm zu entwischen, wobei er zu dem Soldaten hin brüllte:

„Sei verflucht! Gott lasse deine Überreste für immer verschwinden! An einem kleinen Jungen wie mir reagierst du dich ab, weil ich mich nicht wehren kann! Steig aus, wenn du ein Mann bist! Ich schlage dir die Augen aus und ficke dich vor allen Leuten! Du spielst dich nur so auf, weil du eine Uniform trägst. Aber ich bin sicher, daß du dich von deinen Regimentskameraden bumsen läßt! Steig aus!"

„Allah führe uns ins Licht!" sagte der alte Mann enttäuscht. „Es gibt keinen Respekt, keinen Anstand mehr. Ich erinnere mich an eine Zeit, wo man nicht wagte, die Augen zu den Erwachsenen zu erheben. Die Zeiten der Scham sind vorbei. Wenn mein Vater, Gott sei ihm gnädig, mir eine Ohrfeige gab, hielt ich ihm die andere Wange hin. Alles bricht zusammen, *Yalatif!* Was haben wir dem lieben Gott angetan, daß er uns eine solche Jugend schickt? Da braucht man sich nicht zu wundern, daß es nicht mehr regnet, daß alles teurer wird, daß Korruption und Prostitution sich ausbreiten, daß ein Muslim seinen Bruder tötet... Das sind die Anzeichen für den Weltuntergang! Die Kinder des Ehebruchs sind überall, wie die Heuschrecken! Dieser verfluchte Kerl! Weder vor meinem Alter noch vor meinen weißen Haaren hatte er Respekt. Gott lasse es ihn büßen! Möge er mich an diesem elenden Burschen rächen!"

„Was willst du denn", sagte der Soldat, „die Kinder sind heute alle so. Man muß sie wie die Esel schlagen, damit sie parieren. Außerhalb der Armee gibt es keine Disziplin! In meinem Regiment würde er nicht so sprechen! Er würde sogar überhaupt nicht sprechen. Er hat Glück! In Zivil sind die Kinder frech. Sie haben niemand, der sich ihrer annimmt, sie beaufsichtigt. Sie haben nur die Straße. Die Armee ist das einzig Wahre, das sage ich euch."

Der Zug fuhr los. Eine dicke Staubwolke wirbelte auf, als er seine Fahrt beschleunigte. In den Abteilen und Gängen hockten die Leute dicht aneinandergepreßt. Das Gepäck versperrte den Durchgang. In dem Abteil 21 hatte der Zwischenfall mit dem Wasserträger das Gespräch wieder in Gang gebracht.

„Wir gehören Gott, und zu ihm kehren wir zurück!" wiederholte der Greis. „Allah behüte uns vor den Kindern des Ehebruchs und führe uns ins Licht! Bald kommt die Sintflut, bald!"

„Beruhige dich!" warf sein Gefährte ein. „Überlaß ihn Gott! Er allein ist fähig, dich an ihm zu rächen."

„Du hast recht, mein Bruder", antwortete der Mann mit dem weißen Bart. „Ich überlasse ihn Gott! Möge er ihm das Übel schicken, an dem ich leide! Möge er ihm nie die Pforten des Paradieses zeigen! Jeden Freitag werde ich nach dem gemeinsamen Gebet die Hände erheben, damit er mich rächt an diesem Hurensohn!"

Schrill klangen diese letzten Worte in den Ohren des jungen

Mannes. Er schloß jedoch weder sein Buch, noch schaute er zu dem alten Mann hinüber. Die Frau mit den beiden Kindern war eingeschlafen, ihr Schleier noch immer feucht von Schweiß, Tränen und Schleim.

„Wieviel Uhr ist es?" fragte der alte Mann seinen Gefährten.
„Die Zeit gehört Gott!" erwiderte dieser. „Ich habe keine Uhr, mein Bruder."
„Danke!" sagte der alte Mann. Dann schwieg er.

19.00 Uhr. Die Lokomotive zog mühsam die Waggons. Dichter Rauch erfüllte die Abteile und Gänge. Zum Zigarettenqualm kamen Müdigkeit und Hitze hinzu. Die entrückten, von der Höllenmaschine durchgerüttelten Körper ähnelten Marionetten aus Pappmaché, die Hand des Schicksals blieb irgendwo zwischen Realität und Bitterkeit verborgen.

Gegen 19.30 Uhr kam der Zug in Meknes an. Wie überall wurde er von einer Myriade von Menschen buchstäblich eingenommen. Durchdringende Stimmen ertönten im größten Getümmel. Ein Pefferminzverkäufer, ein Zeitungsverkäufer, ein Kürbiskernverkäufer... boten ihre Waren der Menge feil. Niemand blieb stehen. Koffer und sogar Reisende gelangten durch die heruntergelassenen Fensterscheiben hinein oder hinaus. Würdevoll warteten Offiziersanwärter im Ausgehanzug. Sie lachten bei der Erinnerung an ihre Glanzleistungen beim Schießen, Zweikampf oder Hindernislauf. Kinder, auf die am Ende des Weges das Glück oder das Verhängnis wartete.

Die Reisenden, die am Ziel angelangt waren, stürzten in einem furchtbaren Gedränge zum Ausgang, während der Bahnhofsbeamte von einem zum anderen rannte, um die Fahrtausweise einzusammeln.

Auf dem Bahnsteig, im Wartesaal und in der Bahnhofshalle patrouillierte die Militärpolizei.

Die Woge von Menschen riß mich mit. Vor dem Portal fingen zwei Personen in dunklem Anzug mit Krawatte den jungen Mann mit dem Buch ab, der sie überrascht, aber widerstandslos zu ihrem Fahrzeug begleitete, in dem einer der Reisenden des Abteils 21 saß.

Ich stellte meinen Koffer ab und sah dem Wagen nach, der in die große Avenue einbog und inmitten des Verkehrs verschwand.

Ich hörte einen Pfiff. Der Zug setzte seinen Weg durch das Elend fort, anderen Städten, anderen Horizonten entgegen. Dann schluckte die Nacht langsam die nebelhaften Bilder und die Erinnerungen.

Damit endete eine lange Reise und begann eine große Mattigkeit.

Die Worte
Stellen Steine auf
Die sie tragen werden
Zum Ursprung
Ein Adler überfliegt
Die Ruinen und sein
Schatten
Wird die Stunde schlagen
    Serge Pey

Bei meiner Ankunft in Azru warst du bereits fort. Ich empfand ein Gefühl der Leere. Der verlorene Sohn war heimgekehrt. Der Fremde kam nach Hause, zu seinen Steinen und Erinnerungen.

 Als ich aus dem Bus stieg, wartete ich gespannt auf die Gerüche und Geräusche. Hier hatte sich nichts verändert. Von überallher ertönten verworrene Schreie, vielleicht etwas zahlreicher. Denen, die es hören wollten, riefen die Träger zu, den Durchgang freizumachen. Die Bus- und Taxifahrer verkündeten lautstark ihr Ziel. Wie jeden Tag in der Innenstadt vermischte sich das Geschrei der Leute mit dem Brüllen der Esel.
 Der Geruch der über der Glut gebratenen Fleischspießchen, der dampfenden Suppe, der Gewürze, des Pfefferminztees und der Beignets drang mir in die Nase und machte mich schwindelig. Den Koffer in der Hand, ging ich an den kleinen Geschäften mit den schlecht gekalkten Mauern entlang, die wie durchdrungen waren von dem vielfältigen Echo. Am Fuß der Mauern hockten kraftlose Männer mit düsterem Blick. Andere spielten Karten oder Dame und warteten auf den Ruf des *Muezzins* zum Gebet. Wieder andere rauchten Kif und schnupften Tabak. Diese ernsten Männer warteten. Wahrscheinlich auf eine Abfahrt oder eine Rückkehr. Vielleicht auf nichts. Aus Untätigkeit, aus Gewohnheit hockten sie da am Fuß der Mauern, Zeugen der Geschichte. Zeugen der Zeit. Zeugen ihrer eigenen Nichtigkeit. Ihre Gesten waren

langsam und mechanisch, bestimmt von Elend und Verhängnis. Immer dieselben. Bis die große, stumme Wanduhr defekt wäre oder ihre Stunde schlagen würde. Dem Schicksal ausgelieferte Statisten. Und was für einem Schicksal! Sie fanden es am Fuß der Mauern mit dem Kif, den Karten, den Damenfiguren, mit einem erstarrten Gelächter, Karikaturen ihrer selbst. Ein kleines Leben, in dem die Gewalt durch die Trägheit gedämpft wurde, auf den Straßen, die zur Angst führten. Wie Glühwürmchen leuchteten Fragezeichen in den Augen der Kinder. Die Erwachsenen, diese Männer, die dort an den Mauern saßen, warteten nur auf ein Wunder, auf ein Zeichen des Himmels. Auf die Verwandlung der Gewöhnlichkeit des Alltags in etwas Unerwartetes. Auf ein heiteres Schweigen oder einen ruhigen Schlaf. Auf einen Lufthauch. Wartend blieben sie am Fuß der Mauern, neben dem Abfall, inmitten tierischer Exkremente.

Die kopflose Stadt nahm mich wieder in ihren Schoß auf und schloß sich über mir gleich einer Gebärmutter. In dem Maße, wie ich in dich, Azru, eindrang, wurde ich von deinem starken Geruch überwältigt. Du schlossest mich in deine Arme, und ich war zugleich überglücklich und unendlich traurig. Deine Zuneigung hinderte die dichten Erinnerungen nicht daran, an die Oberfläche meiner Haut emporzusteigen, so zahlreich, daß es mich juckte. Ich hatte den Eindruck, die Gespenster der Vergangenheit würden wieder lebendig. *Alkechmir* saß einem Mystiker gleich auf dem Schwimmbecken. Der *Funduq* bewahrte seine Größe. Er überwachte mit seiner gleichgültigen Miene die niedrigen Häuser, die durch die Gewalt der Winterstürme und Sommergewitter beunruhigt wurden. Zuweilen stürzt eine Mauer ein, fliegt ein Dach fort. Auch damit muß man leben. Die zerklüfteten Berge, die den riesigen Felsblock umgaben und schützten, verliehen *Alkechmir* eine majestätische Note. König des Felsens. Azru. Du hast der kleinen Stadt deinen Namen gegeben und eurer beider Seelen haben sich vereinigt, mit Elend und Staub bedeckte Körper.

Ich kam in Titahcen an. Dort erwartete mich eine unangenehme Überraschung. Das Wasser der Quelle war in zwei Mauern aus Stahlbeton gefaßt. Der Architekt hatte seine ganze Dummheit in dieses maurische Café gesteckt, das über die Wasser herausragte. Ich beschleunigte den Schritt. Ich grub nach meinen Erinnerungen, die von dem Beton zugedeckt wurden. Aischa Kandischa hatte diesen Ort zugunsten originellerer Plätze verlassen. Meine verrückten Träume würden also keine Fortsetzung finden. Die Hände des Mannes hatten Verrat an der Vergangenheit geübt. Und meine Wunden waren nicht völlig verheilt.

Ich bog um die Ecke der ersten Straße, auf der es von Kindern wimmelte. Aufgrund des dort herrschenden Getümmels hatte ich Mühe durchzukommen. In Hülle und Fülle bedeckten obszöne Zeichnungen die Mauern. Ein auf eine blutbesudelte Vagina gerichteter Riesenpenis. Arschbacken von üppigen Frauen, ausladende Hinterteile. Hier und dort stieß man auf einen einzelnen Penis oder eine deutlich gezeichnete Vagina. Die Flucht in schwarze Zeichenkohle oder farbige Kreide. Eine Äußerung wie jede andere. Die Straßenkunst bot dem Blick der Passanten ein Ventil für ihre Zwangsvorstellungen.

Am Ende der Straße angelangt, sah ich deinen jüngeren Bruder mit allen Kindern aus dem *Derb*. Er rauchte einen Joint, die Augen auf das gegenüberliegende Haus gerichtet, in dessen Fensterrahmen sich ein weibliches Gesicht abzeichnete. Sobald er mich erblickte, gab er die Kippe einem Freund und kam auf mich zu. Er umarmte mich herzlich, bevor er mir den Koffer aus der Hand riß.

„Mit dem Bart hätte ich dich fast nicht erkannt!" rief er. „Das verändert dich, weißt du! Meine Mutter ist zu Hause. Sie wird sich freuen, dich wiederzusehen..."

„Und dein Bruder Rahu?" fragte ich rasch.

„Seit einem Jahr ist er im Ausland. Er hat vor seiner Abreise einen Brief für dich hinterlassen."

„Und wie geht es hier?"

„Wie immer! Die Jungen gehen weg, sobald die Umstände es ihnen erlauben. Die Leute vom Lande übernehmen deren Platz, und das Leben geht weiter..."

„Und du?"

Er gab keine Antwort. Er schämte sich, mir zu sagen, daß er des Gymnasiums verwiesen worden war. Ich wußte es und fragte nicht weiter. Wir begannen ein Gespräch über die einheimische Fußballmannschaft. Leidenschaftlich ergriff er für sie Partei, doch blieb sein Ehrgeiz darauf beschränkt, seine Mannschaft in die zweite Liga aufsteigen zu sehen. Er war achtzehn Jahre alt. Abgesehen von einigen Sonntagen großer Erregung waren seine Tage leer, wie sein Leben. Zum Glück gab es Joints... und das Fenster.

Der Bus, der mich zu dir brachte, dieser Klapperkasten, hielt alle zwanzig Meter an, um einzelne Reisende einsteigen zu lassen, die auf einem Feld oder unter einem dürren Baum seit Stunden vergeblich gewartet hatten.

„Die Trockenheit", sagte der Fahrer mit erhobener Stimme, „wird durch den Menschen verursacht. Gott will nur unser Wohlergehen. Immer. Die *Baraka* verläßt uns, *Yalatif! Id El Kebir* ist nie nur eine Opfergabe für den Himmel. Die Vorschriften des Korans werden nicht mehr befolgt. Das Blut des heiligen *Sidna Ibrahim* fließt nicht mehr, und der Regen fällt nicht mehr."

So dachte der Mann aus dem Volk. Auf seinem schmiedeeisernen Sitz hockend, wiederholte er laut, was die Leute aus seiner Schicht im stillen dachten. Er konnte nicht weiter denken als über die Straße und bis zu einer *Tagine*. Er lebte, er schuftete, nur um zu essen.

Mitten auf der Straße hielt er an, um einen Hirten und sein Schaf einzuladen. Stürmisches Hupen ertönte hinter ihm. Er steckte seinen Kopf aus dem heruntergekurbelten Fenster und brüllte die ungeduldigen Fahrer an:

„Soll verrecken, wer's eilig hat! Laßt mich mein Stück Brot in Frieden verdienen! Ihr seid mit dem letzten Regen herabgefallen und meint, ihr könntet schon Auto fahren. Ich habe meinen Führerschein seit 1946 und noch nie einen Unfall gehabt! Wenn die Hennen Wolle haben werden... Steckt euch eure Ungeduld in den Arsch und seid ruhig!"

Deine Mutter schloß mich sehr fest in die Arme und weinte lange. Sie erkundigte sich nach meiner Familie und dankte Gott für die Wohltaten, die er uns erwies. Auch sie sagte mir, daß ich mich verändert hätte. Der Bart. Sie kochte für mich einen Pfefferminztee und bot mir Kuchen an. Ein Stück Brot mit ranziger Butter, wie früher, wäre mir lieber gewesen. Während ich meinen Tee trank, gab sie mir eine Zusammenfassung der Geschehnisse in Azru seit unserer Abreise und zählte die Toten auf. Nur Hammadas Hinscheiden erschütterte mich. Der Tod hatte ihn im Wald, inmitten seiner Bäume und Vögel ereilt. Ein Tod, wie ihn bei uns die Armen sterben: allein. Allein mit seinem Elend und seinem Wahnsinn. Der Klang seiner Stimme erfüllte meinen Kopf, und ich entsann mich seiner Worte. Ich fragte deine Mutter, ob sein Tod an der Atmosphäre Azrus nichts verändert habe.

„Weißt du", antwortete sie mir, „sein Tod ist eine Erleichterung für diejenigen, die um ihre Privilegien fürchten mußten. Hammada brachte Ungerechtigkeiten und Mißstände an den Tag. Er war ein Verrückter, aber im Grunde haben die Leute vor dem Wort der Verrückten immer Angst. Sie allein sind fähig, die Wunden der Erde auszusprechen und den Schmerz zu benennen. Warum, meinst du, haben ihn die Reichen eingeladen und ihm ihre alten *Dschellabas* geschenkt? Sie haben ihn bestochen. Sie haben sich sein Schweigen erkauft. Sein Hinscheiden war für sie eine Erleichterung. Aber nicht lange. Schnell hat ein anderer die Nachfolge angetreten. Er ist jünger und noch verrückter. Sein Wort bringt Steine zum Erweichen, mein Sohn. Wenigstens in dieser Hinsicht müssen wir nichts befürchten. Immer haben wir unsere Verrückten gehabt..."

Die Verrückten werfen die Zeit aus ihrer Bahn, da sie die falsche Nachsicht der Leute genießen. Sie werden bei uns weder eingesperrt noch ausgestoßen. Ihr Dasein ist rein abstrakter Natur. Allein ihr Wort birgt eine Gefahr. Es enthüllt den Stillstand des Lebens. 'Mach den Verrückten nicht zum Tier...' sagt das Sprichwort, 'und laß dich nicht von ihm zum Tier machen. Tust du es, verrät er dich. Tut er es, verrät er dich auch.' Die Menschen ängstigen sich vor der Wahrheit. Die Zeichen der Zeit stehen auf Lüge, Diebstahl, Bestechung und Heuchelei. Die Verrückten weigern sich, in der Besudelung zu leben. Die Welt der Hunde lehnen sie ab, um ihren Haß hinauszuschreien, um sich über die Regeln und

Hindernisse dieser Welt hinwegzusetzen. Ihr Wort nehmen die Leute nicht ernst. Sie lachen darüber. Aber im Grunde verletzt es sie. Es öffnet die Wunden und wühlt den Schlamm in ihrem Bewußtsein auf. Ein immer neues Wort, das sich für die kommenden Generationen in den Stein eingräbt und Geschichte macht. Die wahre. Diejenige, die weder in Schulbüchern steht noch in offiziellen Texten. Sein ganzes Leben lang hat Hammada die Geschichte eines jeden von uns wiederholt, und sein Wort lebt in unseren schaudernden Körpern. Sein Wort fließt mit dem klaren Wasser dahin, mit dem Lachen, und kehrt immer wieder, um uns vor uns selbst zu warnen. Immer mit gleicher Stärke, gleicher Unerbittlichkeit. Ein Wort gegen das Vergessen. Entsetzliche Spiegelungen. Sein Körper ist nicht mehr, aber sein Schattenbild geistert noch immer durch die Dunkelheit der Gassen, und seine Wortsalven schlagen gegen unser eingeschlafenes Bewußtsein. Wo hört die Vernunft auf? Wo fängt der Wahnsinn an? Hammada wußte es, da seine Rede keine Grenzen kannte. Verrückt, aber aufrichtig. Verrückt, aber wahr. Wahr in seinem Wahnsinn. Und aufrichtig in der Raserei seiner Worte. Barsch sprechen. Unmißverständlich sprechen. Aus nächster Nähe sprechen. Ohne Maß. Ohne große Umstände. Ohne doppelten Boden. Das den Geisteskranken vorbehaltene Reich. Wieviele helle Köpfe verlockt nicht ein solcher Wahnsinn? Sprechen! Sprechen! Und die Finsternis mag hereinbrechen!

Dann erzählte mir deine Mutter von Salah und Brahim. Der eine war Zöllner geworden, der andere Gendarm. Sie berichtete mir kurz von den Reichtümern, die sie in weniger als acht oder zehn Jahren angehäuft hätten. Dabei weiß jeder, daß man vom Gehalt eines Zöllners oder Gendarmen nicht leben kann. Das Schicksal hat deshalb 'Nebeneinnahmen' erfunden, damit der kleine Beamte sein Nest bauen kann. Das Geld anderer stinkt nicht, und der kleine Beamte verwechselt schließlich Gebühr und Bestechungsgeld. So daß die anderen es sich zur Gewohnheit gemacht haben, ihre Brieftasche sprechen zu lassen. Das ist einfacher, aber lästiger, und auf die Dauer wird es sehr unangenehm. Können uns Ameisen und Würmer aus der täglichen Erniedrigung, dem Haß, der Gleichgültigkeit retten? 'Schlechte Zeiten', sagt man sich. Die Menschen beugen ihr Rückgrat unter der Last des Bösen und der Unwissenheit. Zu ihrem Unglück erzeugen sie Salahs und Brahims. Die Mauern wuchsen empor, und von nun an regiert Angst unsere Gedanken, unsere Taten, unsere Beziehungen. Und hinter den Mauern, Schweigen. Wir warten, bis die Toten sich erheben, um uns Leichen zu tragen. Die Zeiten haben sich verwirrt. Die Gegenwart ähnelt schon nicht mehr der Vergangenheit. Und wer weiß, woraus das Morgen gemacht sein wird?

Wir vergessen uns Leichen, und jeder Tag ist für uns eine neue Enttäuschung. Die Salahs und Brahims machen das Dunkel um uns herum. Gott, wirst du eines Tages den Dingen Rechnung tragen? Wird unser Schlaf noch lange dauern? Und unser Schrei, wieviele Male können die Salahs und Brahims ihn noch ersticken? Deine Hand, lieber Gott! Wir brauchen deine Hand, um in diesem vergessenen Winkel deines Reichs Recht zu schaffen! Hier sind die Menschen tot. Es bleiben nur noch Staub und ein schlechtes Gewissen. Unsere Häuser sind Gräber und unsere Straßen Friedhöfe. Wo bist du?

Deine Mutter goß mir noch ein Glas Tee ein und erzählte mir von dir. Ihre Äußerungen über dich waren durchdrungen von Stolz und Sehnsucht.

„Er ist fortgegangen, *Ulidi,* mein Sohn. Gott segne ihn und beschütze ihn vor den Kindern des Ehebruchs und halte das Übel und den bösen Blick von ihm fern. Erhobenen Hauptes wird er zurückkehren. Mein Segen folgt ihm auf all seinen Wegen. Wenn er zurückkommt, wird sich unsere Lage verbessern. Hier war er der Mann. Nach unserer Katastrophe hat er den Platz seines Vaters eingenommen. Allah fälle ein gerechtes Urteil! Jenes der Menschen ist blind. Sag mir, mein Sohn, ist es wahr, daß die Mädchen dort hinter den Männern her sind?"

Um sie zu necken, sagte ich ihr:

„Rahu kommt mit einer Französin zurück, die eine Haut hat weiß wie Milch, Augen wie das Wasser des Meeres und Haare so golden wie ..."

Sie unterbrach mich:

„Schäm dich, mein Sohn! Rahu ist in Achtung gegenüber den Erwachsenen und den Traditionen erzogen worden. Der Segen Gottes sei mit ihm! Er wird das machen, was ich ihm sage. Er ist ein folgsamer Junge. Er wird seine Cousine Radia heiraten. Sie ist jung, fleißig, ehrlich und hat vor ihrem eigenen Schatten Angst. Nur sie wird ihm als Ehefrau und Mutter seiner Kinder zusagen. Ich habe das übrigens mit seinem Onkel besprochen. Man darf sein Gut nicht anderen geben, nicht wahr? Eine Ausländerin hier unter uns, das ist undenkbar. Wie würden wir uns verständigen können, wenn sie unsere Sprache nicht spricht und unsere Sitten nicht kennt? Mädchen von hier für Männer von hier!"

Dann, nach einer Pause, fügte sie hinzu:

„Gott halte jeden Verdruß von uns fern! Möge Rahu gesund zu mir zurückkommen! Er ist meine Welt und alles, was dazugehört. *Ulidi* Rahu! er hat seinen festen Platz im Haus und in unseren Herzen..."

Sie sah bereits die Hochzeitszeremonie vor sich. Eine Feier, zu der die Lebenden die Toten einladen würden. Später wäre das Haus voller Kinder. In Lalla Rabhas Vorstellung sprangen sie schon herum; der einzige Reichtum auf dieser Welt, wenn der Mensch keinerlei Versicherung auf seine Zukunft hat.

Während der Fahrer Selbstgespräche führte und dabei mit der rechten Hand gestikulierte, bahnte sich der Schaffner einen Weg zu dem Schafhirten und verlangte von ihm den Fahrpreis: fünf Dirham für ihn, drei für das Schaf. Der Hirte begann sogleich vor lauter Entrüstung zu schreien:

„Also das ist ja Diebstahl, also wirklich! Haltet ihr mich für einen Vollidioten, oder was? Ab Meknes bezahlt man fünf Dirham. Von dem Ort, wo ich eingestiegen bin, sind es fünfzehn Kilometer weniger. Ich gebe euch drei Dirham für mich und einen für das Schaf, keinen Centime mehr. Wenn ich wenigstens einen Sitzplatz wie alle anderen hätte!"

Dann drehte er sich zu den Fahrgästen, die hinter ihm saßen, und fragte sie:

„Habe ich recht, *Asyadna*? Urteilt selbst!"

Der Bus fuhr los in einer Wolke aus Staub und Rauch. Der Hirte ließ sich auf dem Blechboden zwischen den beiden Sitzreihen nieder. Das Schaf blökte für zehn. Der Fahrer fuhr in seinem Sermon fort:

„In was für einer Zeit leben wir! Es gibt keinen Respekt mehr vor Leuten wie mir, die gegen den Kolonialismus gekämpft und diesen Provinznestern die Freiheit gebracht haben! Die Menschen sind undankbar. Mehr als einmal bin ich mit knapper Not dem Tod entkommen; im Indochina-Krieg, im Weltkrieg, in der Zeit der französischen Besatzung... Ich gehöre zu einer Generation, die ihr schätzen und achten sollt, denn sie hat diesem Land und der ganzen Welt Freiheit und Sicherheit garantiert."

Der Schaffner deutete ein verächtliches Lächeln an und sagte zu dem Hirten:

„Ich habe mich immer geweigert, Bauern mitzunehmen. Sie machen den Bus schmutzig und feilschen wie Bettler. Vier Dirham für zwei Plätze? Bei dir stimmt's wohl nicht!"

„Ich kenne die Fahrpreise", erwiderte der Mann entschieden. „Und ich mag es nicht, wenn man mich über's Ohr haut. Vier Dirham, das ist mehr als genug..."

„Ich werde dem Patron darüber berichten. Ich führe nur seine Befehle aus."

Der Fahrer brach in schallendes Gelächter aus und schlug mehrmals mit der Faust auf das Lenkrad.

„Ist der übergeschnappt, oder was? Was für Zeiten, *Salama*! Ich transportiere wohl Tiere, keine Menschen! Was für ein Geist! Vier Dirham, soll das reichen für Öl, Versicherung, Ersatzteile?... Tiere! Ihr seid Tiere!"

Niemand widersprach den Schmähreden des Fahrers. Der fuhr fort:

„Tiere sind besser als die, die ich transportiere. Wenigstens reden sie nicht einfach irgendwas daher. Vier Dirham! Gehört der

Bus etwa deinem Vater, da du selbst die Preise festsetzt? Hier habe ich zu befehlen und alle Entscheidungen zu treffen."

Dann meinte er zu seinem Schaffner:

„Acht Dirham! Andernfalls wirfst du diesen Pfennigfuchser hinaus!"

Der Hirte erhob sich, das Schaf auf dem Arm haltend. Die Sitzenden rückten eng zusammen, um ihm den Durchgang frei zu machen. Der Mann stieg, so gut es ging, über sie hinweg. Die erschöpften Leiber nahmen wieder ihre vorherige Stellung ein, und der Durchgang schloß sich. Wutentbrannt trat der Fahrer scharf auf die Bremse und hielt mitten auf der Straße an.

„He, du Bauer, mach mich nicht wahnsinnig! Seit fünf Kilometern geht das nun schon so. Bezahl jetzt endlich! Du schuldest mir zwei Dirham, wenn du hier aussteigen willst. Wenn du jedoch weiterfahren willst, bin ich bereit, dir einen Preis zu machen. Sechs Dirham für euch beide. Los! Ich kann meine Zeit nicht noch länger mit dir vertun. Bezahl jetzt und laß uns in Ruhe!"

„Aber ich habe keine sechs Dirham!" protestierte der Hirte. „Ich habe nur fünf, ich schwöre es euch beim Grab des Moulay Ali Scharif. Das ist mein Wochenlohn, und dieses Tier bringe ich zum *Suk*, um es zu verkaufen. Ich habe kein Geld; ich schwöre es!"

Einige Personen verwendeten sich für den Hirten, und es gelang ihnen, den Fahrer zu überreden.

„Na gut! Ich bin aber nur deshalb einverstanden, weil diese ehrlichen Leute mich inständig gebeten haben. Ihnen kann ich nichts abschlagen. Gib deine fünf Dirham her und halt die Klappe! Allah führe uns ins Licht!"

Der Hirte bezahlte; dann suchte er sich in dem Durcheinander von Körpern und Gepäckstücken erneut einen Platz. Als er sich, mit seinem Schaf auf dem Schoß, niedergelassen hatte, verlangte er seinen Fahrtausweis, aber der Schaffner sträubte sich:

„Erst feilscht er und bezahlt weniger als die anderen und dann will er auch noch eine Fahrkarte. Das ist doch wirklich die Höhe! Halt dich zurück, du Bauer, und danke Gott dafür, daß man Mitleid mit dir hat!"

Erneut trat der Fahrer heftig auf die Bremse. Die abgefahrenen

Reifen hinterließen auf der schlecht geteerten Straße eine Spur. Die Insassen stießen gegen Sitze und verrostete Eisenstäbe. Am Straßenrand gestikulierten fünf Männer in Burnussen wild mit den Händen und rannten auf den schlecht abgestellten Bus zu.

Deine Mutter erzählte mir auch, daß ein Entwicklungshelfer eine seiner Schülerinnen vergewaltigt habe. Da sie keine Worte fand, um diese Tat näher zu beschreiben, schüttelte sie nur mehrere Male den Kopf, ehe sie zu mir sagte:
 „Gott führe euch ins Licht! Nichts bleibt hier verborgen. Schon ein kleines bißchen Weihrauch erfüllt die ganze Stadt. Er hat sich geweigert, sie zu heiraten, nachdem er ihre Ehre in den Schmutz gezogen hat. Wenn ihre Eltern gut auf sie aufgepaßt hätten, wäre die Sache nicht passiert. Als wir jung waren, wußten wir nicht, wie die Straße aussieht. Niemand bekam uns zu Gesicht. Wir waren wohlbehütet. Heutzutage mischen sich die Mädchen auf der Straße unter die Männer, lassen sich bei Feiern öffentlich sehen, entblößen ihr Gesicht und ihre Schenkel. Was für eine Zeit! Die Schule, die Arbeit, das sind die wahren Übel der Gesellschaft. Anfang des Jahres hat das Gymnasium einen Ausflug nach Marrakesch organisiert. Zwei Tage waren sie dort, Mädchen und Jungen! Und da beklagt man sich über den Verfall der Sitten! Gibt es hier denn keine Männer mehr, daß man den Mädchen erlaubt, allein mit Jungen zu verreisen? Die Leute haben kein Ehrgefühl mehr! Das Land ist verrückt geworden..."
 Sie hielt inne, stieß einen Stoßseufzer aus und fuhr sich mit der Hand über das Gesicht, das gezeichnet war von der Stille der Tage und dem Exil des spöttischen Schicksals. Dann sagte sie mit niedergeschlagenen Augen, als spräche sie zu sich selbst:
 „Warum kommen sie zu uns? Gibt es nur für sie Arbeitsplätze? Sind unsere Kinder unfähig, das zu machen, was sie machen? Da sie nun aber einmal da sind, müssen sie uns, unsere Töchter und unsere Traditionen achten. Wir sind nicht mehr ihre Sklaven. Sie müssen begreifen, daß alles seine Grenzen hat. Allah schicke uns seine Barmherzigkeit!"

Der Schaffner öffnete die Tür, und fünf Schatten drängten sich, die anderen Reisenden anrempelnd, in das abgewrackte Fahrzeug. Minutenlang wurde um den Fahrpreis gefeilscht. Dann fuhr der Bus mit einem Höllenlärm los. Der dichte Rauch des Schweröls drang in solchem Maße in das Innere des Fahrzeugs, daß die Insassen keine Luft mehr bekamen und zu husten begannen.

„Es ist nichts", beruhigte sie der Fahrer. „Vielleicht ist die Zündung verschmutzt oder das Auspuffrohr mit Sand und Staub verstopft. Es ist nichts! Nur keine Aufregung!"

Er gab Gas und ließ den Motor des altersschwachen Fahrzeugs dröhnen. Langsam entwich der schwarze Rauch durch die hintere Tür, die der Schaffner offenhielt.

„Dieser Bus ist zu voll", empörte sich ein Fahrgast. „Man erstickt beinahe, und mit diesem Gerät, das vielleicht nicht einmal versichert ist, kann leicht ein Unfall passieren!"

„Bei mir habt ihr keine Versicherung nötig und braucht nichts zu befürchten! Seit dreiundzwanzig Jahren mache ich diese verdammte Arbeit. Ich kenne diesen Kasten und diesen Weg, als wären sie meine Kinder. Ihr seid in guten Händen. Ich bin der beste Fahrer aller Linien, die jemals existiert haben..."

Die Vergangenheit deiner Mutter entfaltete sich vor mir. Als sechstes Kind einer elfköpfigen Familie wurde sie im Alter von zwölf Jahren mit dem Inhaber eines kleinen Ladens verheiratet. Daß dieser bereits zwei Ehefrauen hatte, spielte keine Rolle. Die beiden Frauen empfingen kein Kind. Ein Fluch des Himmels. Mit etwas Glück und einigen Opfergaben für einen auf die weibliche Fruchtbarkeit spezialisierten *Marabut* könnte Rabha ein Kind zur Welt bringen und somit die Lieblingsfrau werden. Auch sie wurde jedoch nicht schwanger. Nachdem ihr Mann sich ihr mehrere Nächte umsonst gewidmet hatte, wandte er sich von ihr ab. Sie glaubte, daß die beiden anderen für ihre Sterilität verantwortlich waren. Sie waren eifersüchtig, da sie sie aus der Gunst des Ehemanns verdrängt hatte und nahmen die Dienste eines großen *Fqih* in Anspruch, dem es gelang, Rabha 'mit einem Vorhängeschloß zu verschließen'. Ihr hatten sie es gegeben. Verlassen, schutzlos, wurde sie von den beiden anderen zum Hausmädchen degradiert. Zwei Jahre darauf starb der Ladenbesitzer, und Rabha kehrte zu ihren Eltern zurück. Sie war gerade vierzehn Jahre alt, ein ganzes Leben lag jedoch bereits hinter ihr. Sie hatte den Haß, die Eifersucht und die Ränke eines Harems kennengelernt. Mit zwölf Jahren war sie Frau geworden.

Ein Jahr später wurde sie Buschaib in die Ehe gegeben, der ihren Kinderwunsch erfüllte. Ob Tochter, Ehefrau oder Mutter, Lalla Rabha hatte nur hinter Mauern gelebt. Als sie mit Buschaib verheiratet war und dieser beschloß, nach Azru zu ziehen, versammelte Rabhas Mutter die Frauen ihres *Duars* und gab ihnen Grund zu weinen:

„Ich hab' doch gewußt, daß bei dieser Heirat nichts Gutes herauskommt! Ich bin sicher, er tut das absichtlich, um meine kleine Rabha loszuwerden. Ans Ende der Welt wird er sie bringen. Ich weiß, daß es außerhalb unseres *Duars* keinen anderen Ort gibt! Habt ihr schon jemand fortgehen sehen? Sie wird sterben, meine Tochter, im entlegensten Winkel der Welt, in einer Wüste! An dem Tag, als er erschien und um ihre Hand anhielt, habe ich es schon geahnt!"

Buschaib hatte seine Frau genommen und den *Duar* verlassen. Niemand konnte sich seinem Willen widersetzen. Er war der Mann. Der Mann in diesem Teil der Welt. Der Herr. Und alle Tränen der Schwiegermutter nützten nichts.

Nach fünf Kilometern bremste der Fahrer vor einer Sperre der Gendarmerie. Zwei beinahe vorschriftsmäßig gekleidete Gendarmen, die sich hinter einem Busch verborgen hatten, tauchten in dem Augenblick auf, da der Bus auf ihrer Höhe angelangt war. Der Motor stotterte noch einige Male, dann gab er seinen Geist auf. Unruhig warteten die Reisenden auf das Erscheinen der Gendarmen. Alle, die zwischen den beiden Sitzreihen und auf der Mittelkonsole hockten, kauerten sich zusammen und machten sich ganz klein. Sie fürchteten den Zorn der Ordnungshüter.

„Seid ihr denn Tiere, oder was?" würden die aufgebrachten Gendarmen zu ihnen sagen. „Menschen ließen sich eine solche Behandlung nicht gefallen! Und dieser miese Fahrer, der meint, wir lebten noch in der Steinzeit... Wofür hält der sich eigentlich? Weiß der denn nicht, daß es in diesem Land Gesetze gibt? Los! Aussteigen! Das Fahrzeug wird abgeschleppt, und der Fahrer kommt ins Gefängnis!"

Aber kein Gendarm erschien. Dann und wann vernahmen die Fahrgäste lautes Stimmengewirr, vermischt mit nervösem Gelächter. Alle Blicke waren auf die hintere Tür geheftet, die sperrangelweit offenstand. Der Hirte verbarg das Schaf unter seiner *Dschellaba*. Der Fahrer beschimpfte seine Maschine, die nicht anspringen wollte.

Deiner Mutter standen die Tränen in den Augen, als sie mir den Brief übergab, den du für mich dagelassen hattest. Dieser Brief, von dem ich hoffte, er sei in freundlichem Ton geschrieben, schilderte dein letztes unangenehmes Erlebnis vor deiner Abfahrt. Deine Worte warfen einen Schatten. An jedem Satzende traf ich dich wieder und begleitete dich auf diesem düsteren Gang.

„Ich möchte bitte eine genaue Gehaltsbescheinigung, Madame!" batest du befangen.

Die kleine Beamtin sah hoch und musterte dich geringschätzig. Sie schloß die Zeitschrift, in der sie gerade gelesen hatte, und verschränkte die Arme auf ihrem staubigen Schreibtisch. Die andere

Sekretärin strickte und kaute dabei vulgär einen Kaugummi. Ihre blutroten Lippen öffneten und schlossen sich wie das Geschlecht einer brünstigen, alten Mauleselin. Auf der Titelseite der Zeitschrift in glänzenden, aber schlechten Farben hielt sich ein Paar umschlungen. Zwischen den Fingern der Sekretärin konntest du den Titel der Zeitschrift lesen: 'Nous deux - Wir beide'. Es gelang dir sogar, das Datum zu entziffern. Die Zeitschrift war zwei Jahre alt. Aber das ging dich nichts an! Wenn es nur ein Rückstand von zwei Jahren war! Die Köpfe waren mehrere Generationen zurück. Hattest du das Recht, über andere zu urteilen? Du warst wegen einer amtlichen Bescheinigung da, warst aus Frankreich zurückgekommen, um den Transfer deines Gehalts zu veranlassen. Auf dem Amt für Devisenangelegenheiten hatte man von dir eine genaue Gehaltsbescheinigung und einen Studiennachweis verlangt. Du warst entschlossen, nach der Einreichung deines Antrags so schnell wie möglich wieder abzureisen. Eine Angelegenheit von höchstens zwei Tagen. Den bösen Willen einiger Angestellter hattest du freilich nicht berücksichtigt...

Die Sekretärin ließ ihre verächtlichen Blicke über dich gleiten, von unten nach oben, dann von oben nach unten. Deine schlecht geputzten Schuhe sprangen ihr in die Augen. Sie fuhr dich grob an:

„Ihr seid alle gleich, alles Flegel! Konntest du vor dem Eintreten ten nicht anklopfen? Meinst du, du kannst einfach mit der Tür ins Haus fallen, oder was?"

„Du gabst ihr höflich zur Antwort:

„Verzeihen Sie, Madame! Aber ich habe doch angeklopft. Vielleicht haben Sie es nicht gehört..."

„Sag doch klipp und klar, daß ich taub bin! Hast du das gehört, Mina? Ausgerechnet ich muß diese elende Arbeit machen und mich von den Leuten beschimpfen und verhöhnen lassen...!"

Sie brach in Tränen aus, worauf die andere das ständige Klappern ihrer Stricknadeln unterbrach und zu ihrer Kollegin meinte:

„Beachte doch das, was diese Esel sagen, einfach nicht, meine Liebe! Noch nie haben sie unsere Geduld und unsere Ergebenheit zu schätzen gewußt. Wenn man uns wenigstens für unsere

Anstrengungen und Opfer angemessen bezahlen würde!"
Dann wandte sie sich wieder zu mir um:
„War es das, was du wolltest? Bist du jetzt zufrieden mit dem, was du angerichtet hast? 'Der Morgen gehört Gott!' Schau, in welchen Gemütszustand du sie gebracht hast, die Arme! Du bist ein herzloser Kerl, ein Primitivling!"
Ratlos standest du da. Du stammeltest ein paar Entschuldigungen, zucktest die Achseln und tratest einige Schritte zurück. Schließlich beruhigte sich die Sekretärin. Mit dem Ärmel ihrer *Dschellaba* trocknete sie sich ihre launischen Tränen. Die andere setzte sich wieder auf ihren Stuhl und vertiefte sich in Maschen und Wollknäuel. Mit einem Mal kamst du dir lächerlich vor, wie jemand, der gerade in einen Kothaufen getreten ist. Du schautest sie an, erst die eine, dann die andere. Vollkommene Gleichgültigkeit. Die eine war mit Stricken beschäftigt, die andere legte ein neues Make up auf, um dann wieder zu den Helden ihrer zwei Jahre alten Zeitschrift zurückzukehren, Personen, die ihrem Leben ähnelten, einem alten und häßlichen Leben. Du aber brauchtest dieses Gerippe von Frau wegen eines Papiers. Der Amtsmißbrauch war ihr Recht.

Du beschlossest, das Erscheinen des Amtsleiters abzuwarten, um ihm deinen Fall darzulegen. Er würde verstehen. Häufiges Fehlen und Zuspätkommen sind das Privileg mittlerer Führungskräfte und hoher Beamter. Diese Leute muß man grundsätzlich für geldliebende Faulenzer halten; Aufrichtigkeit und Rechtschaffenheit sind für sie altmodische Eigenschaften. Es gibt jedoch rechtschaffene Leute. Diese gelten (bei ihresgleichen) als Angsthasen oder Spinner.

Du wartetest. Es war übrigens gerade erst halb elf Uhr morgens. Träfe dieser Mann zur gleichen Zeit wie seine Sekretärinnen ein, welcher Unterschied würde dann zwischen ihm und seinen Untergebenen bestehen? Mit der anonymen Masse hereinströmen? Die Verantwortlichen kamen erst später. Und je größer die Verspätung, desto größer war die Bedeutung des Mannes. In Reichweite waren nur die Leute ohne Bedeutung.

Unermüdlich zog der Busfahrer am Anlasser und trat dabei mit dem rechten Fuß das Gaspedal durch. Der alte und stark beanspruchte Motor wollte nicht wieder anspringen. Von draußen drangen Stimmen und lautes Gelächter herein:
„Der arme Kerl! Sie werden ihn ganz schön anscheißen. Wehe dem, der ihnen in die Hände fällt! Sie kennen kein Erbarmen!"
„Er bekommt nur, was er verdient! Für Menschen ist dieses Fahrzeug nicht mehr geeignet. Das ist ein Hühnerstall..."
„Sagt *Salama*! Die Zeiten sind hart, *Yalatif,* und die Leute tun, was sie können, um mit den Wechselfällen des Lebens fertig zu werden..."
Der Fahrer spuckte mehrere Male auf die Windschutzscheibe und verfluchte seine alte Maschine. Das Bild von einer dieser alten Lokomotiven, wie man sie manchmal noch in amerikanischen Western sieht, kam mir in den Sinn. Je weiter sie vorankommt, desto stärker keucht sie. Kaum am Ziel angelangt, muß sie sogleich kehrtmachen, dieselben Landschaften durchqueren, an denselben Orten anhalten, dieselbe Geschwindigkeit, dieselbe Müdigkeit. Das ist der Lauf in den Ländern der Dritten Welt.

Si H'mad strahlte vor Freude, als er mich sah. Er sprang aus seinem Loch und schloß mich in die Arme. Sein Geruch nach Holz und Brot rief in mir meine ganze Kindheit wach. Er schickte seinen Lehrling nach einer Flasche Limonade und erteilte mir dann seinen Segen, bevor er für mich eine Bestandsaufnahme von seinem Leben als Bäcker machte. Ich sprach ihm wegen des Todes seines Vaters mein Beileid aus.

„*Mascha Schibani maskin!*" sagte er zu mir. „Der unglückliche alte Mann ist dorthin gegangen, wohin wir alle gehen werden. Gott sei ihm gnädig! Zwei Tage vor seinem Tod hat er mir gesagt: 'Ich gehe fort, mein Sohn! Ich will, daß du mir verzeihst, denn ich habe dich nach dem Tod deiner Mutter im Stich gelassen. Meinem Glück gab ich den Vorrang vor deiner Sicherheit. Meine zweite Heirat war ein Irrtum. Deine Stiefmutter liebte dich nicht. Sehr jung mußtest du arbeiten, um deinen Lebensunterhalt zu verdienen und dieses Haus verlassen, in dem kein Platz für dich war. Ich habe dich schlecht auf das Leben und sein Elend vorbereitet. Deine Jugend hast du in einem Loch zwischen Feuer und Dunkelheit verloren. Aber ich bin stolz auf dich, denn du bist ein Mann geworden. Du hast dich immer nur auf dich verlassen. Nie hast du, nach wem auch immer, die Hand ausgestreckt. Du weißt, daß du mein einziges Kind bist, deshalb erbst du heute mein ganzes Vermögen. Ich sterbe leichten Herzens, denn ich hinterlasse einen Mann. Einen Mann, der verzeihen kann und auf dem immer der Segen seiner Eltern lag!'"

Si H'mad sprach lange von seinem Vater. Er sagte mir, daß alles Gold der Welt die Leere nicht füllen könne, die er empfinde. Vaterliebe. In diesem Punkt war ich mir nicht so sicher. Ich war überzeugt, daß Väter eine bedauerliche Realität darstellten, mit der man leben mußte. Eine abscheuliche Realität des Lebens. Ich wollte nicht mehr an 'den Alten' denken. Den hatte ich in einer Spalte meines Gedächtnisses vollständig begraben. Und obgleich sein Leichnam an allen Seiten herausragte, versuchte ich, ihn zu übersehen. Seither übernahm es die Zeit, diese häßlichen Erinnerungen zu tilgen, die ein gewinnendes, aber scheinheiliges Lächeln zur Schau stellten. Dennoch kratzte und brannte es mich.

Wie ein Hund hatte ich den Drang, zu kratzen und zu beißen. Mein eigenes Fleisch zu kratzen und zu beißen, bis es blutete. Dieser Rohling hauste noch immer in meinem Gedächtnis. Und da, in dieser alten Stadt, inmitten von Haß und Staub, begegnete ich ihm, ohne es zu wollen. Ohne es zu wollen? Hatte ich nicht im Bus, auf den Straßen mit den Augen nach ihm gesucht? Ich atmete durch den Mund, um dem Ekel in diesem Winkel der Welt zu entgehen. Hunde und Leichen, mehr blieb hier nicht. Unter den leeren Blicken seiner Bewohner dämmerte das Land dahin wie ein Greis, der auf seinen Tod wartet. Man spürte die Müdigkeit der Straßen, berührte die runzligen Mauern; die Zeit und der Schlaf gruben sich in den müden Körper der Stadt, der ungetrösteten Witwe. Alles atmete bereits den Tod, und niemand kam angegen den Lauf der Zeit.

Si H'mad rauchte seinen Kif, bevor er sich nach meiner Familie erkundigte. Unser Los freute ihn. Er sagte mir, Gott vergesse seine Gläubigen nie. Seine Gnade begleite uns.

Der Lehrling räumte die Brotbretter in die Regale. Die einzige Veränderung in dieser Backstube. Unter dem Reisig hockte die schwarze Katze, die nun nicht mehr klein war. Ich rief sie. Trotz Si H'mads nachdrücklicher Aufforderung weigerte sie sich, zu mir zu kommen. Ihr Schnurren ärgerte mich schließlich. Ich fand, sie habe Ähnlichkeit mit dem Affen meines Vaters. Bei dieser Katze hatte ich jedoch keinen Grund, ihr den Tod zu wünschen. Ich fragte Si H'mad:

„Bist du immer noch Mitglied in der Partei?"

Er antwortete nicht. Er stieß lediglich einen Seufzer aus und stopfte sich die nächste Kif-Pfeife. Mir bot er ein Glas Tee an. Ich wollte vor allen Dingen, daß er zu mir spräche, mir erklärte. Mir was erklärte? Unter dem Protektorat war er im Widerstand. Er hatte an der Unabhängigkeit des Landes mitgewirkt. Warum wohnte er dann noch immer in diesem düsteren Loch?

„Ich, mein Sohn", sagte er zu mir, „ich habe für ein Ideal gekämpft: die Unabhängigkeit. Nicht für einen Posten oder ein paar Privilegien, sondern für mich, für meinen Stolz und dafür, daß mein Land seine Freiheit, seinen Namen und seine Wirklichkeit wiederfindet. Ich wollte mir treu sein. Um Gott in Frieden wiederzufinden und um die Traditionen in Ehren zu halten. Bei dieser Art von Kampf kämpft ein jeder entsprechend seinen Ideen und Prinzipien."

„Aber abgesehen davon gibt es das, was dein Vater dir hinterlassen hat..."

„Ich weiß, das hat man mir schon gesagt. Aber mein Leben ist hier, genau in diesem Loch. Ein jeder hat seinen Platz in der Gesellschaft. Wenn ich weggehen würde, hätte mein Leben keinen Sinn mehr. Bis heute habe ich nicht von dem Geld meines Vaters gelebt. Meine Arbeit, das ist vor allem die Freude, mit den anderen zusammenzukommen, die Hoffnung, immer noch zu etwas nütze zu sein. Weißt du, es ist ein wenig mir zu verdanken, daß die Leute in diesem Viertel jeden Tag gutes Brot essen, und das seit Jahren. Was man auch sagen mag, der Bäcker ist jemand Wichtiges im Leben der Leute..."

„Aber der Staat ist dir doch etwas schuldig!"

„Nein, er ist mir nichts schuldig. Ich habe ihm gegenüber meine Pflicht getan, wie ich sie meiner Mutter gegenüber getan hätte. Ich habe ihn gegen die Hand des Teufels verteidigt. Niemand hat mich zum Handeln gezwungen. Nein, mein Sohn! Niemand ist mir etwas schuldig, und ich bin niemandem etwas schuldig. Wenn ich es noch einmal tun müßte, ich täte es wieder."

Das Schaf blökte unter der *Dschellaba,* und sein Besitzer errötete vor Verlegenheit, während die anderen lauthals loslachten. Von draußen drang nur noch das abgehackte Brummen des Jeeps der Gendarmen herein, das Dröhnen vorbeifahrender Autos und das Bellen irgendeines streunenden Hundes. Unter ständigem Fluchen, Ausspucken und wiederholtem Reißen am Anlasser gelang es dem Fahrer, den Motor in Gang zu bringen. Auf sein dunkelhäutiges Gesicht trat ein Ausdruck der Erleichterung.

„Gott schenke dir Gesundheit!" rief ein Reisender aus. „Gute Fahrer gehen vor ihrer Maschine zu Grunde!"

„Solang ich lebe", anwortete der Fahrer stolz, „wird dieser alte Bock mir aufs Wort gehorchen. Wenn ich nicht mehr bin, kann er seine Launen an jemand anderem auslassen. Nicht von ungefähr habe ich meinen Führerschein seit der Zeit von *'Genon und Sidna Nuh'*..."

Eine durchaus begründete Äußerung. Der Führerschein war alt, der Fahrer beinahe hinfällig und der Bus altertümlich. Alles mußte also vortrefflich laufen. In diesem Teil der Welt hatten die Leute reichlich Zeit: 'Wer es eilig hat, ist tot.'

Die kleine Sekretärin, die mit feuchten Augen in die Lektüre ihrer Zeitschrift vertieft war, brach schließlich ein zweites Mal in Tränen aus. Zwei Ströme von *Khôl* verliehen ihrem klebrigen Gesicht einen karikaturenhaften Ausdruck. Du mußtest dir das Lachen verbeißen. Die Frau zog ein kariertes Taschentuch aus der Tasche und verschmierte sich das Gesicht. Du wandtest den Blick ab. In rührseligem Ton sagte sie zu ihrer Kollegin:

„Weißt du, *Asahabti*! Weißt du, meine Freundin, die Geschichte von Robert und Véronique ist so ergreifend, daß man einfach weinen muß. Es ist so schön! Wenn ich die Zeitschrift zu Ende gelesen habe, so in acht oder zehn Tagen, gebe ich sie dir. Du mußt sie unbedingt lesen! Du kannst dir nicht vorstellen, wie Robert gelitten hat, um die zu bekommen, die er liebt. Und Véronique hat ihren Mann, ihren Reichtum und sogar ihre Kinder verlassen, um ihn wiederzusehen. Findest du das nicht mitreißend, menschlich und..."

„Diese Geschichte habe ich letztes Jahr gelesen", erwiderte die andere, ohne von ihrem Strickzeug aufzuschauen. „Letzten Endes verstehen nur die Italiener was von Liebe..."

„Das ist eine französische Zeitschrift", verbesserte die spindeldürre Sekretärin.

„Französisch oder italienisch, das ist gleich. Das ist auf alle Fälle ausländisch!"

„Du hast recht, *Asahabti*. Wenn ich so was lese, kann ich meinen Mann nicht mehr ertragen. Unsere geschlechtlichen Beziehungen sind ein wahres Martyrium für mich, *Asahabti!*..."

„Ich will dir nichts verschweigen", sagte die andere. „Bei mir ist es das gleiche. Wenn sie vögeln wollen, dann ohne Zartheit, ohne Zärtlichkeiten, ohne Musik, ohne gedämpftes Licht. Was für ein Leben!"

Die erste Sekretärin blätterte einige Seiten ihrer Zeitschrift um.

„Hör zu, was Robert am Schluß zu Véronique sagt: 'Ich liebe dich, mon amour! Du bist mein Leben und der Sinn meines Daseins. Ich bin bereit, alles für dich zu opfern. Bereit, mein Leben für dich hinzugeben, wenn dies dein Glück bedeuten kann!' Zunächst umarmen sie sich, dann drückt Robert in sternklarer Nacht einen schmachtenden Kuß auf Véroniques Lippen. Ist das nicht romantisch, sag!"

„Die Frauen dort haben Glück", seufzte die strickende Sekretärin, „ihre Männer verstehen was von Liebe, guten Manieren und Zartheit..."

„Eines Nachts", führte die andere aus, „nahm ich meinen ganzen Mut zusammen und sagte in einem günstigen Augenblick zu meinem Mann: 'Liebe mich auf europäische Art!' Er hat nichts verstanden. Mit der üblichen Geschwindigkeit hat er seinen Schuß abgegeben, sich zur Wand gedreht und ist eingeschlafen. Ein Klotz!"

„Es ist ein Jammer! Unsere Sünde ist, daß wir in einem Land als Frauen geboren wurden, in dem der Mann der Herr ist..."

In diesem Augenblick ging die Tür auf, und der Vorsteher erschien. Es war zehn Minuten nach elf Uhr.

„Guten Morgen, Mädchen!" rief er ihnen zu. „Was für ein wunderbarer Tag! Ich komme gerade vom Strand. Ihr werdet es mir nicht glauben, aber man kann schon baden."

„Nein wirklich?" riefen die beiden Gänse wie aus einem Mund.

„Doch, ganz bestimmt! Sagt, gibt es heute morgen weder Tee noch Croissants?"

„Aber selbstverständlich", antworteten die beiden Frauen gleichzeitig. „Der beste aller Chefs findet all das auf seinem Schreibtisch."

„Ihr seid tüchtige Mädchen", sagte er zufrieden. „Die besten Sekretärinnen in der ganzen Verwaltung. Ich werde dafür sorgen, daß ihr nächstes Jahr befördert werdet."

Dann zeigte er mit dem Finger auf dich:

„Was macht dieser Kerl hier?"

„Er möchte eine genaue Gehaltsbescheinigung", antwortete die strickende Sekretärin geringschätzig.

„Habt ihr sie ihm ausgestellt?"

„Nein", antwortete dieselbe Stimme. „Er ist ein grober Kerl, der es sich erlaubt hat, Aziza zu beleidigen!"

„Das hat er gewagt!" brüllte der Vorsteher. „Den werd' ich lehren, Regierungsangestellte bei der Ausübung ihres Amtes zu beleidigen! Ich werd' ihm zeigen, mit wem er es hier zu tun hat! Dem werd' ich Beine machen!"

Er ergriff den Telefonhörer. Du versuchtest, deine Version der Ereignisse zu geben, aber der Vorsteher ließ dir nicht die Möglichkeit, sie aus deiner Sicht zu schildern. Was wog dein Wort verglichen mit dem dieser gedungenen Frauen. Er rief seinen *Schausch* herbei, der dich hinauswarf.

Der Schaffner ließ auf sich warten. Der Fahrer durchlebte angstvolle Augenblicke. Bestimmt nahmen die Gendarmen ihr Protokoll auf. Im Anschluß daran würden sie ihm den Führerschein entziehen, ihn ins Gefängnis bringen und das Fahrzeug abschleppen. Die Angelegenheit war ernst und sehr bedenklich. Mit der Obrigkeit ist nicht zu spaßen. Die Reisenden waren geteilter Meinung. Die einen waren der Ansicht, der Fahrer sei im Unrecht, und Gott bestrafe die Ungerechten und die Unersättlichen. Für die anderen war er ein armer *Maskin,* der sich mit dem Leben arrangierte. Menschen achten die Gesetze nur dann, wenn sie selbst von den Gesetzen geachtet werden. Wenn sie ihre Rechte und Pflichten kennen. Wenn das Leben sie nicht anödet. Und je mehr es sie anödet, desto mehr finden sie die Mittel, es sich unauffällig oder auch mit Lärm dienstbar zu machen. Das Drama in der

Geschichte besteht darin, daß Menschen und Gesetze nicht für einander gemacht sind. Zuweilen sind die Menschen im Rückstand. Manchmal sind es die Gesetze, die für neue Bevölkerungen archaisch geworden sind.

Der Fahrer trat mehrere Male auf das Gaspedal und rückte seine Mütze auf den weißen Haaren zurecht. Man vernahm lautes Gelächter, und die Silhouette des Schaffners zeichnete sich im Rahmen der offenstehenden Tür ab. Ein breites Lächeln erhellte dieses Gesicht eines ungelenken Kasperls. Mit der flachen rechten Hand, die schwarz von Schmieröl war, schlug er auf das Blech des abgewrackten Fahrzeugs und sagte:

„Fahr los!"

Als Moulay Tayab mich auf der Straße sah, winkte er mich heran. In der gleichen Haltung saß er an jener Stelle, wo ich ihn vor mehr als zehn Jahren zurückgelassen hatte. Nur seine Falten waren tiefer. Er nahm meine Hand und sagte:

„Warum bist du zurückgekommen? Hier lauert überall der Tod. Riechst du ihn nicht? Du mußt diese Stadt aus deinem Leben löschen. Die Leute hier sind verrückt geworden. Auch die Mauern und die Gassen. Geh den Weg der Hoffnung, mein Sohn! Wie ein Grab schließt sich die Stadt über denen, die bleiben. Und du, du gehörst zu jenen, die weggegangen sind. Hast du gesehen, was sie aus Titahcen gemacht haben? Sie haben keine Achtung mehr vor Gottes Werk. Wehe denen, die es gewagt haben, den Wohnsitz der Königin anzurühren. Sie wird sich rächen. *Lalla Aischa* ist keine Frau, die sich alles gefallen läßt! Du mußt uns alle vergessen, denn wir sind eine schlechte Erinnerung für dich. Kehr niemals an den Ort zurück, an dem dir ein Dolchstoß versetzt worden ist!"

Ich beruhigte ihn. Ich hatte nicht die Absicht zu bleiben. Hier war nicht mehr mein Platz. Er war überall und nirgends. Mich überraschte, daß der Fakir in dieser Weise mit mir redete. Nie zuvor hatte er mich wie einen Erwachsenen behandelt. Nie hatte er einzeln mit uns gesprochen. Wegen einer neuen Geschichte oder einer Kif-Pfeife hatte er sich immer an die ganze Gruppe gewandt. Er drängte mich, ein wenig näherzukommen und murmelte:

„Hier wie anderswo machen Geld und Macht die Leute blind. Weißt du, warum sie in Titahcen diese Abscheulichkeit gemacht haben? Um die von den Staatskassen veruntreuten Gelder zu rechtfertigen. Und wenn man bedenkt, daß es Kinder der Stadt sind, die im Stadtrat den Vorsitz haben... Nie waren die Landstraßen in schlechterem Zustand, die Gassen schmutziger, die Stadt ungastlicher... Wem kann man da noch Vertrauen schenken? Kinder von hier! Unsere eigenen Kinder! Es gibt keine Hoffnung mehr. Es gibt nichts mehr..."

In der Stimme des Fakirs schwang ein neuer Ton mit. Ich erkannte diese, doch vertraute Stimme nicht wieder. Rührung. Auch Enttäuschung. Als er meine Hand losließ, sah ich, wie zwei Tränen über seine Wangen liefen.

Dann forderte er mich auf, mich zu setzen. Seine Augen waren noch feucht. Er zog ein Stück Papier und einen Stift aus der Tasche und bat mich:

„Sag mal! Wie sagt man auf französisch: *Kanabrik. Uasch at'dschaudschi biya?*"

Ich übersetzte:

„Je t'aime. Veux-tu m'épouser? – Ich liebe dich. Willst du mich heiraten?"

Er schrieb meinen Satz in arabischen Buchstaben nieder und wiederholte ihn einige Male laut. Ich fragte ihn:

„Aber wem willst du das denn sagen?"

„Madame Sofokliss!" rief er aus. „Du kennst sie! Sie hat mich verzaubert, diese Tochter des Ehebruchs!"

„Und sie, liebt sie dich auch?"

Er deutete ein Lächeln an:

„Natürlich! Sonst wäre ich nicht leidenschaftlich in sie verliebt. Aber sie spielt die Stolze. Die Frauen sind alle so. Es ist nicht leicht, sie zu umgarnen. Sogar, wenn sie einverstanden sind, mußt du dir wegen ihnen die Hacken ablaufen..."

Ich erfuhr dann, daß Moulay Tayab seine Tage vor Madame Sofokliss' Geschäft verbrachte. Gutgläubig wiederholte er ihr die anzüglichen Sätze, die die Kinder ihm auf französisch beibrachten. Anfangs hatte Madame Sofokliss furchtbare Wutanfälle bekommen und manchmal die Polizei gerufen, damit sie ihr diesen Mann vom Halse schaffte. Später hatte jemand sie aufgeklärt. Sie hatte verstanden und begonnen, Mitleid und sogar ein wenig Neugierde für ihn zu empfinden. Für Moulay Tayab war die Sache ernster. In seinem Geist stand das Hochzeitsdatum ebenso fest wie die Zahl der Kinder, die er von ihr haben würde. Seit Beginn dieser Geschichte sang Moulay Tayab seine Gedichte nicht mehr auf der Straße. Es gab etwas Dringenderes: die Sprache dieser Frau zu erlernen, um ihr Herz zu gewinnen.

Nach der Verhaftung deines Vaters hattest du das Gymnasium verlassen, um Arbeit zu suchen. Jemand mußte ja für den Lebensunterhalt deiner Familie sorgen. Als Ältester nahmst du sogleich deines Vaters Platz ein. Das war nicht immer einfach gewesen. In einem abgelegenen *Duar* hattest du deine Laufbahn als Volksschullehrer zur Ausbildung begonnen. Um dorthin zu gelangen, brauchtest du zwei Tage, manchmal mehr. Du nahmst den Bus nach Ouarzazate. Dort stiegst du in einen Lastwagen, der etwa fünfzig Kilometer bis zum Fluß fuhr, den du zu Fuß durchqueren mußtest. Wenn das Wadi kein Hochwasser führte, war das einfach. Hattest du das andere Ufer erst einmal erreicht, gelangtest du auf dem Rücken eines Esels oder eines Maultiers zur Schule.

Die Schule bestand nur aus einer Klasse. Auf allen Grundschulstufen unterrichtetest du sowohl Arabisch als auch Französisch. Jede Bankreihe stellte eine Klassenstufe dar. Während du Unterricht gabst, überwachtest du die Mahlzeiten, die in einer Ecke schmorten. Für deine Schüler bargen Gaskocher und Kochtopf keine Geheimnisse und gehörten schließlich sogar zum Anschauungsmaterial der Klasse. Dann und wann benachrichtigte dich ein aufmerksames Kind, wenn es aus dem Kochtopf angebrannt roch.

Von dieser Situation eines in Vergessenheit geratenen Volksschullehrers hattest du schnell genug. Um jeden Preis wolltest du da herauskommen. Die großen Türen jedoch waren für andere bestimmt. Für die, die einen weitreichenden Arm oder volle Taschen hatten.

Du hattest beschlossen, den schwierigen Weg des Studiums einzuschlagen. Bei Kerzenlicht bereitetest du dich allein auf das Abitur vor und bestandest die Aufnahmeprüfung des CPR. Nach zwei Jahren mühevollen Studiums wurdest du zum Referendar für die Grundstufe an höheren Schulen ernannt. Ein Jahr später wurdest du ins Beamtenverhältnis übernommen und dachtest, du würdest auf deiner Laufbahn gut vorankommen. Als die Jahre vergingen, ohne dir etwas Neues zu bringen, wolltest du dich an der Universität einschreiben. Zwanzig Tage später legtest du die Immatrikulationsunterlagen im Sekretariat der Philosophischen Fakultät vor. Die zuständige Sekretärin prüfte alle Dokumente. Sie hielt sich einen Augenblick bei dem Abitursnachweis auf, legte die Papiere in den Aktendeckel und gab ihn dir zurück:

„Ich kann deine Unterlagen nicht akzeptieren!"

„Warum?" fragtest du.

„Dein Abitur ist zu alt. Es datiert vier Jahre zurück."

Si H'mad forderte mich auf, neben ihm auf einem kleinen Hocker Platz zu nehmen. Er reichte mir ein erstes Glas Tee. Sein Lehrling räumte weiterhin die Brotbretter auf. Die schwarze Katze schnurrte unermüdlich ihr Lied. Als ich wieder in den Wänden der Backstube saß, fühlte ich mich gleichsam in meiner eigenen Falle gefangen. Ich entsann mich der Worte des Fakirs: 'Kehr nie an den Ort zurück, an dem dir ein Dolchstoß versetzt worden ist!' Der Geruch von Kif, vermischt mit dem von Knoblauch, schwebte in der Luft. Ich hatte keinerlei Lust, in dieses Bordellviertel zurückzukehren, wo die Huren, so hatte man mir gesagt, jünger, schöner und anspruchsvoller als früher waren. Auch flinker. Ich wußte, daß in dieser Welt für 'ihn' kein Platz mehr war.

Bei meiner Ankunft in Azru frappierten mich die Unbeweglichkeit der Menschen und Dinge. Nach mehr als zehnjähriger Abwesenheit hatten die Straßen dieselben Gerüche und dieselben Schreie. Die Leute machten dieselben Gesten und nahmen den Platz ein, den sie immer eingenommen hatten. Als hätte ich sie einige Stunden zuvor verlassen. Die Zeit hatte hier weder Form noch Wirklichkeit.

Aziz, der Behinderte, saß in seinem von Rost angefressenen Rollstuhl. Als er mich sah, weinte er und klammerte sich an meine Jacke, um mich auf die Wangen zu küssen. Er erzählte mir, daß er nach dreimonatiger Haft gerade die Freiheit wiedererlangt habe. Nichts von Bedeutung, sagte er zu mir. Es sei um Frauen und Alkohol gegangen. Ein Streit, der eine böse Wendung genommen habe. Das Wesentliche für ihn war, wieder in Freiheit zu sein. Die Freiheit des Rollstuhls und des kleinen Winkels, der ihm gehörte. Man sprach nun von 'Aziz' Raum'.

Si H'mad war immer noch da. Einmal abgesehen von den Regalen, dem Lehrling und der Katze, die sich sträubte, zu mir zu kommen, hatte sich nichts verändert. Nach seinen täglichen Liebeserklärungen kehrte Moulay Tayab stets wieder in seinen Winkel zurück und wartete. Die kleinen Beamten trafen sich wie gewöhnlich an dem einzigen Kiosk der Stadt, an dem die privilegierten Männer dieser von Gott und den Heuschrecken vergessenen Erde sich an einigen Pornoheftchen, die diverse Entwicklungshelfer und 'Urrrlauber' importiert hatten, erfreuten. Die Passanten auf den Gehwegen schleppten ihre Müdigkeit mit sich herum. Träge Grüppchen versammelten sich mitten auf dem Weg, um zu plaudern, und blockierten oder erschwerten so den Verkehr. Die ständig schreienden Träger vermochten die schwerfällige und ungeordnete Menge nicht mehr zu zerstreuen, die sich auf dieser makabren Bühne hin und her bewegte wie Hampelmänner, deren Fäden von unsichtbarer Hand gezogen wurden. Der Traum schien fern. Unerreichbar. Die versteinerten Leute verspürten daher kein Bedürfnis, irgend etwas zu ändern. Was hätte das genützt? Die Gassen waren immer noch eng, das Leben hing an den Zweigen der großen, stummen Wanduhr.

Der Vorsteher brüllte in seinem Büro. Auf diese lächerliche Probe gestellt, konntest du nicht umhin, die Weltanschauung dieser drei Menschen zu verfluchen. Der *Schausch* kam auf dich zu, legte dir die Hand auf die Schulter und sagte im scheinheiligsten Ton zu dir:

„Du hast noch nicht begriffen, mein Sohn! Weißt du, die Zeiten sind hart, und die Leute richten sich so gut sie können ein, um im Leben zurechtzukommen. Alles ist teuer, *Salama*. Gott bewahre uns und alle anderen vor der Not! Not ist eine Form von Atheismus. Verstehst du, mein Sohn, wir leben im Zeitalter des Geldes. Möge Allahs Fluch die Ungerechten und Unersättlichen treffen! Zieh den Beutel, mein Sohn, wenn du dein Papier willst. Ich sag das zu deinem Wohl, laß dir das von mir gesagt sein. 'Sie' sind nun mal so, was kann man da machen? Wirf ihnen einige Sous hin, und du kriegst dein Papier!"

„Aber", sagtest du empört, „'sie' sind dazu da! Das ist ihre Arbeit! Was soll das denn, die Leute auf diese Weise zu bestehlen? Jeder Beamte ist gehalten, seine Pflicht zu erfüllen. Ich bin ein Bürger dieses Landes und habe alle Rechte. Ich werde mich an eine höhere Stelle wenden. Ihr werdet schon sehen!..."

„Schon gut!" unterbrach dich der *Schausch*. „Ich habe nichts gesagt. Wende dich an eine höhere Stelle, wenn du kannst! Glaubst du etwa, du Großmaul, daß diese Personen für Nullen wie dich zu sprechen sind? Ich werde übrigens, wie die Mädchen, sagen, daß du uns, sowie auch unsere Vorgesetzten, beleidigt hast, und du wirst für eine Weile hinter Schloß und Riegel sitzen. Geh jetzt weiter! Bleib nicht hier stehen! Laß die Leute tun, was sie wollen! 'Der Morgen gehört Gott!'..."

Moulay Tayab zeigte mir alle Zettel, auf denen er die Wörter und Sätze, die die Jungen ihm übersetzten, in arabischen Buchstaben aufgeschrieben hatte. Er trug vor, was er auswendig gelernt hatte, und gab mir zugleich die Übersetzung. Seine Aussprache und die Anstößigkeit einiger Worte brachten mich zum Lachen. Da setzte er eine ungewöhnlich ernste Miene auf und sagte zu mir:
„Über jemanden, der lernt, lacht man nicht. Das ist schändlich!"
Ich beruhigte ihn:
„Ich mache mich doch nicht lustig über dich, Moulay Tayab. Ich lache, weil es in dem, was du gelernt hast, anstößige Ausdrücke gibt."
„Das macht überhaupt nichts! Eines Tages muß ich sie ohnehin lernen!"
Das ging mich nichts an. Es tat mir leid, daß ich ihn verstimmt hatte. Ich wollte nur wissen, warum er in meiner Straße seine Gedichte nicht mehr rezitierte. Eine verschwundene Welt.
„Ich sage meine Gedichte nicht mehr her, weil es keine Menschen mit Geschmack mehr gibt. Gestern hörten die Leute mir zu, selbst wenn es nicht den Anschein hatte. Sie wurden stutzig, versuchten zu verstehen. Mein Wort hatte einen Sinn. Heute bin ich ein anonymer Verrückter, verloren in der Menge. Und die Leute ähneln mehr Gespenstern aus Staub als menschlichen Wesen. Meine Worte berühren niemanden mehr. Was sind sie im übrigen wert, wenn man anderes braucht?... Anstelle meiner Worte, mein Sohn, gibt es nur noch die Leere. Die Erwachsenen haben die Worte durch die fahle Rede von der 'Schmutzigkeit hier auf Erden' ersetzt. Die Zeiten haben sich geändert. Ich glaubte, mein Wort könnte den jungen Leuten noch helfen zu leben und zu hoffen. Auch in dieser Hinsicht war nichts zu machen. Alko-

hol, Trübsinn, Schuhcreme und Kif beschlagnahmten den Blick der Kinder. Der geplatzte Traum wohnt tief in einem Körper, in dem die Sonne erkaltet ist. Die Menschen sprechen nicht mehr miteinander. Sie sprechen mit ihrem Bankkonto, ihren Bauplänen für Wohnblocks und Villen, ihren Autos..."

Die Rede des Fakirs machte mich stutzig. Wo hörte die Vernunft auf, wo begann der Wahnsinn? Seine Rede war gelassen und frei von jeglichem Wahnsinn. Plötzlich verstummte er mit nachdenklicher Miene. Echte Betretenheit machte sich zwischen uns breit. Ich machte mir Vorwürfe, daß ich seine Eigenliebe gekränkt hatte. Wahrhaftig, Sensibilität ist, wie das Elend, den kleinen Leuten vorbehalten.

Nach der Ablehnung deiner Unterlagen räumtest du die Hoffnung in eine Schublade und wartetest. Drei Jahre später wurdest du zu einem Spezialstudium zugelassen, und ein Jahr darauf warst du Oberstufenlehrer an höheren Schulen. Du gehörtest bereits zu den mittleren Führungskräften, die keinerlei Privilegien genossen. Wenigstens fühltest du dich in deiner Haut allmählich wohler. Von da an wohntest du in der Stadt und kamst mit 'Intellektuellen' in Berührung: Lehrern, Aufsehern, Direktoren..., die sich nur zu einem einzigen Vergnügen trafen: Saufen. Ihr Gerede war Altweibergewäsch. Wenn sie sich betranken, weichte ihre Tugend auf, und ihre mit Wein und Bier gefüllten Leiber verwandelten sich in groteske Hampelmänner. Schlaffe Körper, hingegeben dem Rauch der Zigaretten und dem Delirium. Aufgeschwemmtes Fleisch, das auf der Suche war nach irgendeiner Vision oder irgendeinem Vergessen.

Eine Falle war im Begriff, über dir zuzuschnappen. Die Falle der Dummheit und der Leere. Du hofftest, bei diesen Treffen etwas Interessantes zu finden. Einen kulturellen Beitrag, eine intellektuelle Bereicherung. Du fandest dort aber nur Enttäuschung. Eine Desillusionierung, verpackt in Zigarettenrauch und dem starken Geruch billigen Rotweins.

Diese Leute, deren Geist nicht über die Probleme des Sex hinausreichte, lehntest du ab. Die Alkoholdosis war entscheidend. Bei geringer oder durchschnittlicher Menge bedeutete das den Rausch der großen Männlichkeit; in hoher Dosierung die homosexuelle Versuchung. Du fühltest dich außerhalb der Welt, weit entfernt von deinem Leben und deinem eigenen Körper. Es gelang dir, dich von diesen abscheulichen, inhaltslosen und von Lachsalven und Weinkrämpfen durchlöcherten Nächten loszureißen. Du ließest diese Welt hinter dir und gingst deinen Weg allein weiter. Dein Ehrgeiz würde dir andere Horizonte eröffnen.

Dein jüngerer Bruder kam gegen Mitternacht heim. Er war betrunken. Deine Mutter sprang auf, um ihm das Abendessen aufzuwärmen. Er sprach mit niemandem. Er ließ sich auf ein Schaffell fallen und starrte auf die gegenüberliegende Wand. Deine Mutter war verlegen. In ihrer Verwirrung warf sie im Vorbeigehen irgendeinen Gegenstand um und entschuldigte sich unnötigerweise bei mir:

„Dieser Empfang ist deiner unwürdig! Bei Freunden und Feinden macht mein Sohn mir Schande. Früher war er nicht so. Er war die Perle des Hauses. Schau, was davon noch übrig ist! Seit man ihn der Schule verwiesen hat, ist er so. Mein Sohn, mein armer Sohn, sie haben seine Zukunft ruiniert und sein Leben zerstört. Gott lasse ihm Gerechtigkeit widerfahren!"

Beschämt erhob sie sich, und ich las auf ihrem verwüsteten Gesicht alle Enttäuschungen, die eine Mutter nur ertragen konnte. Sie wischte sich verstohlen zwei Tränen weg, kümmerte sich dann um ihn, zog ihm die Espadrilles aus und bettete ihn. Ich betrachtete diesen reglosen, ausgestreckten Leib und versuchte den Abgrund zu ermessen, der ihn von den Seinen, dem Leben, seinem eigenen Körper trennte. Die Stimme Lalla Rabhas drang aus dem anderen Zimmer zu mir herüber:

„Gott lasse ihm Gerechtigkeit widerfahren! Was wäre ohne Rahu aus uns geworden? Geh, *Ulidi!* Möge Gottes Segen Tag und

Nacht mit dir sein! Er erhelle dein Schicksal! Er lenke deine Schritte und erfülle dich mit seiner Gnade!"

Du verließest das Ministerium um viertel vor zwölf. Alle Beamten waren schon fortgegangen. Den Nachmittag verbrachtest du damit, deinen Zorn verrauchen zu lassen. Der folgende Tag war ein Feiertag. Am übernächsten Morgen kehrtest du zu Beginn der Bürostunden in 'das Schlachthaus' zurück. Als du dem *Schausch* die Hand drücktest, schobst du ihm einen Zehndirhamschein zu. Dir blieb keine andere Wahl. Aber diese Geste war dir möglich geworden. Unauffällig und ungeniert hattest du gehandelt. Du reihtest dich ein in den Haufen der Leichtfertigen. Die Wahl! Hat man jemals die Wahl? Nur an dich denkend, allem, sogar deinen Überzeugungen zum Trotz, vollzogst du eben eine schwerwiegende Handlung. Dachtest du einen Augenblick an jene, die nichts zu bieten hatten? Dein Verhalten sicherte dieses riesige Gerüst der Korruption, das die Menschen zu ihrem eigenen Verderben gebaut haben.

„Da ist dein Kaffee", sagtest du zu dem Mann. „Bring mir jetzt die Sache mit den Sekretärinnen in Ordnung!"

„Siehst du, mein Sohn", erwiderte die scheinheilige Stimme, „du hast zwei Tage für nichts verloren. Endlich! Was auf der Stirn geschrieben steht, muß das Auge unbedingt erkennen. Das ist Gottes Wille. Dem *Maktub* entgeht man nicht. Du hast hoffentlich etwas Bakschisch für sie eingeplant?"

„Ja."

„Gut, mein Sohn! Warte hier eine Sekunde auf mich! Ich werde sehen, was sich machen läßt..."

Er ging ins Büro, kam aber fast im selben Moment wieder heraus.

„Sie sind noch nicht da, mein Sohn! Wie spät ist es eigentlich?"

„Fünf vor neun."

„Das dachte ich mir. Es ist noch zu früh. Dreh noch eine Runde und komm etwas später wieder. Die öffentlichen Verkehrsmittel, du weißt ja. Zudem gehen die Geschäfte in letzter Zeit schlecht..."

Si H'mad rief mir die fernen Tage in Erinnerung, an denen ich ihm geholfen hatte. Beim Sprechen machte er weitausholende Gesten. Seine vertraute Stimme füllte die Backstube:
„Ich sah dich als meinen eigenen Sohn an! Gott ist Zeuge für das, was ich sage. Ich konnte nie Kinder haben, wohl eine Strafe des Himmels. Nicht eine meiner Frauen konnte mir dieses Glück schenken. Schließlich habe ich mich mit diesem unvollständigen Leben abgefunden. Ich habe aber immer an dich gedacht..."
Ich hätte ihm antworten mögen, daß ich den Vater nie als Glück empfunden hatte.
'Wenn er mein Vater wäre', dachte ich, 'hätte er sich dann nicht wie der andere verhalten? Hätte er mich nicht geschlagen und gedemütigt, um meine Erziehung zu gewährleisten, um mich zu drillen? Das Leben hätte mir vielleicht den Geruch des Knoblauchs, das Bild des Affen, das Blut der Läuse, den Urin der Nachttöpfe erspart... Wenn er mein Vater gewesen wäre, vielleicht wäre er nicht so weit gegangen, uns im Stich zu lassen, sondern hätte seine Pflicht als Ehemann und Familienvater erfüllt.'

Da du nicht gefrühstückt hattest, gingst du ins nächstgelegene Café und bestelltest einen Milchkaffee und Croissants. Auf gut Glück kauftest du eine Zeitung. Von den zwölf Seiten waren vier dem Sport vorbehalten, die Hälfte von ihnen nahmen Fotos ein. Vier weitere Seiten enthielten Werbung, zwei die Bekanntmachung von Auswahlverfahren in der Verwaltung und den Anzeigenteil. Auf den beiden verbleibenden Seiten wurde in mäßigem Französisch über die nationalen und internationalen politischen Ereignisse des Vortags berichtet.

Gegen halb zehn trafst du wieder ein am Ort des Wartens und der geschlossenen Türen. Als der *Schausch* dich kommen sah, eilte er dir mit einem Lächeln auf den Lippen entgegen:

„Schnell, mein Sohn! Die Damen warten seit einem Augenblick auf deine Rückkehr. Deine Angelegenheit ist nun geregelt. Gott entehre uns nie! Zeig dich ihnen gegenüber großzügig. Sie mögen die Moneten!"

Du warst sprachlos über den ebenso herzlichen wie überschwenglichen Empfang, der dir zuteil wurde.

„Seien sie willkommen, Sidi Rahu!" rief die klapperdürre Sekretärin und bot dir einen Stuhl an. „Wir haben Sie mit Ungeduld erwartet."

„Wissen Sie," sagte die zweite, „Sie dürfen uns wegen des gestrigen Mißverständnisses nicht böse sein! Wir waren mit den Nerven ziemlich am Ende. Meine Kollegin Aziza hat letzte Woche ihren Vater verloren. Sie verstehen..."

„Belästigen wir den Herrn Lehrer nicht mit unseren kleinen Unannehmlichkeiten! Er ist sicher in Eile. Bestimmt hat er wichtige Angelegenheiten zu erledigen. Womit kann ich Ihnen dienen, Herr Rahu?"

Dein weiteres Verhalten versetzte mich in Wut. Eine Geste der Feigheit. Ich verschloß die Augen vor deinem Brief, um nicht deine Schwäche sehen zu müssen. Als wir jünger waren, sagtest du immer wieder: 'Ein Übel heilt nicht das andere. Um unseren Platz zu verdienen, müssen wir kämpfen und uns dabei ehrlicher Mittel bedienen, denn wir haben unseren Stolz und unsere Würde zu wahren. Wenn wir, die Jungen, für unser Land nichts Gutes tun, werden sich die Leute zum Schluß selber auffressen. Wir müssen standhaft und entschlossen sein. Wir müssen nach vorn blicken. Hinter uns ist nur das Nichts. Vor uns liegt die Hoffnung auf eine neue Sonne...'

Und nun machtest du deinen ersten Bestechungsversuch, um zu verdienen, was dir rechtmäßig zustand, um zu deinem Platz an der Sonne zu gelangen. Du Unglückseliger!

An jenem Morgen las Aziza nicht, und Amina strickte nicht.

Die eine bestickte ein Bettuch mit Kreuzstichen, die andere flickte eine alte Männerhose.

Moulay Tayab verharrte lange in Schweigen. Ich betrachtete ihn aufmerksam. Er trug dieselbe *Dschellaba,* die ich zuletzt an ihm gesehen hatte. Er warf einen Blick zur Moschee hinüber und flüsterte mir zu:
 „Sie sind alle da!"
 „Wer?" fragte ich überrascht.
 „Die Raffgierigen!"
Ich verstand ihn nicht. Er fuhr fort:
 „Die Raffgierigen, diejenigen, die alles haben wollen. Hier und anderswo. Diebe, Lügner, Heuchler! Aber in Allahs Haus allgegenwärtig! Sie wollen den Schein wahren. Denn sie wissen, daß es der Schein ist, der sie bewahrt. 'Sie verkaufen den Affen und verspotten den, der ihn gekauft hat.' Wie soll da noch Regen fallen und die Erde Getreide hervorbringen!"
In diesem Augenblick erhob sich die melodische Stimme des *Muezzins,* der die Gläubigen zum Gebet aufrief.
 „Allahu akbar! Allahu akbar! La Illaha ill'Allah! Gott ist groß! Es gibt keinen Gott außer Allah!"
Das Geschrei der Scheinheiligen, vermengt mit dem der kleinen Leute, zum Lob des einzigen Gottes, drang von der Moschee zu uns herüber. Moulay Tayab deutete ein Lächeln an.

In deinem hartnäckigen Kampf ließest du dich durch kein Hindernis von deinem Weg zur Promotion abbringen. Von nun an war dein Weg vorgezeichnet, und mit der Unterstützung deines Betreuungslehrers, eines fähigen Mannes mit gutem Geschmack, schicktest du dich an, eine entscheidende Hürde deiner Laufbahn zu nehmen. Du legtest der Kommission, die mit der Auswahl der Kandidaten für ein Aufbaustudium im Ausland beauftragt worden war, dreimal hintereinander deine Unterlagen vor. In dem Erlaß war genau festgelegt, daß 'der Betreffende während dieses Spezialstudiums weiterhin regelmäßig in Marokko sein Gehalt von monatlich x Dirham bezieht, das über das Amt für Devisenangelegenheiten transferierbar ist.'

Du warst also aus Frankreich zurückgekommen, um bei den Behörden die für den Transfer deines Gehaltes erforderlichen Schritte zu unternehmen. Nicht im Traum stelltest du dir die Überraschungen vor, die auf dich warteten.

Alle Kinder des *Derb* umringten ihn, vor ihm stand eine leere Konservendose. Bald war sie mit Zigaretten gefüllt. Buschahda machte waagerechte Armbewegungen, um die Leere hinwegzufegen und gröhlte mit seiner Alkoholikerstimme. Er sah mich nicht herankommen. Ich lehnte mich mit dem Rücken an eine Mauer und hörte nur noch Buschahdas schrille Stimme:

„Er war klein, häßlich und eine Waise. Sie war groß, schön und aus wohlhabender Familie. Er ging mit großen Schritten voraus. Sie hatte Mühe, ihm zu folgen. Er konnte es kaum erwarten, bis sie in seiner Junggesellenbude ankamen. Sie wußte nicht einmal, warum sie gefolgt war, warum sie eingewilligt hatte, zu ihm nach Hause zu gehen. In seinem winzigen Kopf entwarf er eine mehr oder weniger genaue Strategie. Er würde ihr einen Tee anbieten. Er würde ein wenig von Freud und Reich sprechen, von der Emanzipation der Frau, der Gleichheit der Geschlechter und vor allem von der Freiheit jedes Menschen, über seinen Körper zu verfügen. Er war ein Phrasendrescher. Vielleicht hatte sie aus diesem Grund seine Einladung angenommen. Viele Annäherungsversuche hatte sie abgelehnt. Warum gerade er, diese Null voll hohler Worte, dieser Niemand, der sich von den anderen als Inhaber eines unerschöpflichen Wissens unterschied. Er wußte, daß er häßlich war und kompensierte dieses Minderwertigkeitsgefühl dadurch, daß er seine Umgebung mit Aphorismen und Zitaten, stereotypen Redewendungen und Klischees lästig fiel. Manchmal waren seine Sätze so vieldeutig, daß sie nichts mehr besagen wollten. Eine gelehrte Nullität."

Bevor der *Schausch* für die beiden Frauen warme Croissants holen ging, legte er ihnen ans Herz, sich gut um dich zu kümmern. Auf einem Tischchen in einem Winkel zwischen Schreibtisch und Schrank standen ein Gaskocher, eine Teekanne und Gläser. Ein Bund Pfefferminze lag auf einem staubigen Stuhl.
Einmal mehr erklärtest du den Grund deines Kommens und batest inständig, man möge das Verfahren beschleunigen.
„Dafür sind wir ja da!" sagte eine der beiden Sekretärinnen. „Es ist unsere Pflicht, Ihnen zu helfen. Sie benötigen jedoch einen Studiennachweis, aufgrund dessen wir die Bescheinigung für Sie ausstellen können. Nun, da wir uns verstanden haben, wird alles wie am Schnürchen gehen. Machen Sie sich keine Sorgen mehr, Si Rahu!"
Den Studiennachweis hattest du. Zum Glück. Du hieltest ihn der Sekretärin hin, die ihre übertrieben geschminkten Lippen zu einem unnatürlichen Lächeln verzog.
„Geht in Ordnung, Si Rahu! Ich werde Ihr Papier sofort tippen. Sowie der Chef da ist, bitte ich ihn, es zu unterschreiben. Kommen Sie gegen elf Uhr zurück, dann ist alles fertig!"

Lalla Rabha kam zurück und setzte sich mir gegenüber wieder hin. Sie erzählte mir von dem Eheleben Muluds und seiner Frau Farida. Ihrer Meinung nach war der Ehemann ein Sohn aus guter Familie und die Frau flatterhaft. Die Erklärung war einfach: Farida war auf die Schule gegangen. Sie war Beamtin, also finanziell unabhängig, mithin flatterhaft. Obendrein war sie eine *Fassi*, aus dem zynischen und engstirnigen Kleinbürgertum. Er war ein Berber. Als könnten sich Schwarz und Weiß verbinden! „Um gut angezogen zu sein, braucht man Maßkleidung", sagte deine Mutter zu mir. Sie war überzeugt, daß Mulud sich von Anfang an seiner Frau gegenüber nicht wie ein Mann verhalten habe. „Die Katze stirbt am ersten Tag." Aber Farida war keine Frau, die sich alles gefallen ließ. Trotz der heiligen Bande, durch die sie mit Mulud verknüpft war, wollte sie frei über sich und über ihr Geld verfügen. Ein schlechtes Beispiel für andere Frauen. Gewiß, Farida war eine Schönheit! Aber man brauchte nicht zu übertreiben. Sein Heim und seine Kinder vernachlässigen. Mit anderen Männern schlafen! Schande über sie! Sie jedoch fühlte sich wohl in ihrem Körper und Geist. Die Männer verehrten in ihr die extravagante 'Hure'. Die Frauen verachteten die Ehefrau und Mutter. Zwischen Familienleben und gesellschaftlichem Leben erfuhr Mulud die Zerrissenheit der Menschen, die ihren Platz nirgendwo haben. Für manche war er zu bedauern. Für andere widerfuhr ihm nur das, was er verdient hatte. Die Freunde erteilten ihm Ratschläge. Wenn es einem Mann an Autorität fehlte, wurde das Problem eine Angelegenheit der Gruppe. Die Verstoßung traf dann dreimal Muluds und Faridas Heim. Mulud fand ein wenig Würde wieder, blieb jedoch allein. Er kehrte in sein Elternhaus zurück, um bei seinem alten Vater zu leben. Farida erhielt das Sorgerecht für die Kinder und lebte bei ihrer geschiedenen Mutter. So konnte sie über ihren Körper verfügen, wie sie es für richtig hielt. Sie war nicht mehr verheiratet. Die Leute konnten sie unmißverständlich eine Hure schimpfen. Nie hatte sich jemand gefragt, warum sie so handelte. Für alle war ihr Verhalten verachtenswert. Sie hatte sich den Regeln der Gemeinschaft zu beugen. Ihre Verstoßung war eine Drohung, die über den Köpfen der Frauen hing, die versucht waren, ihrem Beispiel zu folgen.

„Das ist wirklich ärgerlich!" sagtest du zum *Schausch*. „Drei Tage mußte ich für dieses läppische Papier herumrennen. Und es ist noch nicht zu Ende."

„Danke Gott, mein Sohn!" antwortete der *Schausch*. „Es gibt Leute, die wegen eines Papiers seit Monaten herumrennen. Die werden es nie bekommen. Wo kommst du her, Si Rahu?"

„Aus dem Ausland!"

Da er es nicht gehört oder nicht verstanden hatte, erwiderte der Mann:

„Das ist ja gleich um die Ecke! Du kannst dich nicht beklagen, mein Sohn! Du bist ein gesegnetes Kind! Bedenke, daß Leute aus Oujda und Agadir kommen, um ihre familiären Verhältnisse in Ordnung zu bringen und unverrichteter Dinge wieder abziehen müssen. Man verweist sie von einem Büro zum anderen. Von Zimmer Nr. 13 zu 129, von 129 zu 78 und so weiter. Schließlich werden sie des Ganzen überdrüssig und gehen. Sie verstehen das Leben nicht. Ich gebe dir einen Rat, mein Sohn: Wohin du gehst, geh nicht mit leeren Händen!"

„Gott verabscheut dieses Verhalten, und ich begreife nicht, warum ein Mensch gefallen darin findet, seinen Bruder auszunehmen."

„Du täuschst dich, wenn du denkst, daß ich diesen Geldschein gern angenommen habe. Verfluche den Satan, mein Sohn! Ich habe auch meinen Stolz. Ich werd' dir etwas sagen! In einem Monat verdiene ich fünfhundertfünfzig Dirham. Ich zahle sechshundert Dirham Miete und habe sechs Kinder..."

„Und wie stellen Sie es an, um zu überleben?"

Der Mann lächelte:

„Wir leben dank der Großzügigen wie dir! Hin und wieder zehn Dirham, und das Leben geht weiter. Meine Frau arbeitet auch. Sie putzt bei meinem Chef. Meine drei Töchter habe ich als Hausmädchen bei Familien untergebracht. Das bringt etwas Geld ein, und ich brauche mich nicht um ihr Essen zu sorgen. Das Leben ist bitter geworden!"

Si H'mad sprach mir lange von der Zuneigung, die er für mich empfand. Er wußte, daß sein alter Traum ausgeträumt war. Ich war kein Kind mehr. Das Stadium der Schikanen und Demütigungen hatte ich überschritten. Den Staub und die Asche der

Backstube hatte ich hinter mir gelassen. Ich kam mir fremd vor. In dieser Stadt fühlte ich mich nicht wohl, denn ich verstand ihre Menschen nicht mehr. Unterwegs hatte ich meine Wurzeln verloren. Zu brutal hatte man mich aus diesem Boden gerissen, der sich meinem Aufbruch widersetzte. Sein und Nichtsein zugleich. Zuhause sein und doch auf der Durchreise. Ich saß in dieser düsteren Backstube, auf der Suche nach einigen Bruchstücken meinerselbst, nach dem, der ich gewesen war. Es war eine Art, mich zu verstecken und mir aus dem Weg zu gehen. Vor mir das Nichts. Hinter mir das von den Scherben meiner zersprungenen Kindheit verschüttete Leben. Bitterkeit und Angst waren da und die tötliche Stille der leidvollen Erinnerungen. Plötzlich bemächtigte sich meiner der furchtbare Zweifel früherer Jahre: 'Und wenn ich wirklich ein Bastard wäre?' Offen gestanden fühlte ich mich in unserem Familienstammbuch fehl am Platze. Obwohl es erst vor kurzer Zeit ausgestellt worden war, hatte es ein abgenutztes Äußeres. Genauigkeit war nie eine Hauptsorge der Familie gewesen. Offenbar war die Geburt eines Kindes keine wichtige Sache. Wir lebten wie anonyme Schatten. Staubige Schatten auf der Suche nach einem etwas größeren oder verrückteren Körper. Vor Scham schlichen wir dicht an den Hauswänden entlang, so sehr befürchteten wir, im Blick der anderen einen Vorwurf lesen zu müssen. Dort begann die Revolte: es zu wagen, den Blick zu einem Erwachsenen zu erheben. Anonym waren wir in unserem Körper und in unserem Wort. Wir mußten unsere Worte abwägen, unseren Groll zum Schweigen bringen, unsere Blicke Lügen strafen und unsere Gedanken zerstreuen. Und wir hörten nicht auf, unseren Kummer und unseren Haß vorzugsweise roh hinunterzuschlucken. Bis zu dem Tag, an dem die Zahl, einige Buchstaben und unleserliche Unterschriften unabdingbar wurden. Ich nahm eine ganze Seite im Familienstammbuch ein. Aber etwas störte mich am Schwung der mit schlechter Tusche schlecht gezeichneten Buchstaben. Mein Nachname, mein Vorname, mein Geburtsort und mein Geburtsdatum waren mit absurder Würde untereinander auf das vergilbte Papier geschrieben worden. Zwischen den Zeilen herrschten nur Unordnung, Gewissensbisse und Demütigungen. Die weißen Stellen auf dem Papier waren die Schatten unter den Augen, wo die Aggressivität einiger Mondjahre sich festgesetzt hatte. Geboren im Jahr 1370 nach dem Propheten. Monat, Tag und Stunde? Eine unbedeutende Bagatelle, ein Luxus, den man anderen überließ. Ich, ich war ein Mann und kein exaktes Geburtsdatum. Meinen Wert als Mann, meinen Wert als Araber, meinen Wert als Muslim hatte ich zwischen den Beinen. Was meine Schwestern betrifft, so trugen sie zwischen ihren Beinen die 'Ehre der Familie'. Für die einen die Männlichkeit, für die anderen die Ehre. Wir hatten alle eine bestimmte Aufgabe zu erfüllen, eine Grenze zu respektieren, einer Verpflichtung nachzukommen, eine Last unser Leben lang mit uns herumzuschleppen wie eine Schuld, eine Tugend, ein Privileg, eine Knechtschaft, eine Bürde gemischt aus Scham und Stolz...

Du glaubtest dich in einem Alptraum und begannst, an der Aufrichtigkeit des *Schausch* zu zweifeln.

„Warum suchen Sie nicht eine billigere Wohnung?" fragtest du ihn. „Dadurch könnten Sie an der Miete etwas sparen."

„Man möchte meinen, du kämst von einem anderen Planeten, mein Sohn! Wo sind heutzutage Wohnungen, die nicht teuer sind? Anfangs zahlte ich dreihundert Dirham im Monat. Vor sechs Jahren hat der Besitzer gegen mich prozessiert. Er verlangte eine Erhöhung. Der Richter entschied zu seinen Gunsten, und von da an zahlte ich vierhundert Dirham. Drei Jahre später hat er mich wieder verklagt, und man hat mir eine zweite Erhöhung um hundert Dirham aufgebürdet. Der Richter war kategorisch. Er hat zu mir gesagt: 'Entweder du bezahlst, oder du überläßt das Haus seinem Besitzer. Auch er hat Abgaben und Steuern zu bezahlen.' Dann stieg die Miete auf sechshundert Dirham. Ich weiß, daß das alle drei Jahre so sein wird. Ich bin es nun gewohnt."

„Aber hat dieser Richter nicht versucht, deine Lage zu verstehen und zu prüfen? Die Justiz muß im Dienst der Ehrlichkeit und der Billigkeit stehen. Es gibt doch Gesetze in diesem Land!"

„Die Justiz zählt nicht mehr, mein Sohn! Heutzutage macht das Geld die Gesetze. Der Richter läßt sich vom Besitzer schmieren. Da bin ich zwangsläufig der Verlierer!"

„Schmiere ihn doch auch, wenn dem nun mal so ist!"

„Daran habe ich gedacht, aber ich habe verzichtet. Zwischen dem, was der andere berappen kann, und dem, was ich ihm bieten kann, besteht wohl ein kleiner Unterschied..."

Er schaute auf die Uhr und fuhr dann fort:

„Gut! Es ist schon elf Uhr. Ich werde mich auf das Freitagsgebet vorbereiten."

Er erhob sich, öffnete die Tür des Büros und rief den Sekretärinnen zu:

„Ich geh mein Gebet sprechen, meine Töchter! Wenn der *Maalem* vor halb zwölf erscheint, sagt ihm, ich sei irgendwo im Dienst!"

„Du kannst ruhig sein", antwortete eine der beiden Frauen. „Du weißt doch, daß man ihn freitags fast nie sieht. Wir werden ebenfalls in fünf Minuten gehen. Es gibt nichts mehr zu tun."

Du fühltest, wie der Zorn in dir aufwallte:

„Wenn ich recht verstehe, wird mein Papier heute morgen nicht fertig!"

„Was uns anbelangt, so haben wir das Nötige getan. Sehen Sie selbst! Es ist gemacht. Es fehlt nur noch die Unterschrift. Kommen Sie heute nachmittag wieder! Vielleicht ist er dann da, und ich werde persönlich darauf achten, daß er es unterschreibt."

Andere Jungen hatten sich zu der Gruppe gesellt. Die Konservendose war nun voll Zigaretten. Ich entsann mich, daß Buschahda uns früher Geschichten erzählte, ohne etwas als Gegenleistung dafür zu verlangen. Triviale Geschichten. An der Art, wie er sie erzählte, hatte sich jedoch etwas geändert. Er spielte den Geistreichen, gab seinen Worten einen gewissen Stil, führte wissenschaftliche Begriffe ein. Er hatte sich weitergebildet. Die Wörter begannen, ihn zu überwältigen, sich ihm und den Umständen aufzudrängen wie Träume, die in einer Sonne eingeschlossen waren, wie Sterne, die er im Kopf der Kinder entzündete. Wörter, die den Riß in den eingeschüchterten Gedächtnissen etwas weiter öffneten, die Fragezeichen wie Hellebarden in den Boden des Schweigens rammten, die den Horizont für ein leuchtenderes Morgen vorbereiteten, da sie die Legenden töteten und die Angst, die Scham und die Ungewißheit vertrieben. Seine Stimme erhob sich wie die eines großen Lehrmeisters:

„Der Student und die Studentin gelangten unten am Gebäude an. Er voran, sie hinterher. Er trat mit dem Fuß gegen die Tür, die sich zu 'dem vernachlässigten Haus' hin öffnete. So nannte er seine Junggesellenbude, weil sie nie aufgeräumt war und die Tür kein Schloß hatte. Das Zimmer war dreckig, die Luft stickig, die Ausstattung geschmacklos. Einige Gegenstände lagen verstreut auf einem verschossenen Teppich herum. An der Wand stellte eine blonde Frau ihr teigiges Fleisch mit einem ordinären Lächeln zur Schau. Das typische Zimmer eines frustrierten Studenten. Ein riesiges Geschlechtsteil öffnete sein behaartes Maul, um nach allen erotischen Trieben der Erde zu schnappen. In der Ecke stand ein Bücherregal aus Korbgeflecht, gefüllt mit hochtrabenden, aber lächerlichen Titeln. Sie setzten sich auf den Rand der Matraze. Er machte ihr keinen Tee. Er sprach ihr nicht von der Gleichberechtigung der Frau. Seine Hand wagte sich auf das Bein des Mädchens, das unmißverständlich zurückwich.

„Und so was strebt nach Emanzipation!" knurrte der Student. „Ihr fordert Gleichberechtigung und haltet selber an den Traditionen fest. Eine Studentin im ersten Studienjahr, die nicht fähig ist mit den verinnerlichten Werten tabula rasa zu machen. Das ist enttäuschend! Durch Reden werdet ihr euch von den gesellschaftlichen Zwängen nicht befreien können. Ihr müßt zur Tat schreiten. Ihr müßt erwachsen werden und zu euren Entscheidungen stehen! Befreit euren Körper, wenn ihr wollt, daß euer Geist befreit wird!"

Der Fakir erhob sich abrupt, ging einige Meter und hielt dann an. Ratlos blieb ich sitzen. Mit ausgestreckten Armen kehrte er um, umarmte mich fest und brach in Schluchzen aus. Fünf Minuten zuvor hatte nichts auf eine solche Gemütserregung hingedeutet. Plötzlich löste er seine Umarmung und trat zurück. Seine laute Stimme übertönte alle Geräusche der Straße:

„Wir sind Kinder der engen Gassen! Hier geht die Sonne nicht auf. Geh, mein Sohn! Dein Platz ist nicht mehr hier. Warum willst du von nun an unter wandelnden Leichen leben? Laß die Leere denen, die die Leere verdienen! Schau nie hinter dich! Hier herrscht nun die längste Nacht. Despotisches Schicksal! Der Frühling? Schon vor Jahrhunderten haben wir vergessen, was das ist. Morgen die Sintflut. Wir leben in den trostlosesten Zeiten, in denen der Mensch je gelebt hat. Gott hat hierbei seine Hand im Spiel, mein Sohn. Verloren! Wir sind verloren, denn Ameisen bevölkern unsere Träume. Eines Tages wird Gott uns Gerechtigkeit widerfahren lassen. Eines Tages wird der Himmel einschreiten, um uns von uns zu befreien. Aber wann? Wir sind müde. Die Zukunft gehört denen, die sie machen. Über den *Schikhates* und dem billigen Rotwein haben wir unsere Gebete vergessen. Unsere Wunde quält niemanden mehr. Wir sind die Vergessenen der Geschichte, Löcher, in die Wüste gegraben und dann vergessen... Beschlagnahmt sind unsere Tränen, unsere Falten graben von Tag zu Tag tiefere Kerben in die Zeit. Geh, mein Sohn! Geh deinen Weg! Morgen, ich sage euch, morgen..."

An der Straßenecke bog Moulay Tayab ab und eilte Hals über Kopf davon.

Der Vorsteher kam nicht an jenem Nachmittag, auch nicht am folgenden Morgen. Am Montag schließlich geruhte der Mann, dein Papier zu unterschreiben. Du hattest vor dieser Heuchelei resigniert. Wie jedermann hattest du diese Art von unkontrollierter, unredlicher Schlamperei akzeptiert.

Mit deinem unterschriebenen Dokument gingst du zum Amt

für Devisenangelegenheiten, um dort deinen Transferantrag zu stellen. Das Schwierigste ist geschafft, dachtest du.

„Das sind zwar die Papiere, die du brauchst", sagte der Beamte des Amts für Devisenangelegenheiten mit einem herzhaften Gähnen. „Deine genaue Gehaltsbescheinigung muß jedoch vom Finanzministerium mit einem Vermerk versehen werden. Geh erst dorthin, und wir werden dann das Notwendige veranlassen!"

Du hattest das Gefühl, als bekämst du keine Luft mehr. Ein dicker Kloß saß dir im Hals und behinderte dich beim Atmen. Du packtest deine Papiere, eiltest aus dem Gebäude heraus, ranntest auf den Gehweg und erbrachst dich hinter einem Baum am Straßenrand. Die Passanten betrachteten dich mit Abscheu. Einige spien in deine Richtung: sie hielten dich für einen Trunkenbold, der seinen Rausch ausschlief. Mühsam richtetest du dich auf und verschwandest in der Menge wie ein Dieb.

Ohne die Hoffnung aufzugeben, machtest du dich noch am selben Nachmittag auf den Weg zum Finanzministerium. Gegen drei Uhr kamst du dort an. Man schickte dich von Büro zu Büro, von Stockwerk zu Stockwerk, von Sekretariat zu Sekretariat. Gegen halb fünf barg das Ministerium für dich kein Geheimnis mehr. Aber niemand wußte, wer für deine Angelegenheit zuständig war. Niemand war in der Lage, dir Auskunft zu geben. Wohin du gingst, man sagte dir: „Das fällt nicht in die Zuständigkeit unserer Abteilung. Wenden Sie sich an..." Eine halbe Stunde später waren die Büros leer, du würdest am nächsten Tag wiederkommen müssen. Die Taxifahrer kannten dich allmählich schon.

Der Zweifel ist furchtbar! Alles, was ich hatte, war ein lächerlicher Vorname, der an den Stimmbändern meiner französischen Lehrerinnen kratzte, mit diesem 'h' in der Mitte wie eine Fischgräte. In der letzten Grundschulklasse mußten wir, mein Bruder und ich, ein Geburtsdatum und eine Geburtsurkunde haben, um unsere Prüfungen abzulegen. Eine Woche lang hatten wir geweint.

Wir baten flehentlich. Unsere Mutter weinte mit uns. Unsere Tränen vermischten sich - und unser Haß.

„Die Schule!" sagte eines Tages der Vater zu uns, den unsere Tränen rasend machten. „Durch euer Lernen werdet ihr weder *Qaid* noch Pascha sein. Gar nichts werdet ihr sein. Ein Mann, das ist vor allem seine Arbeit. Aber ihr arbeitet nicht. Ihr geht bloß deshalb in die Schule, damit ihr mir nicht helfen müßt. In der Werkstatt ist für euch beide Platz. Aber eure Mutter sieht es lieber, daß ihr eure Zeit auf der Straße vergeudet. Ein Stammbuch! Das fehlte gerade noch! Was erfinden die noch alles, um uns auf die Nerven zu fallen?"

Wir hatten gerade zu Abend gegessen. Das Essen war fett und gut gewürzt. Zwei dicke Kalbsfüße mit Kichererbsen. Es war köstlich. Den einen Fuß hatte der Vater für sich genommen, den anderen hatten wir uns geteilt. Nach einem solchen Gericht wartete ich gern noch einen Augenblick lang mit dem Händewaschen. Meine Finger klebten aneinander, und es machte mir Spaß, sie voneinander zu lösen. Oft gelang es mir nicht, und dies ließ mich genau die Grenzen meiner Kraft erkennen. Mit einem abgebrannten Streichholz säuberte mein Vater sich die Zähne. Er gähnte sehr laut, und ich sah alle seine Goldzähne. Mich schauderte. Er war stolz auf seine Zähne.

Den Worten meines Vaters zufolge war ich kein Mann. Alles an mir war klein; ich hatte Probleme zu wachsen. Man muß sagen, daß ich Angst hatte. Angst, einem gewalttätigen Mann wie ihm zu gleichen. So wollte ich nicht groß werden. Ich brauchte noch die Zuneigung meiner Mutter, ihre Blicke, ihre Zärtlichkeiten und ihre Tränen.

„Du machst einen Schwächling aus diesem Jungen", sagte er ständig zu meiner Mutter. „So erzieht man einen Jungen nicht. Wenn er immer an deinem Rockzipfel hängt, wird er nie ein Mann werden. Laß ihn nach draußen gehen!"

Sein Verhalten war verständlich. Auch er war geschlagen und schikaniert worden. Er erfüllte seine väterliche Pflicht. Dafür konnte ihn niemand tadeln. Er befahl Hafid, ein Blatt Papier und etwas zum Schreiben zu holen. Der Augenblick war ernst, feierlich. Verblüfft wohnten wir der späten Geburt unseres Geburtsdatums bei.

Ich beugte mich etwas zur Seite und sah Buschahda nicht mehr. Er saß auf dem Boden. Nur seine Stimme drang über den Kreis, den die Jungen um ihn gebildet hatten. Er fuhr in seiner Geschichte fort:
„Die Studentin senkte den Blick. Fünf Minuten später lag sie auf der nach Schimmel und Sperma stinkenden Matraze. Sie schloß die Augen und hielt den Atem an. Sie hatte Lust, sich zu erbrechen, in diese Zunge zu beißen, die unter die ihre glitt, und diesen Speichel wieder auszuspucken, den der andere sie ungeschickt zu trinken zwang. Eine tastende Hand suchte verbissen nach ihrer Unterwäsche. Sie verkrampfte sich. Er fingerte weiter. Trotz ihres Ekels ließ sie es geschehen. Diese fieberhafte Suche ermüdete sie. Um dem ein Ende zu machen, riß sie sich selbst den Slip herunter. Der andere kam mit seinem ganzen Gewicht über sie. Sie fühlte, wie etwas Hartes sie zwischen den Beinen kitzelte und wie gleichzeitig eine dumpfe Revolte in ihrem Innersten grollte. Das Ding berührte schließlich ihre empfindlichste Stelle. Sie biß die Zähne zusammen, um nicht aufzuschreien und klammerte sich an einen Zipfel des Bettlakens. Ein gewaltiger Schmerz überwältigte sie. Alles an ihr brannte. Ihr Körper war eine Wunde, die blutete, die weinte, die sie beschämte. Sie schluckte ihre Tränen herunter. Als sie die Augen aufschlug, erinnerte sie sich an die Ermahnungen ihrer Mutter:
'Du bist mein Augapfel, die Perle der Familie. Alle Nachbarn loben dein Benehmen. Dein Vetter Hamid schätzt dich und steht deinen Reizen nicht gleichgültig gegenüber. Er hat ernste Absichten. Er ist ein großer Rechtsanwalt. Etwas Besseres kann man nicht finden. Auch der Arzt, der um deine Hand angehalten hat, ist wiedergekommen. Du wirst nur einen Rechtsanwalt oder einen Arzt heiraten. Ich möchte für meine Tochter eine gesicherte

Zukunft. Was willst du denn in Rabat? Das Studium ist nur für jene unerläßlich, die über keine guten Beziehungen verfügen. Da du das Abitur hast, wird dein Onkel Abderrahman leicht eine gute Stelle in einer Bank oder einer Versicherung für dich finden. Denk darüber nach, meine Tochter! Warum willst du dich von deiner Mutter trennen, die dich liebt und nur dein Bestes will.'..."

In dem Bus, der dich zum Bahnhof brachte, fiel dir eine Frau auf, die mit einem Korb zwischen den Füßen und einem Säugling auf dem Rücken stehen mußte. Auf dem Sitz neben ihr rauchte ein Flegel eine Zigarette und kaute Kaugummi, den Hintern eingezwängt in eine verwaschene und geflickte Jeans, auf dem Kopf eine schwarze Mütze und eine dicke Kette um den Hals. Mit Mühe bahntest du dir einen Weg bis zu der Frau. Du beugtest dich über den Flegel und fordertest ihn unauffällig auf, der armen Frau den Platz zu überlassen. Der Kerl zog ein Schnappmesser aus der Tasche, und die Klinge schnellte hervor, fein, blank, spitz wie eine Nadel. Ohne dich eines Blickes zu würdigen, begann er, mit dem groben Zeigefinger seiner rechten Hand über die Klinge des Messers zu streichen.

„He, du Hinterwäldler", sagte er, „ich seh genau, daß du Streit suchst! Willst du sie hinter meinem Rücken anmachen? Wenn du Mitleid mit ihr hast, brauchst du ihr nur ein Taxi zu bezahlen. Sie fordern Gleichberechtigung. Dann sollen sie auch Verantwortung übernehmen. Sie wissen wohl nicht, daß sie immer im Sitzen pinkeln werden! Ich geb' die einen Rat, du Hinterwäldler: Misch dich nic in etwas ein, das dich nichts angeht! Steig an der nächsten Haltestelle aus, Hinterwäldler, wenn du nicht willst, daß ich dir die Zähne einschlage und dir die Farbe deiner Gedärme zeige, kapiert?"

Als du aus dem Bus ausstiegst, hattest du weder Armbanduhr noch Brieftasche mehr.

Die Worte des Fakirs dröhnten mir im Gedächtnis, und seine Stimme besetzte meinen ganzen Körper. Von ihrem Gewicht erschlagen, hatte ich nicht mehr die Kraft aufzustehen. Die Erde zog mich an. Eine Leere höhlte das Innere meines durchsichtigen Leichnams aus, und der Tod zeichnete sich klar vor meinen Augen ab. Die Lehmmauern kamen auf mich zu und stürzten über meinem benommenen Kopf zusammen. Unter die Trümmer drang noch immer die Stimme des Fakirs, laut, tief, verfolgte sie mich.

Si H'mad sprach, und meine Angst verflog:

„Gott leite uns auf dem Weg der Weisheit! Niemand hat im Leben das gefunden, was er gewollt hätte. Allah führe uns ins Licht! Es gibt Dinge, die einem das Herz zerreißen. Gottes Fluch treffe die Ungerechten! Ich hatte eine Vorahnung. Unsere Vorfahren sagten es: 'Allah gibt Kichererbsen nur denen, die keine Zähne haben!' Als könnten die Finger ersetzt werden. Die Kinder sind die Freude und der Reichtum auf dieser Welt."

Worauf wollte Si H'mad mit seinen Parabeln und seinen Sprüchen hinaus? Der kleine Lehrling machte sich eifrig an den Brotbrettern zu schaffen. Die Bewegungen erinnerten mich an meine, als ich in seinem Alter war. Ob Si H'mad die Absicht hatte, meine Wunde wieder zu öffnen? Nein! Ich würde es nicht zulassen. Ich hatte mir geschworen, diesen Schlamm, in dem meine alten Erinnerungen ruhten, nicht mehr aufzuwühlen. Wozu auch?

Nach einem zweitägigen, ununterbrochenen Marathonlauf gelang es dir am späten Nachmittag des dritten Tages, den Vertreter des Finanzministeriums festzuhalten, der für die Unterzeichnung besagter Papiere zuständig war. Wie gewöhnlich wurdest du sehr kühl empfangen. Der Mann drückte auf einen Knopf, und eine kleine, rote Glühlampe leuchtete vor ihm auf. Eine recht schöne, junge und elegante Sekretärin erschien. Der Mann setzte ein seliges Lächeln auf, als er ihr die Dokumente übergab:

„Für den *Maalem!*" sagte er zu ihr.

Mit ihren Augen, ihrem Körper und ihren Bewegungen versuchte sie, ihm zu gefallen, ihn herauszufordern. Du spürtest zwischen diesen beiden Personen, die deine Gegenwart ignorierten, ein großes Einverständnis, und du fühltest dich fehl am Platz.

„Wie fandest du meine Wahl von gestern abend?" fragte der Mann.

„Prächtig! Ich war noch nie an einem so schicken Ort."

„Hat dein Mann nichts gesagt, als du heimgekommen bist?"

„Der kann mich mal!"

Du errötetest vor Scham. Um sie nicht verlegen zu machen, senktest du den Blick. Die junge Frau fuhr indessen fort:

„Er hat bis zu meiner Rückkehr den Jungen gehütet. Ich hatte ihm gesagt, ich sei auf der Hochzeit einer Freundin."

„Diese Hochzeit droht sich recht häufig zu wiederholen", sagte der Regierungsbeamte. „Damit wird er sich abfinden müssen."

„Mach dir darüber keine Sorgen! Wenn er nicht zufrieden ist, braucht er nur zu gehen. Er ist zu feige, um mich zu verlassen. Er weiß, daß ich ihn nicht liebe. Man hat mich zu der Heirat mit diesem Mann, der mein Vater sein könnte, gezwungen. Anfangs habe ich mir alles gefallen lassen, weil ich vom Leben nichts wußte. Nun weigere ich mich, mein Leben in seinem zu begraben. Er hätte nur eine Frau in seinem Alter zu heiraten brauchen."

Gegen deinen Willen verfolgtest du die Unterhaltung und tatest dabei so, als wärst du mit deinen Gedanken anderswo. Du sahst in deinen Papieren nach, schautest auf die Spitzen deiner Schuhe, betrachtetest die Möbel. Du entdecktest auf dem dicken Teppichboden ein Haar, bemerktest die Feuchtigkeit in den Ecken... Du warst beeindruckt von dem prachtvollen Mobiliar und den vielfältigen Apparaten, die als Zeichen großer Verantwortung auf dem Schreibtisch standen. Auf dem Mahagonimöbel lag eine dicke Rauchglasscheibe, die farblich zu dem Teppichboden und dem ledernen Schaukelstuhl paßte, den der Mann seit deiner Ankunft unaufhörlich knarren ließ. Der große Luxus dieses Ortes blendete dich, dieser Geschmack, der sich in der Ausstattung zeigte, dieser Einfallsreichtum bei der Anordnung der Gegenstände. Andererseits kam dir das Ganze oberflächlich vor. Du entsannst dich eines

Sinnspruches von zu Hause: 'Wie du, der du ein schönes Äußeres hast, wohl im Innern sein magst?'

Ehe die Frau verschwand, lächelte sie ihrem Vorgesetzten breit und voller Zufriedenheit zu.

„Ruf mich wie gewöhnlich an!" befahl dieser mit fröhlicher Stimme.

Lalla Rabha kämpfte mit dem Schlaf, der ihr die Augenlider immer schwerer werden ließ. In ihren trübsinnigen Worten reiste ich umher wie früher in denjenigen meiner Mutter. Mir gegenübersitzend, die Augen voller Hoffnungslosigkeit, lud sie mich an Bord ihrer bewegten Vergangenheit. Ich faßte sie bei der Hand. Sie nahm mich beim Wort. Bei jedem Satz, bei jedem Wort taumelten wir. Mehrere Male wäre ich fast dem Wahnsinn verfallen. Der Wörter wegen, der Nacht wegen. Das Leben brauchte mich, und ich brauchte all meine Hellsichtigkeit, um seine Schrecken zu bezeugen. Das Leben strich dahin als fahles Gesicht und durchlöcherte unsere Träume. Unsere Hoffnungen lagen auf der Erde verstreut, vermischt mit dem Staub der Straßen. Staub. Nur Staub waren wir und ein erschöpftes Wort.

Ich beobachtete das lautlose Vorrücken der Nacht. Aus der Finsternis brachen verzweifelte Worte. Mir gegenüber öffnete sich die Mauer wie ein Sarg, um, durch das Vergessen oder den Schlaf, die Hoffnung auf irgendeine Aussöhnung zu verschlingen. Zu sehr lastete die Müdigkeit auf mir. Lalla Rabha sprach, aber ich hörte sie nicht mehr. Mein Geist war woanders, in einem niedrigen Haus mit feuchten Mauern, mein Körper ertrunken im Fleisch meiner ersten Prostituierten. Auf der Jagd nach einem anderen Ich, auf der Suche nach dem Vater und der Erlösung.

Lalla Rabha kämpfte noch immer mit dem Schlaf. Aber beladen mit zu vielen schmerzlichen Erinnerungen weigerten sich ihre Lider, sich zu schließen.

„Wer bist du und was willst du?"

Du erhobst dich, gabst deine Personalien an und packtest deine Papiere vor diesem Mann aus, an dessen Bedeutung gar kein Zweifel bestand. Zaghaft begannst du mit deinen Erklärungen: „Ich komme mit der Bitte zu Ihnen, Monsieur,..."

Das Telefon läutete. Der Beamte des Finanzministeriums nahm den Hörer ab und vertiefte sich in ein langes Auslandsgespräch:

„Hallo! Aus Kanada? Bist du es, El Ghadi? Wie geht es dir? Bist du bei guter Gesundheit? Ist alles in Ordnung? Das ist ja prächtig! Weißt du, gestern habe ich dich nicht erreichen können. Wahrscheinlich eine Störung im Fernmeldedienst. Du weißt ja, wie das ist. Deinen Bruder habe ich letzten Samstag bei Saids Verlobung gesehen. Ich habe ihm gesagt, er könne jederzeit kommen, um mit dir zu telefonieren. Du brauchst mir nicht zu danken. Das ist meine Pflicht. Ich zahle nichts aus der eigenen Tasche, weißt du. Sag mal! Ist es bei euch immer noch so kalt? Minus zwanzig! *Yalatif!* Da müssen euch ja die Eier einfrieren! Hier ist wunderbares Wetter, die Sonne brennt wie im Sommer. Die Leute sind am Strand. Dieses Jahr werden wir verwöhnt. Regen? Weißt du, wenn es nach mir ginge, brauchte er nie zu fallen! Die armen Leute? Was habe ich mit denen zu tun? Was glaubst du wohl... Die mögen verrecken!..."

Wie ein Dummkopf standest du da, den Zeigefinger auf einen Satz der Verordnung gerichtet: '...sein Gehalt von monatlich x Dirham transferierbar durch das Amt für Devisenangelegenheiten.' Der Mann führte seine überschwengliche Plauderei weiter und ignorierte deine Anwesenheit.

„Sag mal! Wie findest du die Kanadierinnen? Sind sie auch so kalt wie ihr Klima? Ich kenne dich, *Al Afrit!* Du und deine Heldentaten, gegen dich ist der Satan ein Dilettant. Nein! Ich habe nichts von unserer Jugendzeit vergessen. Den Dreck, die nackten Füße... Was glaubst du wohl! Sicher ist es dort besser! Du hast Glück! Nütz es aus! Wenn du zurückkommst, werden wir etwas anderes für dich finden, um dich irgendwohin zu einem Lehrgang zu schicken. Mach dir keine Sorgen! Dazu sind wir ja da. Gott erhalt's uns! Die Kälte? Die ist mir schnuppe, es gibt ja Mädchen und Whisky. Sag mal! Wieviele hast du schon umgelegt? Sind sie schön?"

Der Vater legte das Blatt Papier auf den Tisch und feuchtete die Bleistiftmine mit der Zunge an. Wir erwarteten das Verdikt des Himmels. Ich versuchte, meinem Fleisch, meinen skelettartigen Gliedern eine Zahl zu geben. Ich schaffte es nur, weiter in der Ungewißheit zu versinken. Vor oder nach der Überschwemmung? Zur Zeit der Heuschreckenplage? An irgendeinem Tag wurde ich geboren. An einem Freitag oder einem Sonntag. Das hatte keinerlei Bedeutung. Am Tag oder in der Nacht. Was würde das ändern?
„Wieviel geben wir dem?" fragte mein Vater.
Mit 'dem' meinte er Hafid. Für den Vater hatten wir keinen Vornamen. Wir existierten für ihn nur als Figuren. Unsere Anwesenheit bemerkte er nur dann, wenn er uns eine lästige Arbeit auftragen, seine Wut an uns auslassen und uns darauf hinweisen konnte, daß wir ihn ruinierten, da wir zu viel aßen.
Meine Mutter tat so, als überlegte sie und warf eine Zahl hin: „Gib ihm zehn Jahre!"
Sie wußte ganz genau, daß ihre Meinung nicht zählte, und daß er, selbst wenn sie dieselbe Zahl wie er gewählt hatte, diese ändern würde, um uns und sich selbst zu beweisen, daß er der Herr war.
Sowie Mi ihren kleinen Satz gesagt hatte, klemmte der Vater den Bleistift hinter das Ohr und brauste auf:
„Also ehrlich! Bist du bekloppt? Seit sieben Jahren ist er in der Schule. Wir konnten ihn doch nicht mit drei Jahren dorthin schicken! Überleg doch, Frau, ehe du Dummheiten sagst!"
In der Reihenfolge unserer Geburt standen wir vor ihm. Vier starre Schatten, als entscheide sich unser Los gerade in diesen schicksalhaften Augenblicken. Als sollten wir erneut geboren werden.
„Nein!" sagte er. „'Dem' gebe ich vierzehn Jahre. Er ist an dem Tag geboren, an dem man Si Bekkari in Sefru zum Pascha ernannt

hat. Ich erinnere mich sehr gut an diese Begebenheit. Ich weiß nicht genau, in welchem Jahr, aber das ist unwichtig. Was zählt, ist das Ereignis. Sagen wir vierzehn Jahre!"

Gott persönlich hatte gesprochen. Mein Bruder senkte die Augen. Zusätzlich zu seinem Nachnamen und seinem Vornamen hatte der Vater ihm gerade ein Geburtsdatum in seinen kleinen Kopf eingeprägt.

Nach einer Pause erhob sich Buschahdas Stimme von neuem. Die Zuhörer lauschten, ohne alles zu verstehen. Sie waren aus Gewohnheit da. Buschahda nahm in ihrem Leben einen wichtigen Platz ein. Indem er sie mit Worten erfüllte, die im Innersten eines jeden gleich einem Gong widerhallten, brachte er sie zum Träumen. Trotz seiner Lage als verachteter Arbeitsloser, hatte er das Privileg, über alles lachen zu dürfen. Er gab den Wörtern eine Kraft, die das Schweigen brach und den bedrohlichen Schatten der Vorurteile und der Intoleranz vertrieb. Jedes Wort seiner düsteren Geschichte trug die Trauer über eine Zerrissenheit und den Zorn eines verletzten Gedächtnisses in sich. Indem er die Erde um den Schlaf brachte, erduldete er seinen Tod. Sein Echo verwirrte die schuldigen Gedächtnisse. Die Wunde blieb offen.

„Die Studentin unterdrückte einen Schrei", fuhr Buschahda fort. „Das Laken war blutbefleckt. Der andere lag auf ihr und schlief wie ein Stein. Es gelang ihr, sich von dem reglosen Körper zu befreien, und sie wischte sich mit dem Taschentuch ab. Dann ging sie hinaus.

Passanten starrten sie an. Sie verbarg ihren Unterleib mit der Hand. Ekel überkam sie erneut bei dem Gedanken an ihre Ausschweifung. Wenn man bedenkt, daß die anderen die Sache genußvoll fanden! Ihre Mutter hatte sie immer vor diesen Unanständigkeiten gewarnt, die einige Dummköpfe priesen. Ihre Mutter hatte recht. Die Liebe war eine Schweinerei. Sie würde es nicht noch einmal machen. Sie fühlte sich erstickt, als wäre die ganze Straße von ihrem Blut überschwemmt. Bei jedem Schritt drehte sie sich um, um sich zu vergewissern, daß sie keine Blutspur hinterließ.

'Meine Tochter, gib auf deine Ehre acht', hatte ihre Mutter gesagt, 'und schütze dich vor den Kindern des Ehebruchs! Dort wirst du dir selbst überlassen sein. Erweise dich also des Vertrauens würdig, das dein Vater und ich in dich gesetzt haben. Denk an das, was ich dir sage: Alle Männer sind Verräter. Schenke ihnen nie dein Vertrauen! Ich denke an dein Glück. Ich lasse dich gehen, weil ich weiß, daß du vernünftig bist und daß ich nichts zu befürchten brauche. Im übrigen habe ich deinen Vetter beauftragt, dort auf dich aufzupassen. Adieu, meine Tochter! Und möge Gott dich beschützen!'

Der Taxifahrer, der sie in das Studentenwohnheim zurückbrachte, lachte vor sich hin. Wahrscheinlich hatte er es erraten."

Das Telefongespräch zwischen dem Regierungsbeamten und Kanada dauerte schon eine gute halbe Stunde:

„Auf Wiedersehen, El Ghadi! Paß gut auf dich auf und laß kein Loch aus! Gott würde dich deswegen am Tag des Jüngsten Gerichts tadeln. Bis morgen um die gleiche Zeit! Gib den Kanadierinnen einen Kuß von mir! Vergiß mich nicht! Schick deinem Bruder eine ganz junge und ganz frische Möse aus Kanada!"

Der Beamte des Finanzministeriums brach in schallendes Gelächter aus, ehe er auflegte. Dann schwenkte er auf seinem Stuhl herum, drehte sich mit dem Gesicht zur Wand, neigte den Kopf nach hinten und verlor sich in einem unschwer zu erratenen Traum. Du mußtest warten, bis die Wolke sich auflöste, um in deinen zaghaften Erklärungen fortzufahren.

Kaum hattest du den Mund geöffnet, da klingelte schon wieder das Telefon. Der bedeutende Mann führte den Hörer ans Ohr, und es entspann sich eine Unterhaltung mit Washington. Sie war genau so wort- und aufschlußreich wie die erste und genauso lang.

Nach Washington kam Paris an die Reihe. Vor allem von den

Frauen von Pigalle und Barbès war die Rede. Vom Wetter wurde auch gesprochen, aber sehr wenig.

Als der Beamte den Hörer auflegte, war es eine halbe Stunde nach Mittag.

„Komm heute nachmittag wieder!" befahl er dir. „Ich werde sehen, was ich für dich tun kann."

Da du auf deinem Anliegen beharrtest, erhob er sich plötzlich und fuhr dich an:

„Komm heute nachmittag wieder, sag ich dir! Verstehst du kein Arabisch, oder was? Muß ich dir eine Zeichnung machen? Hast du schon einmal einen Beamten außerhalb der Dienstzeit arbeiten sehen?"

Er schob dich hinaus und schloß die Tür seines Büros. Im Gang begegnete dir die junge Sekretärin, die sich in den Hüften wiegte.

„Ein Jahr danach", fuhr Buschahda fort, „heiratete die Studentin ihren Vetter, den Rechtsanwalt. Man schlachtete Schafe und Hühner. Die ganze Stadt wurde eingeladen, damit jeder Zeuge der Tugend und Ehre der beiden Familien sein konnte. Einige böse Zungen hatten infame Behauptungen über die Unbeflecktheit des Mädchens in Umlauf gebracht. Seine Mutter hatte dies in Empörung versetzt. Sie bestand darauf, die Hochzeit so bald wie möglich mit viel Prunk zu feiern. Die Leute sollten mit eigenen Augen sehen.

In der Hochzeitsnacht warteten die Männer und Frauen besorgt. Trotz des Lärms der *Derbukas* und den schrillen *Yu-Yus* konzentrierte sich die Aufmerksamkeit auf eine Tür, auf einen Schrei. Die Minuten wurden zu Ewigkeiten. Weinend ging die Mutter der Braut im Gang ungeduldig auf und ab. Der Schrei hing in der Luft. In ihrer Vorstellung lagen die Eheleute bereits in einer Blutlache. Allmählich wurde die Menge unruhig. Man flüsterte. Man stellte sich Fragen. Grimassen zeichneten sich auf den mißgünstigen Gesichtern ab. Der Vater der Braut hatte den Ort verlassen und das Schicksal verflucht, das ihm eine Tochter gegeben hatte, die unfähig war, ihre Bestimmung zu erfüllen. Von Zeit zu Zeit lag tödliches Schweigen über dem Fest. Kein Laut drang aus dem anderen Zimmer. Die Mutter der Braut flehte zum Himmel, er möge ihr diese Schmach ersparen. Sie würde verstoßen werden, wenn die Tochter gegen ihre Ehre verstoßen hätte."

Die Kinder lauschten mit angehaltenem Atem. Buschahda war aufgestanden und fuchtelte mit den Armen in der Luft herum. Einige Erwachsene waren stehengeblieben, um der Geschichte zuzuhören. Buschahda fuhr mit seiner Erzählung fort:

„Plötzlich, ein Schrei! Alle waren erlöst. Die Mutter weinte vor Freude. Man holte den Vater, um ihn zu beruhigen und zu beglückwünschen. Das war das Ende des Alptraums. Eine Tür wurde zaghaft einen Spalt weit geöffnet und ein blutbeflecktes Tuch herausgehalten. Schreie und *Yu-Yus* ertönten. Die Gäste fanden die Sprache wieder. Freudengesänge ließen Kehlen voll Wein und Müdigkeit anschwellen. Die Mutter der Braut zeigte allen das Blut ihrer innig geliebten Tochter. Mit einem strahlenden Lächeln nahm sie die Glückwünsche entgegen. Der Vater vollführte einen rasenden Freudentanz in dem großen Zimmer inmitten der Gäste. Seine Ehre war unangetastet geblieben."

Buschahda verstummte. Die Kinder warteten ungeduldig. Nach einem Augenblick des Nachdenkens hob Buschahda die Arme zum Himmel und sagte:

„Gott verfluche die Naiven! Für Leute, die Geld haben, ist nichts unmöglich. Die Medizin vollbringt Wunder. Und für die Bedürftigen gibt es Hühnerblut und die Zeit der Periode..."

Ohne Zögern akzeptierte Mi Vaters Argumente. Wie hatte sie den Amtsantritt von Pascha Bekkai vergessen können? Für sie bestätigte dieses Versäumnis ihre Minderwertigkeit ihrem Mann gegenüber. Er vergaß nichts. Wenn auch unser Geburtsdatum nicht wichtig war, Si Bekkais Ernennung war es. Der Vater ließ noch immer die Mine seines Bleistifts über das Blatt spielen und erklärte in drohendem Ton:

„Den anderen gebe ich jeweils ein Jahr mehr. Ich werde sagen, daß sie alle in Sefru geboren sind. So werden wir mit den Geburtsurkunden keine Probleme haben. Ein Jahr Abstand, das ist angemessen."

Dann, nach einer Weile:
„Und du, welches Alter gebe ich dir?"

Mi fuhr hoch. Ihr Alter? Ehefrau mit vierzehn Jahren, Mutter mit fünfzehn; sie hatte leere Jahre angehäuft, ohne sich je Fragen zu stellen. Welche Zahl würde der Vater ihr auf die vorzeitig erschienenen Falten prägen? Ich betrachtete Mi und bemerkte ihre Verlegenheit. Sie sagte nichts, schlug lediglich die Augen nieder. Sie überließ es dem Vater, ihrem Leben ein Alter zu geben. 'Wie lange liegt das alles schon zurück!' mußte meine Mutter denken. Eine alte Geschichte.

Der Vater kritzelte einige Zahlen auf das Blatt, das er in seiner Tasche verschwinden ließ. Er warf den Bleistift auf den Tisch und ging zu Bett. In jener Nacht konnte ich keinen Schlaf finden.

Geraume Zeit danach erhielten wir das Familienstammbuch. Der Vater betrachtete es lange und gab ein schmeichelhaftes Urteil zu seinem Paßfoto ab, das oben auf der zweiten Seite klebte. Der Gesichtsausdruck war gut, die Pose perfekt, der *Tabusch* ein wenig zur Seite geneigt. Meine Mutter war auf derselben Seite wie mein Vater: er oben, sie unten. Ihr Schicksal war mit dem dieses Mannes verbunden. Fürs Leben.

Das Buch gelangte schließlich in meine Hände. Es roch nach Lüge. Ich öffnete es zuerst bei dem Foto, um einen Wutanfall meines Vaters zu verhindern. Ich wies darauf hin, daß bei den Daten ein Irrtum unterlaufen sei. Im Buch war der Vater viel jünger als meine Mutter. Wütend riß er mir das Dokument aus der Hand und schloß es in den Schrank ein.

„Sie haben sich geirrt, die Dummköpfe!"

Der Vater hatte sich an Mi und am Schicksal gerächt. Er hatte seine Jugend im Vergleich zu seiner Frau offiziell bestätigen lassen. Mi war überzeugt, daß dem so sei. Das Wort des Mannes oder das der öffentlichen Verwaltung konnte sie nicht in Zweifel ziehen. Ich war angewidert. Das hatte er absichtlich getan, um meine

Mutter herabzusetzen, um sie zu demütigen. Bei dieser Gelegenheit hatte er auch uns durch sie gedemütigt. Seit jenem Tag nannte er Mi 'die Alte' und uns 'Kinder der Alten'.

Als du am Nachmittag wiederkamst, wartetest du bis halb fünf Uhr auf die Rückkehr des Beamten des Finanzministeriums. Diesmal hieltest du, zu allem bereit, den bedeutenden Mann im Gang an und erklärtest ihm haarklein den Grund deines Kommens.

„Wir bedauern", sagte die europäisch gekleidete und mit einer Krawatte geschmückte Person. „Hättest du es mir heute morgen gesagt, hätte ich dich nicht wegen nichts wiederkommen lassen. Diese Art von Dokumenten dürfen per Ministerialerlaß bis auf weiteres nicht mit einem Vermerk versehen werden, da es Meinungsverschiedenheiten zwischen Kultus- und Finanzministerium gibt. Nächste Woche haben wir zu diesem Thema eine Konferenz. Komm in ein oder zwei Wochen wieder! Bis dahin hat man uns vielleicht die Weisung gegeben zu unterzeichnen... Was machst du in Frankreich?"

„Ich schreibe an meiner Doktorarbeit."

„Pfff! Was ist denn mit euch los, daß ihr alle eine Doktorarbeit schreiben wollt? Laß dir einen Rat geben: Kehr an dein Gymnasium zurück und geb dich mit dem zufrieden, was du hast! Gott liebt die Unersättlichen nicht! 'Wer den Honig will, ertrage die Stiche der Bienen!'"

Enttäuscht von der Geschichte gingen die Kinder in kleinen Gruppen auseinander, wobei sie die Studentin beschimpften und sie eine Hure nannten. Buschahda erblickte mich. Er deutete ein Lächeln an, besann sich dann aber anders. Mit einer ruckartigen Bewegung ergriff er die Konservendose, die er unter seiner löchrigen und geflickten Jacke verbarg. Er tat so, als kenne er mich nicht und machte sich aus dem Staub. Ich beschleunigte meine Schritte. Zehn oder fünfzehn Meter weiter hatte ich ihn eingeholt. Ich faßte ihn am Arm und nötigte ihn auf diese Weise, stehenzubleiben. Er wandte sich mir zu und äußerte mit grundlosem Groll:

„Immer müßt ihr zurückkehren! Ich sehe ihn, diesen grausamen Stolz in eurem Blick. Ihr seid vor der Not gefeit, seid gut gekleidet... Und kommt zurück, um uns an unsere Sinnlosigkeit zu erinnern. Laßt uns in Frieden! Ihr habt euch ja entschieden, wegzugehen! Und dennoch werdet ihr alle eines Tages zurückkommen, endgültig. Auch ich war fort, wie ihr. Lange Jahre. Ich glaubte mich sicher. Aber das Schicksal belauert euch. Beim geringsten Fehltritt rafft es einen dahin. Erinnere dich! Ich war Motorradfahrer bei der Polizei. Kundschafter. Alle beneideten mich wie einen Engel! Mit einem Kumpel hatte ich einen über den Durst getrunken. Eine Dummheit. Irren ist menschlich. Aber in dieser Welt ist ein Irrtum unverzeihlich. Hier und hier hat man mich gezeichnet (er legte den Zeigefinger der rechten Hand erst auf die Schläfe, dann auf die Seite des Herzens, wo das Zeichen des Zuchthäuslers eintätowiert war). Lebenslänglich. Nicht einmal mehr das Recht auf einen Personalausweis habe ich. Wir glauben, wir sind fortgegangen, obwohl wir nicht aufhören, zurückzukommen. Die Welt, in der wir leben, ist geschlossen. Sogar die Toten kommen zurück. Eines Tages werdet ihr die Stadt hassen und wiederkehren. Aber ihr werdet euren Platz hier, in diesem Saustall, der euch nicht mehr angemessen ist, verwirkt haben. Was für ein schöner Saustall! Mit dem verführerischen Wahnsinn, der euch am Ende des Weges erwartet..."

Ich versuchte, ihm gut zuzureden. Er riß sich los und ging weiter vor mir her. Seine Stimme dröhnte mir in den Ohren:

„Ihr glaubt, die Erde besiegt zu haben und kommt voll Geringschätzigkeit und voll Dünkel zurück! Aber im Grunde seid ihr ein Nichts. Denn ihr habt nirgendwo einen Platz. Für uns hier seid ihr gestorben; gestorben für den Stein und das Gebirge! Ihr seid Verräter! Hier ist die Erde der Not, des Elends und des langsamen Untergangs. Sie benötigen die Leichen all ihrer Kinder. Kehrt zurück in die Gesellschaft der Leute ohne Ehre und Stolz! Dies ist die Erde des Schmerzes. Ihr gehört nicht mehr zu uns..."

Dieses 'Ihr' im Plural reizte mich. Buschahda hatte eine Stinkwut auf mich, auf die anderen, aber auch und vor allem auf sich selbst. Plötzlich blieb er stehen, zog die Konservenbüchse aus seiner Jacke und fuhr, während er sie vor meinem Gesicht schwenkte, fort:

„Sieh, wozu wir hier gezwungen sind! Ich bin nur noch ein Haufen Knochen, der für ein paar Zigaretten Witze oder Geschichten erzählt!"

Er warf die Dose auf den Boden. Die Zigaretten verschiedener Marken verteilten sich auf dem erdigen Grund. Buschahda zertrat sie in einem Augenblick. Eine furchtbare Angst schnürte mir den Magen zusammen. Ich nahm es mir übel, das schlichte Glück dieser Leute getrübt zu haben. Die gallenbitteren Worte Buschahdas waren nur ein Mittel der Verteidigung gegen das Leben und meine Angriffe. Ich starrte auf den mit zertretenen Zigaretten bedeckten Boden und hatte das entsetzliche Gefühl, ein ebenso zertretenes Ding zu sein, statt durch Füße, durch Wörter. Buschahda versetzte der Dose einen letzten Tritt und verschwand im Laufschritt. Ohne die Hoffnung zurückzukehren, verließ ich die Stadt.

Auf dem Schiff, das dich in dein Exil zurückbrachte, spürtest du, wie dich eine unerklärliche Traurigkeit überkam. Immer noch hieltest du deine Unterlagen in der Hand. Unnötigerweise. Dummerweise. Deine Erinnerung versetzte dich in all diese Büros zurück, vor all diese Türen, die du geöffnet hattest, und die sich hinter dir geschlossen hatten. Noch einmal sahst du all diese zynischen Gesichter vor dir, all diese vorwurfsvollen und haßerfüllten Blicke.

Du öffnetest die Hand, und der Wind erfaßte die Papiere. Sie flatterten einen Augenblick umher, dann senkten sie sich auf die Wasseroberfläche. Du verfolgtest sie mit Tränen in den Augen, bis sie verschwunden waren. „Hol dir die Feigen vom Baum, aber verlier nicht den Boden unter den Füßen! Wer hat dir das gesagt?" murmeltest du gedankenlos vor dich hin.

Tanger verschwand gespenstig im Abend, und sein Minarett war kaum noch zu sehen. Von dort ruft der *Muezzin* durch Lautsprecher fünfmal täglich zum Gebet. In diesem Gotteshaus versammeln sich die Gläubigen wie ein einziger Mann, das Gesicht dem Sonnenaufgang zugewandt, und bitten den Allmächtigen, die Muslime auf der ganzen Erde zu einen, sie stark und solidarisch zu machen, um den Zionismus zu überwinden...

Lalla Rabha erinnerte mich an das Drama ihrer Tochter Amina; sie erzählte mir von ihrem seit so vielen Jahren willkürlich eingesperrten Mann. Bei jedem Satz schluchzend, bat sie Gott, daß Er sie an Sid El Hadsch El Barakat und seinesgleichen rächen möge. Auf dieser Erde hat jeder sein Los zu tragen. Dein jüngerer Bruder lag reglos auf einem Schaffell. Draußen waren die Straßengeräusche schwächer geworden. Deine Mutter weinte, als sie die Gnade Allahs erflehte. Erschöpft durch zu viel Tränen, Elend und Kummer nickte sie schließlich auf der Bank mir gegenüber ein.

Ich erhob mich, ein wenig betreten und beschämt, tief verletzt von den Krallen der Erinnerung. Ich suchte meine Schuhe, ergriff meinen Koffer und schlüpfte in die dunkle Nacht. Warum hatte ich das getan? Ich wußte es nicht. Um mich herum beunruhigende Stille. Ein Stoß des *Schargi* traf mich wie eine Ohrfeige. Ich ging einfach vorwärts, ohne zu wissen, wohin. Ich war voller Tränen und bitterer Worte. Die Totenstadt, dieser Bastard, schlief. Nur einige vereinzelte Lichter in dem *Kechla*-Viertel zeugten von Leben in dieser Nekropole. Ich ging und ging. Meine Gedanken quälten mich. Wozu war ich hierher zurückgekommen?

Ich weiß nicht, wie lange ich gegangen bin. Eine Stunde? Vielleicht auch zwei oder drei. Als ich anhielt, war ich zwei Schritte vom Friedhof entfernt, außerhalb dieser Gespensterstadt, die ich jetzt hinter mir lasse.

Erläuterungen

Aibad Allah: Sklaven Gottes
Aid El Kebir: Opferfest
Aischa Kandischa: Sagengestalt
Al Afrit: Geist
Al Muminin: Die Gläubigen
Asahabti: meine Freundin
Asidi: mein Herr
Asmaa balak: Hör zu
Aulidi: meine Söhne
Azkar batata: Kartoffelsoldat
Baraka: Segen, Gnade
Barakallahufik: Gott segne dich
Barrad ya Atschan: Erfrischungen, oh Durstige
Bendir: Tamburin
Chikhates: Tänzerinnen des Mittleren Atlas
Derb: Straße, Gasse
Derbuka: arabische Handtrommel
Dschellaba: mantelartiges Gewand mit Karpuze
Duar: Zeltdorf, Nomadendorf
Falaqa: Schläge auf die Fußsohle
Fassi: Bewohner(in) von Fes
Fqih: Schriftgelehrter des Koran
Funduk: Gasthaus, Herberge
Ghaitas: Musikinstrument
Guenon: Verrücktheit (von *Dschunun*)
Haik: Baumwollgewand
Halqa: Kreis von Menschen
Hammam: arabisches Bad
Huris: Paradiesschöne
Imam: Vorsteher der Moschee
In scha'a Allah: so Gott will
Kanun: Art offener Kamin

Kechla: Kaserne
Kissariya: Bleiche
Khol: schwarze Augenschminke
Kuskus: Hirse mit Gemüse und Fleisch
Lalla: Frau
Maalem: Meister
Makhzen: Verwaltung, Regierung
Maktub: das, was geschrieben steht (im Koran)
Marabu: Heiliger
Marda: Kranke
Ma scha'a Schibani miskin: was willst du, armer Alter
Maschwi: am Spieß gebratener Hammel
Messauda: weibliche Gestalt; Hure und Heilige zugleich
Miskin: arm
Moulay: Titel für hochstehende Personen
Mrahba bik: sei mir willkommen
M'sid: Koranschule
Muezzin: Gebetsausrufer
N'saras: Christen, Europäer
Pastila: Blätterteigpastete
Qaid: Richter
Salama: Grußformel
Salama Yamulana: sei gegrüßt, unser Herr
Schargi: Schirokko, heißer Wind aus der Wüste
Schausch: Bürodiener
Seddari: Sofa
Si: Herr
Sidi: meine Herr
Sidna Ibrahim: unser Herr Abraham
Sidna Nuh: unser Herr Noah
Suk: Markt
Tabusch: Kopfbedeckung für Männer
Tagine: Eintopf
Titahcen: Stadtteil von Azru
Tschamir: weites Nachthemd
Tubib: Arzt

Ulidi: mein Sohn
Watani: Patriot
Ya Ibad Allah: oh Sklaven Gottes
Yalatif: Anrufung Gottes (Barmherziger!)
Ya Ulidi: oh, meine Söhne
Yu-Yu: Jubeltriller
Zid Abenti: komm her, meine Tochter (*Zîd yâ Bintî*)

Abdelhak Serhane: *Messauda*

Roman, 1987
187 Seiten, DM 19.80, ISBN 3-922825-29-X

Abdelhak Serhane wurde 1950 in Azru, Marokko, geboren. Sein Roman Messauda beschreibt einen Lebensweg von großer Einsamkeit und ist Berichterstattung und Zeugnis zugleich... Er ist mehr als nur das Zeugnis einer Epoche, „wo der Feinfühlige nicht bestehen kann". Er ist ein beunruhigendes literarisches Werk, in dem die Poesie gegenwärtig ist...
In Azru, einer kleinen marokkanischen Stadt im Mittleren Atlas lebte der Vater Abdelhak Serhanes als Schreiner. Obwohl er nicht arm war, mußten sich zwei seiner Kinder in ein Paar Sandalen teilen. Ihnen gegenüber war er geizig und mitleidlos, während er seinem geliebten Affen Pullover strickte - einem kriecherischen, verwöhnten, protegierten Tier, dessen Tod Abdelhak Serhane erträumte, eine Mordtat von schrecklicher Raffinesse...
Le Monde, 7.Oktober 1983

Bisher 25 weitere Titel bei Edition Orient
Romane, Erzählungen,
Illustrierte Volksmärchen,
Zweisprachige Reihe Arabisch - Deutsch

Fordern Sie den Verlagsprospekt an!